KB239445

천재 가문

天才家門

청산 新무협 판타지 소설

FANTASTIC ORIENTAL HEROES

천재가문 5

청산 新무협 판타지 소설

초판 1쇄 찍은 날 § 2007년 12월 14일
초판 1쇄 펴낸 날 § 2007년 12월 24일

지은이 § 청산
펴낸이 § 서경석

편집장 § 문혜영
편집 § 서지현 · 유혜림

펴낸곳 § 도서출판 청어람
등록번호 § 제1081-1-89호
등록일자 § 1999. 5. 31
어람번호 § 제2-1370호

주소 § 경기도 부천시 원미구 심곡1동 350-1 남성B/D 3F (우) 420-011
전화 § 032-656-4452 팩스 § 032-656-4453
http://www.chungeoram.com
E-mail § eoram99@chollian.net

ⓒ 청산, 2007

ISBN 978-89-251-1080-6 04810
ISBN 978-89-251-0842-1 (세트)

天才家門
[그것이 운명]
FANTASTIC ORIENTAL HEROES
천재가문
5
청산 新무협 판타지 소설
도서출판 청어람

第四十一章 내 생애 마지막 여인

天才家門

1

철경철경!

날카로운 금속성과 함께 발목과 손목은 물론이고 허리와 목에 쇠고리가 채워졌다.

위지불급은 검은 띠로 눈까지 가려진 상태라 숨을 쉬는 행위 외에는 할 수 있는 게 전혀 없었다. 그러나 몸은 옴짝달싹 못해도 그의 가슴속은 분노로 들끓고 있었다.

공대선생의 비통한 죽음.

자신에게 무거운 짐을 안긴 채 스스로 목숨을 끊은 그를 지켜보아야만 했기에 위지불급의 심정은 예리한 비수로 저며지는 듯 아프기만 했다. 공대선생이 비록 전대의 대악인이었지만 자신의 두 눈까지 뽑아 참회한 것을 감안하면, 절대 그렇게 참혹한 자결을 해서는 안 되는 일이었다.

위지불급은 마치 자신이 그의 자결을 부추긴 것만 같아 더욱 죄책감에 시달려야 했다.

'공대선생… 이 악녀들을 모두 죽인다 해도 노인장을 되살릴 수 없으니 나로서는 평생의 짐이 되고 말았소.'

이때 문 열리는 소리와 함께 몇 사람이 들어서는 발걸음 소리가 들려왔다.

위지불급은 현명한 대처를 위해 감정을 최대한 억제했다. 감정을 폭발시켜 얻을 수 있는 것은 없다. 현 상황을 반전시키기 위해서는 보다 냉철한 지혜가 요구되는 상황이었다.

"놈은 어떤 상태냐?"

순찰총령의 음성이었다. 이어 위지불급의 감시를 맡고 있던 여인의 음성이 들려왔다.

"거의 안정되었습니다. 그동안 치료해 준 덕분에 몸의 부상도 많이 회복된 상태입니다."

"확실히 제압해 두었겠지?"

"예, 총령."

"그럼, 눈가리개를 풀어라."

"알겠습니다."

눈가리개가 풀리면서 위지불급은 오랜 어둠 속에서 벗어날 수 있었다. 그가 갇혀 있는 방은 아주 밝은 곳이 아니기에 그는 눈까풀을 몇 번 깜빡이는 것으로 시야를 확보할 수 있었다.

순찰총령이 도도한 미소를 머금으며 위지불급 앞으로 다가섰다.

"날 간절하게 찾았다면서?"

위지불급은 눈알만 돌려 그녀를 힐끗 보고는 냉담하게 응수했다.

"너같이 천한 계집이 아니라 네 상전을 만나겠다고 했다."

"어마, 너무 무모하다고 생각지 않아? 네 주제에 감히 궁주님을 뵙겠다고?"

"넌 내 상대가 못 돼. 어서 궁주를 불러와라."

"호호, 정말 이해가 안 돼. 대체 이 터무니없는 자부심은 어디에서 나오는 거지?"

순찰총령은 위지불급을 어루만지며 볼을 비볐다.

"네가 혼천마왕의 절기를 알고 있다면서? 네가 사실대로 털어놓으면 지극한 쾌락을 맛볼 수 있을 거야."

"더러운 손 치워라."

"아직 뜨거운 맛을 덜 보았어?"

"꺼져라. 마지막 경고다."

위지불급은 철제 의자에 결박돼 고개조차 제대로 돌릴 수 없는 상황이지만 너무도 당당했다.

순찰총령은 위지불급 앞으로 서며 그의 뺨을 장난스럽게 때렸다.

짝, 짝!

"호홋, 마지막 경고라고? 네가 어쩌겠다는 거냐? 네가 그 몸으로 날 잡아먹기라도 하겠어?"

"……."

"왜 갑자기 꿀 먹은 벙어리냐? 어디 침이라도 뱉어봐."

순찰총령은 위지불급의 얼굴을 감싸 쥐며 가까이 직시했다.

"고집 그만 피우고 어서 자백해. 궁주님은 내게 전권을 주셨다. 그 말은 내가 널 죽일 수도 있다는 뜻이다."

"난 널 죽일 수 있지만 넌 날 못 죽인다."

"날 죽인다고? 어떻게? 네가 무슨 마법이라도 펼칠 수 있단 말이냐?"

"물론."

위지불급은 그녀의 두 눈을 직시했다. 순간 그의 눈에서 무시무시한 광채가 폭사되었다.

번―쩍!

"아악!"

순찰총령은 고통스런 비명과 함께 털썩 주저앉았다. 눈을 감싼 손을 타고 붉은 피가 흘러내린다.

"크으윽, 눈… 내 눈!"

그녀가 울부짖자 놀란 측근 시비들이 몰려들었다.

"아니, 대체 웬 변고야?"

"괜찮으십니까, 총령?"

순찰총령의 분노에 젖어 이를 부득 갈았다.

"노, 놈이 투살마안을 터득했을 줄이야!"

그녀는 측근 시비들의 부축을 받으면 몸을 일으켰다.

"놈은 어디 있느냐? 내 손으로 놈의 머리통을 박살 내겠다!

어서 놈에게로 안내해라!"

"예, 총령."

측근 시비들은 그녀의 손을 이끌어 위지불급의 머리에 얹어 주었다. 위지불급의 머리를 움켜쥔 순찰총령은 얼굴 가득 살기를 피워냈다.

"독한 놈! 가만두지 않겠다!"

위지불급은 곧 머리통이 으스러져 죽을 상황임에도 지극히 태연했다.

"그래서 넌 내 상대가 못 된다고 했지? 네 말대로 난 혼천마왕의 마공 절기인 투살마안을 터득했다. 마음만 먹으면 널 죽일 수 있었다. 하지만 일부러 죽이지 않았다. 또한 네 눈을 멀게 하지도 않았다."

"뭐, 뭐야? 내 눈이… 멀지 않았다고?"

공력을 쏟아내려던 순찰총령은 피가 흐르는 눈 부위를 손으로 매만졌다.

"저, 정말 실명되지 않은 것이냐?"

"그렇다. 만일 내가 일성의 공력만 운기할 수 있었어도 네 눈알을 터뜨리고 목숨까지 끊을 수 있었을 것이다. 물론 그런 능력이 있었다 해도 너같이 천한 계집을 죽일 마음은 없다. 너를 통해 내가 투살마안을 터득했다는 것만 입증하면 충분하기 때문이다. 이제 내가 혼천마왕의 마공 절기를 알고 있다는 것을 확인시켜 주었으니 어서 궁주를 불러와라."

"……."

"잔머리는 굴리지 않는 게 좋아. 내가 너보다 똑똑하다고 자부할 수 있으니까. 무엇보다 넌 빨리 눈을 치료해야 한다. 동공이 터지지 않았겠지만 한동안 안정을 취하지 않으면 진짜로 장님이 될 수 있으니까."

위지불급의 한마디 한마디는 순찰총령의 심신을 옭아매는 족쇄가 되었다.

자신이 위지불급의 상대가 될 수 없음을 절감한 순찰총령은 심한 모욕을 당하고도 감내해야 했다. 그녀로서는 장님이 되지 않은 것을 오히려 다행으로 생각해야 할 정도였다.

'무서운 놈! 궁주님 말씀대로 난 이자의 맞수가 아니었다.'

순찰총령이 허공을 더듬자 측근 시비들이 다가와 부축해 주었다. 그녀는 측근 시비들의 도움을 받아 걸음을 옮겼다.

"궁주님께 보고를 올리겠다. 놈을 철저히 감시해라. 절대 풀어주어서는 안 된다."

대리석 수조.

궁주 요지혈혜는 커다란 수조에 편히 기대앉아 수욕을 즐기고 있었다. 수조 밖에서 그녀의 머리를 빗겨주고 있는 여인은 상화 직위에 있는 설화였다.

순찰총령은 진주 주렴이 드리워져 있는 욕실 문밖에서 보고를 마치고는 고개를 조아렸다.

"이런 험한 꼴을 보여 정말 송구스럽습니다, 궁주님."

요지혈혜는 물 위에 띄워져 있는 술잔을 들어 입으로 가져갔다.

"어쨌거나 너를 통해 놈이 투살마안을 터득했음을 확실하게 알게 되었지 않느냐?"

그녀는 술을 한 모금 마시고는 설화에게 눈길을 돌렸다.

"어떻게 생각하느냐?"

"탁세신룡이 일견필살과 대면한 시각은 얼마 되지 않습니다. 투살마안과 같은 상승절기는 그 구결만도 상당한 분량일 텐데 과연 일견필살에게 구결을 전수받았는지 의심이 됩니다. 게다가 투살마안을 내공이 전혀 없는 와중에도 구사할 수 있는지도 이해가 되지 않습니다. 총령이 제대로 점검을 했는지 조사해 봐야 할 사안이라 사료됩니다."

"흐음, 예리한 지적이다."

요지혈혜는 가볍게 손짓을 보냈다.

"총령은 일단 물러가 치료를 해라."

순찰총령은 예상과 달리 심한 문책을 받지 않았다는 사실에 안도했다. 혈환마궁의 엄격한 율법을 감안한다면 그녀의 실책은 질타받아야 당연했기 때문이다.

"성은에 감사드립니다, 궁주님."

정중히 절을 올린 그녀는 친근 시비들의 도움을 받으며 방을 나갔다.

주르륵……!

물방울을 흘리며 수조를 나선 요지혈혜가 대리석 침상 위에 엎드렸다.

"어리석은 것. 그래서 내가 상대하지 말라고 했는데 공연히 객기를 부렸군."

설화는 수건으로 요지혈혜 몸의 물기를 닦아내고는 향유를 발라 안마를 해주었다.

"궁주님, 총령의 죄는 중벌을 받아 마땅한데 어찌 관대함을 베푸셨습니까?"

"총령은 지난 이십여 년 동안 본 궁을 위해 많은 공을 세웠다. 이번에 내게 큰 실망을 안겨주었지만 위지불급이란 놈을 잡아온 공을 감안해 한 번 더 기회를 주고 싶구나."

"궁주님답지 않으십니다."

"뭐라……?"

요지혈혜는 몸을 뒤집어 바로 누웠다. 기형적으로 가는 허리 때문인지 풍만한 육봉이 유난히 부풀어 보였다.

"내 처사가 잘못되었단 말이냐?"

"제가 어찌 감히 궁주님의 처분에 논할 수 있겠습니까? 다만 제자들이 향후 순찰총령을 무시할 경우 본 궁의 위계질서가 무너질까 우려됩니다."

"……"

요지혈혜는 설화를 이끌어 자신 옆에 앉혔다.

"네 심중을 솔직히 말해봐라, 상화야. 네가 순찰총령의 직위에 오르고 싶은 것이냐?"

"제가 어린 나이로 어떻게 총령의 직위에 오를 수 있겠습니까? 저는 직위에는 전혀 욕심이 없습니다."

"직위에는 욕심이 없지만 순찰총령은 처벌해야 한다?"

"예, 궁주님."

"……."

요지혈혜는 물끄러미 그녀를 올려보다가 손을 쥐고 자신의 젖가슴에 얹었다.

"지금 네게서는 냉정함을 넘어선 분노마저 느껴지는구나? 이유가 무엇이냐?"

궁주의 날카로운 지적에 설화는 가슴이 뜨끔해졌다.

사실 그녀가 순찰총령에게 엄벌을 청한 데에는 그동안 순찰총령의 지시 때문에 위지불급이 모진 고문을 당했다는 얘기를 들어서였다.

설화에게 있어 위지불급은 위대한 가문의 소문주이며 한때나마 연모했던 현자다. 자신은 감히 올려다볼 수도 없는 성스런 존재이기에 그림자를 밟는 것도 불경으로 생각했었다.

한데 그런 존재를 순찰총령이 험악하게 다루었으니 마음속 분노를 이루 말할 수 없었다. 생각 같아서는 그녀 자신이 순찰총령의 눈을 뽑고 사지를 찢고 싶은 심정이었던 것이다.

그러나 그런 심정을 눈곱만치도 내색해서는 안 되기에 설화는 애써 냉정함으로 위장했다.

"탁세신룡은 일전에 영하 지부를 침공한 자로 저와 잠시 격돌한 적이 있습니다. 그런 자가 본 궁에 끌려온 주제에 자신의 처지도 모르고 설치는 것이 가소롭습니다. 저는 순찰총령 때문에 본 궁의 위엄이 무너지고 궁주님의 명예가 손상되었다는 것이 너무도 안타깝습니다.”

“훗, 역시 넌 내가 지목한 후계자다.”

몸을 일으켜 앉은 요지혈혜가 설화의 볼을 어루만져 주었다.

“좋아, 위지불급을 네게 맡기겠다. 사소한 분노 때문에 놈을 죽이지만 마라. 네 몸으로 놈을 유혹해서라도 반드시 혼천마왕의 마공 절기를 알아내라. 크게 신빙성은 없지만… 천중칠보에 대한 단서까지 알아내면 더욱 좋고.”

설화는 위지불급과 대면해야 한다는 사실에 순간적으로 눈앞이 캄캄했지만 결국 피할 수 없는 운명임을 직감해 순순히 받아들였다.

“맡겨만 주십시오. 궁주님께서 원하는 모든 정보를 토설 받겠습니다.”

요지혈혜는 요요한 색기를 발하며 그녀를 부둥켜안았다.

“알겠다. 이번 임무만 수행한다면 너를 혈환마궁의 소궁주로 삼을 것이다.”

2

밀실.

미세한 환기구 외에는 외부와 철저하게 차단된 석실이다.

위지불급은 순찰총령에게 부상을 입힌 이후 오히려 대우가 좋아졌다.

지독한 고문이 사라지고 매일 좋은 음식이 제공되었으며 탕약까지 처방되어 몸이 급속도로 회복되었다. 또한 아리따운 시비들의 도움을 받으며 수욕까지 즐길 수 있었다.

밀실을 떠날 수 없다는 금제만 아니라면 요양 생활과 다를 바 없었다. 물론 그의 경혈에는 금침이 박혀 있어 운기행공이 원천적으로 막혔다.

"흐음, 죽엽청 중에서도 상품이로군."

위지불급은 송어 찜을 안주 삼아 술을 마시고 있었다.

모진 고문으로 상했던 심신은 완전히 회복되었기에 이제는 술을 마셔도 전혀 지장이 없다.

잠시 전 그는 자신에 대한 혈환마궁의 대응을 떠보기 위해 시비를 희롱한 적이 있었는데 시비는 전혀 반항하지 않았다. 오히려 그와 살을 섞지 못한 것을 아쉬워하였다.

위지불급은 천천히 술을 즐기며 생각을 굴렸다.

'요지혈혜가 대체 무엇을 의도하는 것일까? 내가 혼천마왕의 마공 절기를 알고 있다는 것을 확인했으니 강하게 다그쳐야 정상인데 마치 칙사처럼 우대하는군. 고문이나 강압이 통하지 않으니 이제 회유책인가?'

그러나 단순한 회유책으로 생각하기에는 대우가 너무 좋았다. 색녀들이 한 번 정도는 취취의 목숨으로 자신을 협박해야 하는데 그런 움직임조차 없었다.

'요지혈혜란 마녀가 직접 나서지는 않았을 것이다. 하지만 나를 담당했던 계집이 바뀐 게 분명해. 순찰총령이 아니라 다

른 색녀가 나에 대한 회유를 담당하고 있는 게 확실하다.'

술을 몇 잔 들이키면서 그는 생각을 정리했다.

일단 취취를 안전하게 구출하는 것이 그의 사명이었다. 취취가 은향장 사람들보다 우선적으로 구해야 되는 대상이 된 것이다.

공대선생이 자신을 믿고 스스로 목숨을 끊은 광경을 되새기면 아직도 가슴이 아팠다. 공대선생의 자결은 그가 보아온 가장 비통한 죽음이었다.

일순 그는 아찔한 현기증과 함께 몸이 무기력해지는 허탈감에 빠졌다.

처음에는 모처럼 마신 술 때문으로 짐작했지만 단순히 술기운으로 생각하기에는 취기가 너무 강렬했다.

'젠장, 삼일취(三日醉)로군. 대체… 무슨 수작이야?

삼일취는 주정을 정제한 미혼약을 말한다.

삼일취는 지독한 취기 때문에 한 번 복용하면 사흘 동안 꼬박 정신을 잃고 만다. 독이 아니기 때문에 달리 해독제도 없다. 몸에서 스스로 취기가 빠져야만 다시 정신을 차릴 수 있기에 절세고수라도 내가진기로 몰아낼 수가 없다.

털썩!

혼절한 위지불급은 바닥으로 쓰러졌다. 삼일취의 취기 때문인지 양 볼이 발갛게 달아올랐고 입에서 독한 술 냄새가 훅훅 풍겨졌다.

잠시 후 육중한 철문이 기관에 의해 열렸다.

들어선 사람은 그동안 위지불급의 수발을 들던 두 시비였다. 두 시비는 위지불급을 침상으로 옮겨 눕히고는 진맥을 하고 눈까풀을 뒤집어 동공을 살폈다.

그가 완전하게 실신했음을 확인한 두 시비는 서로를 향해 고개를 끄덕이고는 문을 나섰다.

밀실 문 앞에 서 있는 여인은 설화였다.

그녀는 혈환마궁 특유의 요사한 망사의 차림이었지만 얼굴은 면사를 써서 가렸다.

두 시비가 설화에게 보고를 올렸다.

"삼일취에 혼절된 것이 확실합니다."

"틀림없겠지?"

"예, 상화님."

"내가 안에서 신호를 울릴 때까지 절대 문을 열어서는 안 된다. 행여 그가 깨어날 수도 있으니 내가 일러준 신호에 의해서만 문을 열어라."

"아무 문제 없습니다, 상화님. 저희가 동공까지 확인……."

"닥쳐라. 그래서 순찰총령이 두 눈에 부상을 입는 수모를 당했단 말이냐?"

설화의 냉담한 추궁에 두 시비가 황망히 부복했다.

"소, 송구하옵니다."

"상화님의 지시에 따르겠습니다."

설화는 두 시비를 세차게 몰아세우고는 밀실의 철문 앞에 섰다.

"열어라."

"예, 상화님."

두 시비가 회전 기관을 작동시키자 육중한 철문이 열렸다.

그그긍!

설화는 터질 듯한 압박감과 두려움을 애써 억누르며 밀실로 들어섰다. 요란한 소리와 함께 철문이 다시 닫혔다.

밀폐된 공간의 남과 여.

그 안에서 어떤 일이 벌어지거나 어떤 대화가 오가도 외부에서는 전혀 알 수 없다. 철문의 두께는 한 자도 넘어 아무리 귀를 기울여도 밖에서는 밀실 내부를 절대 엿들을 수 없기 때문이다.

침상에 눕혀져 있는 위지불급을 대하는 순간 설화는 숨이 턱 막혔다.

"아……!"

그녀는 알몸으로 세찬 찬바람 속에 선 사람처럼 와들와들 떨었다. 심장의 고동 소리는 자신의 귀로 들을 수 있을 정도로 두근거렸고, 거친 숨소리는 밀실 벽에 부딪쳐 메아리를 일으켰다.

그녀는 마음을 모질게 먹으며 이를 악물었지만 오금이 저려 한 걸음도 내디딜 수가 없었다.

그러다 그녀는 영하의 지부에서 그와 깊은 관계를 맺었던 지난날을 떠올렸다.

'그래, 그때와 다를 바 없어. 오라버님은 혼절한 상태야. 날

절대 알아볼 수 없어.’

그녀는 면사를 벗었다. 혼절한 상대 앞에서 면사를 쓰고 있는 것 자체가 무의미한 위장이었다.

그녀는 덜덜 떨리는 다리를 놀려 침상으로 다가섰다.

삼일취에 취한 위지불급은 독한 술기운을 뿜은 채 깊이 잠들어 있었다.

“오라버님……..”

침상 앞에 털썩 무릎을 꿇은 설화는 위지불급의 손을 쥐고는 얼굴을 묻었다.

“천한 몸으로 감히 오라버님의 옥체를 더럽힌 저를 용서해주십시오. 하오나 당시는 어쩔 수 없었습니다.”

오열 속에 흐르는 뜨거운 눈물.

설화는 한동안 눈물을 뿌리고 나서야 겨우 두려움과 혼란 속에서 가슴을 진정시킬 수 있었다.

“오라버님, 저는 알고 있습니다. 순찰총령 따위가 어찌 오라버님을 제압해 납치해 올 수 있었겠습니까? 오라버님은 이미 은향장과 본 궁의 관계를 파악해 의도적으로 침투하셨을 것입니다. 그것이 저를 찾기 위함이었다면… 저는 또 한 번 오라버님께 죄를 진 셈이 됩니다.”

턱을 타고 흘러내린 눈물이 위지불급의 옷깃을 흠뻑 적신다.

“저같이 하찮은 계집 때문에 어찌 추악한 색굴로 침투하신 것입니까? 이곳은… 오라버님처럼 고귀한 분께서 오실 곳이 못 됩니다.”

설화는 위지불급의 가슴에 얼굴을 묻고는 그동안 가슴속에 묻어두었던 감정을 모두 쏟아냈다.

“흑……. 하오나 다시 뵙게 되어 너무 기쁩니다. 영하 지부에서는 오라버님께서 극음쾌락분에 중독되는 바람에 너무 경황이 없었습니다. 천한 몸을 바쳐 춘약을 해소시켰지만 너무도 부끄럽고 두려운 마음에… 그대로 떠날 수밖에 없었습니다. 그것이 마지막인 줄 알았는데… 이렇게 다시 뵙게 되었군요.”

설화는 소매로 눈물을 닦고는 위지불급의 모습을 찬찬히 뜯어보았다.

혹독한 고문 때문에 다소 수척해 보였지만 그녀의 뇌리 속에 조각상처럼 새겨져 있는 모습과 크게 다르지 않았다. 그는 그녀에게 있어 우상 같은 존재이기에 이렇듯 가까이서 지켜보는 것만으로 행복할 수 있었다.

설화는 떨리는 손끝으로 그의 이마와 눈썹, 콧날과 입술을 더듬었다.

“아무 걱정 마십시오, 오라버님. 제가 오라버님을 밖으로 모실 것입니다. 하지만 저의 존재를 밝혀 드릴 수 없기에 오라버님의 의식을 깨울 수는 없습니다. 오라버님은 안전한 곳에서… 제맥술이 풀리고 신지도 회복하게 되실 겁니다.”

위지불급의 숨결에서는 독한 삼일취의 냄새가 진하게 풍겨나오고 있었다.

설화는 그를 포옹하며 그의 뺨에 볼을 비볐다.

"아, 이대로 시간이 정지되었으면……. 내생에 다시 태어나면 몸종이 되어서라도 오라버님의 수발을 들겠습니다."

감격과 안타까움…….

설화는 오랜 포옹을 통해 그의 온기로 아쉬움을 달랬다.

이윽고 결단을 내린 그녀가 포옹을 풀고 몸을 일으켰다.

"오라버님, 잠시만 이대로 계십시오. 제가 탈출로를 확보한 후 다시 돌아오겠습니다. 오라버님의 안전은 제가 목숨을 걸고 보장하겠습니다."

그녀는 위지불급을 향해 정중히 예를 올리고는 철문으로 향했다.

사실 위지불급을 들쳐 업고 혈환마궁을 빠져나가기는 쉽지 않다. 상천도관으로 이어지는 일반 출입로는 단 두 곳에 불과하며 밤낮으로 혈환마궁의 제자들이 지켜 서 있다. 비상시에만 사용되는 통로는 궁주의 명에 의해서만 열리는데 탈출을 위해서는 비상 통로를 이용할 수밖에 없다.

그녀는 붉은 입술을 꼭 깨물었다.

'내 죽음 따위는 전혀 두렵지 않다. 오라버님만 무사히 탈출시킬 수 있다면 난 백 번 천 번이고 죽어도 좋다.'

그녀는 문밖의 시비들에게 신호를 보내기 위해 청동 손잡이를 쥐었다. 한데 이때였다.

"설화…….."

환청 같은 음성이 설화의 귓속으로 파고들었다.

“……?”

그녀의 의아한 표정을 지으며 고개를 갸웃거렸다.

언뜻 위지불급의 음성으로 생각되었지만 그것은 불가능한 일이기에 자신의 상념이 지나쳐 환청을 들었다고 확신했다.

그러나 두 번째로 들려온 음성은 환청이 아니라 분명한 사람의 음성이었다.

“설화… 너였단 말이냐?”

설화는 숨이 턱 막혔다. 전신의 피가 싸늘하게 식는다. 마치 둔기로 뒤통수를 강타당한 듯 정신이 아득했다.

“오, 오라버님……?”

설화는 너무도 놀랍고 두려운 심정에 아주 천천히 고개를 돌렸다.

참으로 충격적인 광경.

위지불급이 침상에서 일어나 앉은 채 자신을 지켜보고 있는 것이 아닌가?

“아아……!”

두 다리가 풀린 설화는 그대로 주저앉고 말았다.

그녀는 자신이 환청에 이어 환각을 보고 있다고 여겼다.

절세고수라도 삼일취에 취하면 하루 이상은 취기에 젖어 신지를 상실하고 만다. 위지불급이 벌써 깨어났을 가능성은 전무한 상황이다.

그러나 침상을 내려선 위지불급이 당당히 다가서는 순간 설화는 이것이 꿈이 아니라 현실임을 인식했다.

그녀는 그의 신비로운 눈빛을 통해 그가 진작부터 깨어 있었고 모든 사실을 파악했음을 직감할 수 있었다. 절대 밝혀져서는 안 될 가장 두려운 비밀이 드러난 것이다.

"오오, 하늘이시여!"

설화는 두 손으로 얼굴을 가리며 상체를 틀었다.

사시나무처럼 와들와들 떠는 그녀의 몸을 위지불급이 뜨겁게 감싸 안았다.

"설화, 과연 너였구나! 결코 꿈이 아니었어!"

설화는 충격과 혼몽에 젖어 이를 딱딱 마주쳤다.

"이, 이럴 수는 없습니다. 아아, 이럴 수는 없습니다."

"괜찮아."

위지불급은 설화의 등을 다독이며 부드럽게 위로했다.

"설화야, 먼저 마음부터 가라앉혀라. 진정해야 돼."

설화는 극도의 충격과 두려움으로 제대로 숨을 쉬지 못했다. 동공은 초점을 잃었고 그저 죽고만 싶은 자괴감에 전신의 기력이 모두 상실되었다.

"설화, 정신 차려!"

위지불급은 그녀를 부축해 침상으로 옮겼다. 잠시 전까지 그가 누워 있었던 자리에 그녀가 눕혀졌다.

위지불급은 설화의 혈도 몇 곳을 쳐서 기혈이 흐름을 도와주었다. 잠시 후 신음과도 같은 긴 한숨과 함께 설화가 충격에서 깨어났다.

"오, 오라버님……."

그녀의 얼굴이 다시 눈물로 얼룩졌다.

침상에 걸터앉은 위지불급은 그녀의 손을 감싸 쥐고 잔잔한 미소를 머금었다.

"오냐, 나다. 우리 가문에서 가장 바보인 위지불급이다."

설화는 차마 그를 바라볼 수 없기에 고개를 돌린 채 하염없는 눈물을 쏟았다.

영하 지부에서 자신의 몸을 통해 극음쾌락분을 해소시켜 줄 때는 그래도 백신의 몸이었기에 그와 결합할 수 있었다.

그러나 그 이후 그녀는 숱한 사내를 겪으며 혈환마궁의 색녀로 변모하였다. 요지혈혜가 강요해서가 아니었다.

그녀 스스로 몸을 망가뜨리는 데 주저하지 않았다. 그렇게 자신을 더럽혀야 위지불급에 대한 연모지심을 가슴속에서 몰아낼 수 있기 때문이다.

위지불급은 그녀의 심정을 익히 헤아렸기에 질책도 위로도 하지 않았다. 마치 오랜만에 만난 피붙이처럼 그녀를 스스럼없이 대했다.

"이제 어엿한 숙녀가 되었구나. 훨씬 매력적으로 변모했어. 정말 보고 싶었다, 설화."

설화는 고통스런 오열만 터뜨릴 뿐 감히 한마디도 대꾸할 수가 없었다.

위지불급은 그녀의 머리카락을 쓸어주며 넋두리처럼 주절댔다.

"설화, 할 얘기가 너무 많아 어떻게 풀어야 할지 모르겠구

나. 네가 지내온 내력은 나중에 들어야 할 것 같다. 일단 현 상
황부터 타개해야겠지? 맞아, 그게 우선이야."

"오라버님……."

"오냐, 네가 날 아직 오라버니로 생각한다면 나를 도와다오.
네 도움이 있어야 이 난관을 보다 수월하게 타결할 수 있을 것
같구나. 사실 난 은향장주의 부탁을 받고 이곳 마궁으로 침투
했다. 한데 생각보다 운신이 어렵구나. 사실 궁주를 만나 담판
을 지으려 했는데 이렇게 널 만나게 될 줄은 몰랐다."

위지불급은 설화가 다른 생각을 할 틈도 주지 않고 강하게
요구했다.

"공대선생의 손녀인 취취는 반드시 구출해야 한다. 우리 가
문을 걸고 맹세했기에 절대적으로 안전을 보장해야 한다. 그
러기 위해서는 네가 필요해. 날 도와줄 수 있겠지, 설화?"

"예… 예, 오라버님."

설화는 자신의 의지와는 무관하게 그의 요구를 수용했다.

위지불급은 그녀의 어깨를 감싸 쥐며 눈길을 마주쳤다.

"그래, 날 도와주리라 생각했다. 우리가 그래도 한때는 오누
이처럼 지내지 않았더냐? 내가 비록 네게 좋은 오라버니는 못
되었지만 말이야……."

"아, 아닙니다, 오라버님."

"일단 이곳 상황에 대해 상세하게 알아야겠다. 은향장 인질
들이 얼마나 되고 어떻게 갇혀 있는지, 그리고 색녀들이 얼마
나 되는지 말해다오."

설화는 그의 맑은 눈을 대하자 부끄러움과 두려움을 잊고 말았다. 성심껏 그를 지원해야 한다는 생각밖에 들지 않았다.

그녀는 최면에 홀린 사람처럼 그가 원하는 모든 것을 밝혀 주었다.

혈환마궁이 형산 운무봉에 자리한 상천도관으로 위장돼 있다는 사실, 상주하는 제자들의 숫자와 배치 상황, 은향장 인질들이 감금돼 있는 뇌옥의 구조와 경비 상태…….

설화는 위지불급이 초인적 두뇌의 소유자임을 잘 알기에 복잡한 이야기를 부언설명도 하지 않고 일사천리도 이어나갔다.

웬만한 사람은 내용의 일부만 기억하는 게 고작이겠지만 위지불급은 설화의 얘기를 들으면서 혈환마궁의 구조와 뇌옥의 상황을 머릿속에 선명하게 그릴 수 있었다. 동시에 구출 작전도 일부 세워두었다.

설화가 얘기를 마치자 위지불급은 외부의 동향에 대해 다시 물었다.

"지금쯤 군천세가의 의협들이 호남성으로 들어섰어야 당연한데 그런 정보는 듣지 못했느냐?"

설화가 놀란 눈빛을 발했다.

"오라버님께서 그것을 어떻게……?"

"네가 알고 있는 것을 보니 군천세가에서 호남성으로 입성한 게 확실한가 보구나."

"그러하옵니다. 군천세가의 무사들 일부가 호남성으로 진입했다는 정보가 입수돼 본 궁… 제자들 모두가 바싹 긴장하고 있는 상황입니다. 하지만 저들의 목적이 십야혈루등주를 추적하기 위함이라는 소식에 조금은 안도하였습니다.”

“십야혈루등주……?”

위지불급은 대번에 상황을 간파했다.

“하하, 군천세가가 아주 적절한 구실을 만들어냈구나. 저들이 출동을 전혀 의심받지 않을 수 있는 묘책이다.”

“예에? 하오면……?”

“그래, 내가 이곳으로 침투하기 전에 군천세가에 지원을 부탁해 두었다. 이제 네가 내부에서 날 돕고 외부에서 군천세가가 침공해 온다면 혈환마궁을 궤멸시킬 수 있다.”

몸을 일으킨 위지불급은 팔짱을 끼며 밀실을 두루 살폈다.

“이곳은 안전한 곳이냐?”

“그렇습니다. 철문은 오직 기관에 의해서만 작동됩니다.”

“네가 나와 단둘이서 오래 머물러 있어도 의심을 받지 않겠느냐?”

“사실, 너무 오래 있으면 의심을 살 수 있습니다. 궁주는 상당히 지모가 뛰어난 편이라…….”

“그렇겠지. 요지혈혜가 과거 칠살 중 일인인 무영혈살로 위장했다고 들었다. 일견필살인 공대선생도 그 색녀의 사악한 두뇌를 경계하라고 조언했지. 그러나 내 지시에 따른다면 당분간은 요지혈혜를 속일 수 있다.”

위지불급은 잠시 철문을 살피다 설화에게로 다가섰다.

“요지혈혜가 나를 설득해 혼천마왕의 마공 절기를 토설하도록 지시했겠지?”

“그렇습니다.”

“그렇다면 내가 자전강기의 절반을 알려주겠다. 그 정도면 요지혈혜의 관심을 끌 수 있을 것이다. 연후…….”

위지불급은 이어 설화가 해야 할 일들을 상세하게 알려주었다.

설화는 감히 거부는 생각할 수도 없었다.

위지불급을 돕는 행위는 이 년 가까이 몸담아온 사문에 대한 배신이지만 그런 양심적인 가책은 거의 느낄 수 없었다. 한때 그녀가 성현처럼 존경했던 마음속 연인을 도와야 한다는 의무감이 너무 강했던 것이다.

지시를 마친 위지불급은 갑자기 그녀를 끌어안고는 침상에 눕혔다.

설화는 하얗게 질려 몸을 움츠렸다.

“아, 안 됩니다, 오라버님.”

“알아. 지금은 시간이 너무 많이 경과해 널 품고 싶어도 그럴 상황이 아니다. 다만 저들의 의심을 피하기 위해서는 약간의 흔적은 남겨야 돼. 네가 이해해 다오.”

위지불급은 그녀의 옷 일부를 찢고 머리카락을 헝클어뜨렸다.

“이 정도로는… 안 되겠군.”

그는 어색한 미소를 지으며 그녀의 볼을 감싸 쥐었다.

‘아……!’

설화는 눈을 지그시 감았고 위지불급은 그녀의 붉은 입술에 자신의 입술을 포갰다.

뜨거운 숨결과 타액이 교차되는 순간 설화는 심한 갈등에 휩싸였다. 잠시나마 그의 여인이 되고 싶은 열렬한 갈망에 젖은 것이다. 그러다 감상에서 깨어난 그녀는 고개를 돌리며 그의 품에 빠져나왔다.

위지불급은 멋쩍은 표정을 지으며 얼굴을 붉혔다.

"미안해……."

설화는 위지불급을 향해 공손히 예를 올렸다.

"그럼 조만간 다시 찾아뵙겠습니다."

"그래, 너만 믿겠다."

위지불급은 침상에 벌렁 누우며 앞자락을 풀어헤쳤다.

"어서 혈도를 찍어라."

"송구합니다."

설화는 위지불급을 향해 손끝을 겨누었다.

위지불급은 그녀를 올려보며 다정한 미소를 지었다.

"설화, 넌 내 생애 마지막 여인이 될 것이다. 약속할게."

격공지를 날려 위지불급의 혈도를 점한 설화는 심장을 감싸쥐며 비틀비틀 물러섰다.

"아아……!"

너무도 충격적이고 감동적인 한마디였다.

내 생애 마지막 여인!

그것이 무엇을 시사하는지는 천치가 아니면 누구나 알 수 있다.

설화는 격한 감정을 이기지 못하고 주르륵 눈물을 흘렸다.

"말씀만으로도 고맙습니다, 오라버님. 그 말씀만 영원히 가슴속에 담아두겠습니다."

3

절반의 자전강기 구결.

요지혈혜 역시 지모가 부족한 여인이 아니었기에 설화가 일러준 구결을 두 번 정도 듣고 모두 암기했다.

자전강기는 구대마공에 속할 만큼 마도 최고의 절기이기에 요지혈혜는 기쁨을 감추지 못했다. 그녀는 큰 공을 세운 설화를 한껏 칭찬해 주었다.

"놈은 순찰총령의 눈을 상하게 만든 까다로운 놈이다. 그런 자를 상대로 자전강기의 절반을 얻어냈으니 네 수완에는 감탄을 금치 못하겠구나."

"과찬이십니다, 궁주님."

"네 상태를 보니 고생이 많았음을 알겠다."

요지혈혜는 설화의 찢겨진 옷과 헝클어진 머리카락, 그리고 입 주변으로 번진 연지를 보고는 묘한 미소를 머금었다.

"호호, 풍문에 의하면 놈이 요녀 백리빙과도 자주 어울렸다 하던데 네가 제대로 감당했는지 걱정이 되는구나."

"저는 본 궁과 궁주님을 위해 최선을 다할 뿐입니다."

요지혈혜는 부복해 있는 설화를 부축해 일으켰다.

"오냐, 너의 충정에 걸맞는 자리가 주어질 것이다. 자전강기의 나머지 구결을 속히 알아내거라."

"하온데… 그가 한 가지 조건을 제시했습니다."

"조건? 어떤 조건 말이냐?"

"제게 취취의 안전을 보장해 줄 것을 요구했습니다. 공대선생의 죽음을 절대 알려주면 안 된다고 하였습니다. 만일 취취에게 문제가 생기면 혼천마왕의 마공 절기를 더는 말해주지 않겠다고 했습니다."

요지혈혜의 눈매가 가늘어졌다.

"그래서 취취를 미리 석방이라도 하라는 것이냐?"

"아닙니다. 당장 취취를 돌봐줄 사람도 없으니 자신이 석방될 때 함께 데리고 가겠다고 했습니다."

"석방이라고?"

요지혈혜의 눈에서 잔혹한 살광이 번득였다.

"흥, 어리석은 놈. 우리가 풀어줄 것으로 생각하나 보군."

"제가 그리 약속했습니다."

"잘했다. 일단은 그렇게 안심시켜 놓았으니 자전강기의 구결 절반이라도 얻을 수 있었던 것이 아니더냐?"

"궁주님, 제 생각엔 취취를 은향장 인질들과 함께 감금하는 것이 좋을 듯합니다."

"왜……?"

"탁세신룡은 자전강기의 절반을 알려주기 전에 취취의 무

사함을 눈으로 확인하겠다고 하였습니다. 한데 취취는 일견필
살과 함께 있게 해달라는 의도로 단식 투쟁을 하고 있습니다.
이러다 그 계집이 죽기라도 하는 날에는 혼천마공의 절기가
사라질 수 있습니다.”

설화는 요지혈혜의 탐탁지 않은 표정을 헤아리고는 얼른 말
을 이었다.

“은향장 인질들에게는 일견필살이 살아 있다는 얘기를 하
도록 설득해 놓겠습니다. 취취가 본 궁 제자들의 얘기는 믿지
않아도 같은 죄수들의 얘기는 믿을 것입니다. 하잘것없는 계
집이지만 지금은 반드시 살려두어야 합니다.”

“흐음, 역시 생각이 깊구나. 알겠다. 취취 문제는 네가 재량
껏 처리해라.”

“예, 궁주님.”

요지혈혜는 소매 속에서 금빛의 영부를 꺼내 들었다.

“설화, 너를 순찰총령 후임으로 임명하겠다. 본 궁을 위해
충성을 다해라.”

“마, 망극하옵니다.”

설화는 거듭 절을 올리고는 영부를 받았다.

순찰총령이라면 호위총령, 오색총령, 집법총령과 더불어 혈
환마궁의 사대총령에 해당된다. 설화는 일약 혈환마궁의 수백
여 제자들을 호령하는 수뇌 급에 오른 것이다.

요지전을 나선 설화는 궁주의 과도한 총애에 약간의 가책을
느꼈지만, 오히려 위지불급을 더 효과적으로 지원할 수 있게

되었다는 사실에 안도했다.

'순찰총령의 직위라면 군천세가에 대한 동향을 보다 확실히 파악할 수 있다. 오라버님에게는 정말 다행이야.'

第四十二章 완벽한 수순

1

　상담(湘潭)은 장사에서 남쪽으로 백여 리 정도 떨어진 곳에 위치하는 성시이다. 넓은 평원으로 이루어진 상담의 정경에서 여유로움이 느껴진다.

　상담 외곽에 세워진 북형객잔.

　시설이 허름한 이 객잔은 뜨내기 행인들이나 가끔 숙박을 해왔는데 수일 전 한 무리의 손님을 받게 되었다.

　그들은 강호인들답지 않게 모두가 예의 발랐고 언행도 조심스러웠다. 식사가 형편없어도 절대 큰 소리를 내지 않았고 잠자리가 불편해도 전혀 내색을 하지 않았다.

　북형객잔의 주인으로서는 세상에 이런 손님들이 다 있나 싶을 정도였다. 더군다나 두둑한 선금까지 받았으니 돈 떼일 우려를 하지 않아도 되었다.

북형객잔에 묵고 있는 강호인들은 다름 아닌 군천세가 무사들이었다.

"형산 일대에서 이십 년 이래 가장 큰 토목공사를 벌인 곳은 모두 일곱입니다."

군사준은 그동안 형산 일대에서 조사한 정보를 부친에게 보고했다.

"두 곳은 사찰로써 형산 낙유봉과 안사애에 위치해 있습니다. 하지만 두 사찰 모두 불상과 대웅보전 등 외부에 드러나는 공사를 벌인 것이 확인되었기에 집중 수색 대상에서 제외했습니다."

의천신검 군계명은 객방 창문에서 아침햇살이 내리쪼이는 지평선을 응시하고 있었다.

"다른 다섯 곳은?"

"세 곳은 무림과 무관한 장원이었습니다. 한곳은 퇴직 관리의 장원인데 신분에 전혀 문제가 없었습니다. 다른 두 곳은 부유한 상인들의 별장이었습니다. 상당한 토목공사를 벌여 가산과 지하 광장까지 조성한 것으로 파악되었습니다."

"조금은 의심의 여지가 있구나?"

"다행히 저들이 우리 가문을 인정해 수색에 협조해 주었습니다. 수색 결과 색녀들과는 무관한 것으로 확인되었습니다."

군계명이 턱수염을 어루만지며 흐뭇한 표정을 지었다."

"호남에서까지 협조해 주다니…… 그래도 우리 가문이 인심을 잃지는 않았나 보구나."

"예, 아버님. 대부분 우호적이었습니다."

"다른 두 곳은 어떠하냐?"

"한곳은 운천학당(雲天學堂)인데 실제로는 도둑질이나 사파의 술수를 교습하는 곳으로 밝혀졌습니다. 외부인의 출입을 금하기에 아직 상세한 탐사는 하지 못했습니다."

"흐음, 그래?"

"다른 한곳은 상천도관인데 도녀들만 수행하는 곳이라 사내들의 출입이 금지돼 있어 접근이 어렵습니다. 결국 은밀하게 침투해야 하는데 자칫 여인들의 수행 도관을 침범한 사실이 발각되면 가문의 명성에 누가 될 것이 우려됩니다."

아들로부터 보고를 들은 군계명이 단호한 표정을 지었다.

"사악한 색녀들의 소굴을 찾아내 궤멸시키는 것이 우선이다. 강호 정기를 수호할 수 있다면 가문의 명성을 잠시 훼손되는 것도 주저하지 마라."

"예, 아버님."

"욕을 먹어도 아비가 먹을 것이니 상천도관에 대한 수색은 아비한테 맡겨라. 대신 너는 운천학당을 다시 찾아가 수색에 협조해 줄 것을 요청해라."

군사준이 다소 신중한 눈빛을 발했다.

"그것은 어렵지 않지만 자칫 충돌이라도 일어나면 혈환마궁에서 자신들이 추적당하는 중임을 알아챌 수 있습니다."

"그렇구나. 무엇보다 위지불급이 다쳐서는 안 되지."

군계명은 짙은 눈썹을 꿈틀거리며 잠시 고심했다.

그는 무엇보다 위지불급의 안위를 우선으로 생각했다. 위지불급이 팔대가문 중에서 군천세가에만 협조를 요청한 이상 위지불급의 안위는 군천세가의 책임임을 통감하고 있었다. 만일 위지불급에게 불상사가 생길 경우 백리태보와 철문산장, 북궁세가 등 다른 가문들의 신랄한 비난까지 염두에 두어야 했다.

군사준도 이런 난감한 상황을 누구보다 잘 알고 있기에 판단을 내리기가 쉽지 않았다.

이때 문밖에서 건청당주의 음성이 들려왔다.

"가주님, 접니다."

"그래, 들어와라."

군계명이 자리에 앉으며 찻잔에 차를 따랐다.

건청당주가 들어서며 예를 올렸다.

"어젯밤 형산 운무봉의 상천도관에서 십야혈루등이 밝혀졌다고 합니다."

군계명 부자는 놀라움을 금치 못했다.

"뭐야? 십야혈루등이 밝혀졌다고?"

"그렇습니다. 상천도관의 도녀 두 명이 옷이 벗겨진 채로 살해된 것으로 보고되었습니다."

"어떻게 입수한 정보냐?"

"오호표국에서 전서구를 보내 알려왔습니다."

오호표국(五湖鏢局)은 호남 최대의 표국으로 천하 곳곳까지

물자를 배송한다. 특히 섬서성 장안은 오호표국의 주요 거래
처가 많기에 그들로서는 섬서제일의 가문인 군천세가에게 적
극 협조하고 있었다.

군사준이 맑은 눈빛을 발하며 물었다.

"당주, 혈등이 밝혀졌고 두 명의 도녀가 간살당한 것이 확실
하오?"

"간살당했다는 얘기는 없었소. 하지만 계집이 알몸으로 죽
었다면 간살당한 것으로 추정할 수 있지 않겠소?"

"그렇지가 않소. 이건 중대한 단서요."

군사준은 부친에게 자신의 분석을 고했다.

"상천도관의 혈등은 가짜일 가능성이 높습니다. 아니, 위지
형이 어떤 정보를 알리기 위해 일부러 혈등을 밝혀놓은 것이
틀림없습니다."

"그렇다면 위지불급이 탈출했다는 뜻이냐?"

"아닙니다. 만일 탈출했다면 우리에게 직접 연락을 취해왔
을 것입니다. 소자가 판단하기에 위지 형은 아직 마궁에 갇혀
있는 것으로 보입니다. 혈등이 밝혀진 것은 유력한 동조자를
만났기 때문이라 추측됩니다."

"그렇게 단정할 근거라도 있는 것이냐?"

"사악한 색한이라도 동시에 두 명의 여인을 간살하는 경우
는 극히 드뭅니다. 한데 이번 사건에서 두 명의 도녀가 알몸으
로 살해되었지만 간살당하지는 않은 것으로 보고되었습니
다."

군계명은 쉽게 이해가 되지 않았다.

"왜 그것을 중대 사안으로 생각하는 것이냐?"

"소자의 판단으로 흉수가 도녀들을 살해한 후 옷을 벗긴 것은 사건의 끔찍함을 위장하기 위한 책략으로 사료됩니다. 다시 말씀드리면 위지 형은 누군가를 시켜 가짜 십야혈루등을 밝혀 상천도관을 조사할 수 있는 빌미를 제공해 준 것입니다."

"오냐, 네 분석이 합당하다!"

아들의 추리를 확신한 군계명이 서둘러 건청당주에게 지시를 내렸다.

"당주는 수색 나가 있는 전 제자들에게 운무봉 상천도관으로 집결토록 지시를 내려라. 그리고 당장 출동 채비를 갖춰라!"

"예, 가주."

건청당주가 방을 나가자 군계명은 검을 차고 두루마리를 둘렀다.

"과연 위지불급은 놀라운 수완을 지닌 자로구나. 색녀들에게 제압된 상황에서도 우리에게 이런 단서를 제공할 수 있으니 말이다."

군사준도 출동 채비를 갖추었다.

"아버님, 탁세신룡은 천재적인 두뇌의 소유자입니다. 그가 이번 사건을 통해 많은 것을 알리려 했지만 소자가 미처 생각지 못한 것이 있을까 우려됩니다."

"아니다. 네 분석은 틀리지 않았다. 세상 사람들은 북궁검

민을 당대의 수재라 일컫지만 너 또한 그에 못지않더냐? 상천
도관이 분명 색녀들의 은신처다.”

“아버님, 정면적인 대응은 곤란합니다. 일단 차분하게 응수
해 위지 형을 구출하는 것이 우선입니다. 사악한 색녀들을 언
제든지 제거할 수 있지 않습니까?”

“…….”

군계명은 다소 흥분한 자신의 행동을 깨닫고는 쓴웃음을 지
었다.

“그렇구나. 색녀들을 제거하는 것이 우선은 아니지.”

그는 아들의 어깨를 가볍게 쥐었다.

“오냐, 네게 지휘를 맡기겠다. 아비는 널 지원하는 것으로
충분하다.”

2

요지혈혜는 상천도관에서 벌어진 살인 사건을 놓고 사대총
령과 더불어 대책을 논하고 있었다.

오색총령은 자신이 관장하는 도관 내에서 벌어진 불상사이
기에 제대로 입을 떼지 못했다. 호위총령과 집법총령도 흉수
가 당대의 살인마인 십야혈루등주로 생각했기에 경계의 불찰
을 탓하지 못했다.

그녀들이 우려하는 것은 세간의 관심이었다. 무엇보다 상담
까지 진출해 있는 군천세가 의협들의 조사를 피할 수 없게 된

것이 걱정이었다.

행여 은신처가 발각된 경우 이십 년 이래 구축해 놓은 총단을 이주해야 하는 중대 사태가 발생할 수도 있는 상황이었다.

호위총령이 얼굴 근육을 꿈틀거리며 사납게 외쳤다.

"궁주, 속하에게 당장 십야혈루등주를 추살하라는 명을 내려주십시오. 본 궁을 위험에 빠뜨린 그 살인마녀를 반드시 찾아내 죽이겠소이다!"

호위총령은 요지혈혜와 동문이며 최측근이기에 사대총령 중 으뜸이다. 혈환삼공의 진전을 이어받았기에 그녀의 무공은 궁주인 요지혈혜와 견줄 정도다.

요지혈혜는 총령들을 쓸어보다가 설화에게 시선을 고정시켰다.

"순찰총령이 의견을 한번 말해봐라."

"예, 궁주님."

설화는 서열이며 나이 차이가 현격하기에 몸을 일으켰다.

"제가 판단하기에 이번 살인사건은 진짜 십야혈루등주의 소행이 아닙니다."

다른 세 총령이 놀란 눈으로 그녀를 주시했다.

"놈의 소행이 아니라고?"

"분명 혈등이 밝혀졌지 않느냐?"

"놈이 아니면 대체 누구라는 것이냐?"

설화는 세 총령은 무시한 채 요지혈혜를 향해 얘기를 계속했다.

"혈등이 밝혀졌다 하여 모두 십야혈루등주의 소행은 아닙니다. 그동안 가짜 십야혈야등은 여러 건 밝혀진 적이 있었습니다. 결국 정황으로 판단해야 하는데 흉수는 두 제자의 옷만 벗겼습니다. 한데 탁세신룡에 의해 밝혀진 십야혈루등주는 계집이었습니다. 앞뒤가 맞지 않습니다."

오색총령이 눈을 가늘게 뜨며 반박했다.

"물론 두 제자가 간살당한 흔적은 없지만… 계집의 옷을 벗겼다 하여 반드시 흉수가 사내라고는 확신할 수 없다."

혈환마궁 제자들은 계집들끼리 지내다 보니 서로를 탐닉하는 변태적인 행위를 많이 벌여왔다. 변태를 즐기는 오색총령에게는 당연할 수 있는 반론이었다.

한데 요지혈혜가 다소 표정을 굳히며 그녀의 반박을 일축했다.

"객쩍은 소리 마라. 순찰총령은 계속해도 좋다."

"예, 궁주님."

설화는 차분한 어조로 자신의 견해를 밝혔다.

"도관에 밝혀진 혈등의 진위는 판단할 수 없지만 가짜일 가능성을 놓고 분석한다면 상황이 아주 나쁩니다. 군천세가의 무사들이 십야혈루등주를 추적하기 위해 호남성까지 진출했는데, 혈등이 밝혀졌으니 저들은 늦어도 내일까지는 상천도관에 들이닥칠 겁니다. 십야혈루등주는 무림의 공적이기에 그 살인마를 추적하기 위한 수사에는 누구라도 협조해야 합니다. 상천도관이 비록 도녀들만의 도관이라도 해도 저들의 수사를 거부하기는 어려울 겁니다."

호위총령이 팔선탁을 내려치며 냉소를 쳤다.

"흥, 군천세가 따위는 얼마든지 궤멸시킬 수 있다!"

그녀는 요지혈혜를 향해 강하게 요구했다.

"궁주, 이참에 군천세가 놈들을 모두 제거합시다. 나머지 가문들이야 모두 뱃속이 시커먼 놈들인데 감히 본 궁과 맞서려 하겠소?"

"호위총령은 입 다물게. 순찰총령의 분석을 마저 들은 후 판단할 것이네."

궁주의 일침에 호위총령이 입을 다물자 설화가 말을 이었다.

"일단 군천세가의 수사를 최대한 따돌리는 것이 급선무입니다. 연후 저들이 물러가면 흉수를 찾아 제거해야 합니다. 아마도 흉수는 군천세가를 상천도관으로 끌어들여 본 궁을 준동시키려는 의도였을 겁니다. 그렇다면 본 궁에 대해 어느 정도 알고 있지만 공개적으로 모습을 드러낼 수 없는 자일 가능성이 아주 높습니다."

유난히 얼굴빛이 흰 집법총령이 냉랭한 어조로 물었다.

"순찰총령은 흉수에 대해 어느 정도 짐작한단 말이냐?"

"그렇습니다. 흉수는 은향장의 제자로 판단됩니다."

설화의 단호한 어조에 세 총령이 언성을 높였다.

"은향장?"

"으음, 가능성이 있군."

"그 버러지 같은 계집들이 감히 배신을 해?"

요지혈혜가 자리에서 일어서며 분개하는 총령들을 진정시켰다.

"아직 추측일 뿐 확인된 사실이 아니니 함부로 경거망동하지 마라."

그녀는 설화에게 다가서며 머리를 쓰다듬어 주었다.

"참으로 예리하구나. 네 말대로 십야혈루등은 가짜일 공산이 아주 높다. 특히 흉수가 은향장의 제자일 가능성이 높다는 추측은 정말 놀라운 분석이다. 나도 거기까지는 전혀 짐작하지 못했어."

"과찬이십니다, 궁주님. 아직 근거가 미흡합니다."

"그래, 물증이 없으니 미흡한 근거라 할 수 있지. 하지만 네 덕분에 어떻게 대처해야 할지에 대해서는 판단하기가 수월해졌다."

요지혈혜는 세 총령에게 차례로 지시를 내렸다.

"오색총령은 소속 제자들에게 지시를 내려 결전에 대비토록 해라. 하지만 싸움은 최악의 상황이니 일단은 출입만 엄중하게 통제하라."

"예, 궁주님."

"집법총령은 은향장 인질들을 한곳으로 모으고 엄중히 감시해라. 은향장 계집들이 소란을 틈타 구출에 나설 수도 있음에 유념하라."

"명심하겠습니다."

“호위총령은 현 상황을 삼공께 아뢰게. 격돌이 전개되면 삼공께서 나서주셔야 신속하게 진압될 수 있으니까.”

“알겠소, 궁주.”

세 총령은 예를 표하고는 요지전을 나갔다.

요지혈혜는 자색으로 물든 손을 설화에게 보여주었다.

“순찰총령, 네 덕분에 자전강기의 구결은 모두 습득했다. 이제 투살마안에 대해 알아내라.”

“알겠습니다. 하온데… 그가 계속 궁주님과의 면담을 요청하고 있습니다.”

“후훗, 놈은 어떻게든 날 제압해 인질로 삼으려는 속셈이다. 워낙 교활한 놈이다 보니 솔직히 상대하기가 꺼려진다. 투살마안 외에 어떤 마공을 숨긴 채 날 기습하려 들지도 모를 일이니 말이다.”

요지혈혜는 설화의 허리에 팔을 두르며 나란히 걸음을 옮겼다.

“일단 투살마안까지만 터득한 후 놈을 만나겠다. 나를 만나고 싶다면 투살마안에 대한 구결을 고하라고 전해라.”

“알겠습니다.”

“너만 믿겠다, 순찰총령.”

요지혈혜는 설화의 젖가슴을 부드럽게 어루만졌다.

“이번 상황만 마무리되면 널 본 궁의 소궁주로 정식 임명할 것이다.”

요지전을 나선 설화는 통로를 따라 이동했다.

통로를 지나던 제자들이 설화를 대하자 정중하게 예를 올렸다. 나이는 어려도 순찰총령이라는 높은 직위에 올랐기에 감히 그녀들이 넘볼 위치가 아니었다.

설화는 잠시 전의 회의를 되새기며 위지불급의 지략에 감탄을 금치 못했다.

'아, 과연 오라버님은 신인이시다. 오라버님의 지시에 따라 가짜 혈등을 밝힌 이후 모든 상황이 오라버님이 예상한 대로 진행되고 있어.'

그러했다. 지난밤 상천도관의 도녀 둘을 살해한 사람은 바로 설화였다.

그녀는 위지불급이 시킨 대로 도녀들의 옷을 벗기고 가짜 십야혈루등을 밝혀놓았다. 그녀의 움직임이 워낙 빨랐기에 누구도 그녀의 소행임을 알아채지 못했다.

하기는 궁주의 지극한 총애를 입어 순식간에 순찰총령의 직위에까지 오른 그녀를 의심하기란 쉬운 일이 아니다.

만일 평소 상황이었다면 상천도관에 진짜 십야혈루등이 밝혀졌어도 큰 문제가 없다. 적당한 선에서 처리하고 한동안 상천도관 문을 굳게 닫아걸면 될 일이다.

그러나 지금은 형산 주변으로 군천세가의 무사들이 포진돼 있는 상황이라 지하 궁전에 은신해 있는 혈환마궁 제자들로서는 긴장할 수밖에 없다.

따라서 그들이 흩어져 있는 은향장 인질들을 한데 모아 관리하리라는 것이 위지불급의 예상이었는데 그 문제도 간단히 해결되었다.

설화는 밀실로 향하는 통로로 들어섰다.

'이로써 은향장 인질들을 확실히 지킬 수 있게 되었다. 제발 군천세가에서 저들이 눈치 채지 않게 현명하게 행동해야 하는데……'

밀실 문 앞에 이르자 궁주가 파견한 네 명의 호위가 예를 올렸다.

"순찰총령을 뵈옵니다."

"죄인을 만나겠다."

"알겠습니다."

호위들은 기관을 작동시켜 철문을 열고 앞서 들어갔다.

밀실로 들어선 호위들은 침상에 반듯하게 눕혀져 있는 위지불급의 몸 상태를 확인하고는 밖으로 나섰다.

"안전합니다. 들어가십시오."

"음."

설화가 밀실로 들어가자 호위들이 기관을 작동시켜 문을 닫았다.

요지혈혜가 자신의 측근호위를 밀실 경비로 파견한 것은 절반의 자전강기를 얻은 후부터였다. 명목상 위지불급을 엄중하게 감시하기 위함이라지만, 설화가 위지불급의 금제를 해소시켜 줄 가능성을 원천적으로 차단하려는 것이 진짜 의도였다.

요지혈혜는 지극히 신중한 성격의 소유자라 가장 충성스런

수하조차도 불신한다. 그녀가 설화를 총애하는 것은 사실이지만 철저한 관리는 그녀의 천성인 것이다.

침상으로 다가선 설화가 위지불급의 혈도를 풀어주었다.

위지불급은 며칠 동안 섭생을 잘했고 좋은 약을 처방받아 고문으로 상했던 몸을 거의 회복했다. 혈도에 박힌 금침 때문에 공력을 운기할 수 없지만 거동에는 전혀 문제가 없었다.

눈을 뜬 위지불급은 한껏 기지개를 펴고는 침상에서 일어나 앉았다.

"어찌 되었느냐?"

"모든 상황이 오라버님께서 예상하신 대로 진행되었습니다. 군천세가의 무사들이 운무봉으로 달려오는 중이라 했으니 오늘 밤 늦게라도 들이닥칠 겁니다."

"아니다. 군천세가는 의와 도리를 중시하는 사람들이다. 아무리 중대 사안이라도 야심한 시각에 도녀들만 사는 도관의 문을 강제로 열지는 않을 것이다."

침상에서 내려선 그는 차를 한 모금 마시고는 먹을 갈았다.

"아마 내일 아침 일찍 방문할 것이다. 그리고 군사준은 현명한 친구라 전혀 내색을 하지 않을 게다."

그는 붓에 먹물을 묻히며 싱긋 미소를 지었다.

"참, 군사준은 사내로서는 진정 인중룡이라 네가 한눈에 반할지 모르겠구나."

"오라버님도 참… 짓궂으십니다."

"훗, 농담이다. 가만, 은향장 인질들은 어찌 되었지?"

"한곳으로 이송하라는 궁주의 지시가 내려졌습니다."

"좋아. 그럼 군사준이 제대로 해주기만을 기다리면 되겠
군."

위지불급은 수려한 필체로 빈 두루마리를 빼곡하게 채우고
는 붓을 내렸다.

"요지혈혜가 투살마안에 대한 구결을 알아오라고 했겠지?"

"예, 오라버님."

"이것을 가져가라."

"왜 이번에는 구술을 하지 않으신 겁니까?"

"행여 네가 투살마안을 터득할까 우려되는구나. 투살공은
아주 비극적인 상황에서 창안된 절기라 사람의 마음까지 황폐
하게 만든다. 네게는 어울리지 않아."

위지불급의 다정한 미소에 설화는 가슴 뭉클한 감동에 젖었
다.

"오라버님……."

"설화야."

자리에서 일어선 위지불급이 그녀를 따뜻하게 포옹했다.

"우리 가문에 이방인은 없다. 네가 우리 가문에 잠시 있었다
는 것만으로 넌 이미 우리 가족이 된 것이다. 내 동생이 아니
라 내 연인으로."

"제가 어찌……."

"아무것도 생각지 마. 이 상황이 종료될 때까지 내가 지시하
는 대로만 따라줘. 연후 함께 청풍공방으로 가자. 네가 반드시

가야 할 이유가 있다."

설화는 슬며시 포옹에서 벗어나며 한 걸음 물러섰다.

"가문에 무슨 문제가 생겼습니까?"

"그래, 큰 문제가 생겼다. 하지만 지금은 밝힐 수 없어. 네게 너무도 커다란 충격이 될 테니 말이야."

"안 좋은 일이군요."

위지불급은 답변을 회피하며 표정을 굳혔다.

"일단은 취취와 은향장 인질을 구하는 게 우선이다."

3

상천도관 앞.

군천세가 무사들 삼십여 명이 정연하게 도열해 있었다. 인솔자는 군사준과 건청당주였다. 그들은 새벽 무렵 상천도관 앞에 당도했지만 절차에 따라 제선의식이 끝날 때까지 기다리는 중이었다.

제선의식은 도문의 제자들이 도교의 비조인 태상노군께 올리는 의식으로 불문의 새벽 예불과 같은 절차다.

물론 이미 형산 일대에는 군천세가의 정예들 백여 명이 당도해 있는 상태다. 하지만 아직 상천도관의 진면모를 파악하지 못했기에 각기 수십 리 밖에서 대기시켜 두고 있었다.

군천세가의 가주 군계명 대신 군사준이 나선 것도 상대를 강하게 압박하지 않으려는 의도였다.

이윽고 상천도관의 문이 열렸다.

팔괘의 옷에 태극모를 쓴 차림의 늙은 도녀가 몇몇 도녀를 대동해 대문 밖으로 나섰다.

군사준이 먼저 예를 올렸다.

"소생은 군천세가에서 온 군사준입니다. 수행에 방해를 드려 송구합니다."

늙은 도녀는 공손히 답례를 취했다.

"무량수불, 군천세가의 의로운 명성은 익히 들었어요. 노도는 상천도관의 관주로 도명을 영매(永昧)라 합니다."

"아, 영매 노선이셨구려. 소생이 방문한 연유는……."

"알고 있습니다. 끔찍한 십야혈루등 때문이겠지요."

영매 노선은 군천세가 무사들을 쓸어보고는 말을 이었다.

"아시피시피 본 도관은 도녀들만의 수행소입니다. 비록 본 도관이 불미스런 일을 당했다지만 많은 분들을 수용하기가 어렵습니다."

"당연히 그렇겠지요. 수사에만 잠시 협조해 주시면 됩니다. 상천도관의 정갈함을 해칠 의도는 추호도 없습니다."

군사준은 건청당주를 돌아보았다.

"두 명의 제자만 대동하겠소. 당주는 이곳에서 대기하시오."

"알겠소, 소가주."

건청당주는 두 무사를 호출해 군사준의 호위로 삼았다.

영매 노선은 세 명만 입관하겠다는 태도에 적이 안도의 표정을 지었다.

"과연 군천세가의 높은 명성이 헛되지 않았군요. 배려에 감사드리오."

영매 노선은 군사준과 두 무사를 안내해 앞서 들어갔고 네 명의 도녀가 좌우에서 따랐다.

상천도관은 넓은 경내는 깨끗하게 정갈했다. 도녀들의 숙소인 요사채에서 도문이 경전인 황정경을 읽은 음성이 노래처럼 들려왔다.

군사준은 조경과 함께 잘 어우러진 선당과 누각을 둘러보며 감탄을 토했다.

"참으로 아름답습니다. 소생이 만일 여인의 몸이었다면 노선께 청해 선도에 입문하고 싶은 심정입니다."

"과찬이십니다. 군천세가와 같은 정의로운 가문이 존재하기에 우리가 수행에 전념할 수 있는 것이 아니겠습니까?"

영매 노선은 군사준 일행을 호젓한 오솔길로 안내했다.

이 순간 군사준의 귓속으로 가느다란 전음이 흘러들었다.

"놀라지 마십시오, 대협. 저는 위지불급 오라버님의 명을 받아 대협을 지원코자 합니다."

전혀 예상치 못한 전음이었지만 군사준은 깊은 수양을 지녔기에 조금도 내색치 않았다. 그는 전음이 우측에서 따르는 도녀들 속에서 들려왔음을 간파했지만 눈길 한 번 주지 않은 채 영매 노선의 뒤를 따랐다.

오솔길을 따라가는 도중에 전음이 다시 이어졌다.

"저는 설화라고 합니다. 십야혈루등은 오라버님의 명을 받아 제가 밝힌 것입니다. 어느 정도 예상하셨겠지만 상천도관은 혈환마궁을 보호하기 위한 위장막에 불과하며 저들의 소굴은 지하에 숨어 있습니다."

그들 일행은 작은 창고 앞에서 걸음을 멈추었다.

도녀들이 영매 노선 뒤로 도열해 서는 바람에 군사준은 비로소 도녀들의 모습을 확인할 수 있었다.

도녀들은 모두 용모가 단정하고 화장기 하나 없는 맨 얼굴이기에 혈환마궁의 음탕한 색녀들이라고는 조금도 상상할 수 없는 모습이었다.

도녀들은 모두 소매 속으로 두 손을 감춘 채 다소곳이 눈길을 내리깔고 있어 군사준은 그들 중 누가 설화인지 구분하기가 쉽지 않았다.

군사준은 자연스럽게 눈길을 돌리며 영매 노선에게 물었다.

"이곳에 시신과 십야혈루등이 보관돼 있습니까?"

"그래요."

영매 노선이 턱짓을 보내자 한 도녀가 문을 열어주었다.

잡동사니를 넣어두는 창고였지만 품목별로 정돈이 돼 있어 어수선하지는 않았다. 선반 한쪽으로 붉은 등과 두 개의 상자가 놓여 있었다.

붉은 등 쪽으로 다가선 군사준이 물었다.

"이것이 이번에 귀 도관에서 밝혀진 혈등입니까?"

"그렇습니다."

"한데 시신은……?"

"도관의 규칙대로 화장을 했습니다."

"벌써… 말입니까?"

군사준이 다소 난감한 표정을 짓자 영매 노선이 차분하게 응수했다.

"도녀의 신분으로 피살당했다는 것은 우리 도관의 수치이며 다른 도녀들의 수행에도 장애가 됩니다. 그래서 사고를 당한 도녀들의 경우 신속하게 화장을 해서 장례를 마치는 것이 도관의 관례입니다."

"으음, 그것이 도관의 관례라면 어쩔 수 없지요."

군사준은 아쉬움을 달래며 붉은 등을 집어 들고 살폈다. 그는 진짜 십야혈루등을 접한 적이 있기에 가짜 등은 대번에 알아볼 수 있다.

그가 등을 살피는 사이 다시 설화의 전음이 고막으로 파고들었다.

"오라버님은 안전합니다. 하지만 인질을 구출해야 하기에 신속한 진입이 요구됩니다. 비밀 통로는 동쪽의 태상노군상과 서쪽의 현도각(玄圖閣) 아래쪽에 있습니다."

군사준은 가볍게 고개를 끄덕이고는 등을 내려놓았다.

"안심하십시오, 관주. 이 등은 가짜입니다."

"가짜……?"

"그렇습니다. 진짜 십야혈루등은 이것보다 훨씬 정교하며 수까지 놓아져 있습니다. 한데 이 등은 붉기만 할 뿐 어디서든

흔히 구할 수 있는 평범한 물건입니다.”

“하면 흉수는……?”

“아마도 변태적인 색한이 아닐까요? 그자가 자신의 정체를 숨기기 위해 십야혈루등을 이용한 것으로 추측됩니다.”

“오, 무량수불.”

영매 노선은 도호를 외우며 가슴을 내리쓸었다.

“그렇다면 무서운 살인마의 소행은 아니로군요?”

“그럴 가능성이 높습니다. 하지만 색한들이 또다시 도녀들을 노릴 수 있으니 경계를 철저히 하십시오.”

군사준은 도녀들을 향해 포권을 표했다.

“도녀들께서도 당분간 삼경 이후에는 가급적 바깥출입을 삼가십시오.”

그는 두 무사를 대동해 창고를 나서며 한마디를 흘렸다.

“공연히 헛걸음했군. 가짜가 확실해.”

군사준을 비롯한 군천세가 무사들은 신속하게 운무봉을 내려갔다. 그들의 움직임은 곳곳에 숨어 있는 혈환마궁 순찰무사들에 의해 설화에게 전달되었다.

요지전을 찾아간 설화가 상황을 보고했다.

“군천세가 무리들은 운무봉에서 완전히 철수했습니다.”

요지혈혜는 투살마안의 구결이 기재된 두루마리를 검토하고 있다가 가볍게 미간을 찌푸렸다.

“혹시 철수를 위장한 것은 아니더냐?”

"그런 징후는 없었습니다. 혈등을 검사한 군사준은 대번에 가짜라고 판명했습니다. 그들은 십야혈루등주를 추적하는 일이 우선이기에 살인사건 자체에는 관심을 두지 않았습니다."

"군사준은 교활하지는 않아도 신중한 자다. 은밀하게 감시할 수도 있으니 상천도관의 제자들에게 도녀 행세를 확실히 하라고 엄중하게 일러두어라."

"알겠습니다, 궁주님."

"한데 말이다……."

요지혈혜가 눈빛을 반짝이며 설화를 직시했다.

"앗!"

설화는 눈알이 터지는 듯한 고통을 느끼며 얼른 고개를 돌렸다.

요지혈혜는 강렬한 안광을 폭사하며 싱긋 미소를 지었다.

"호홋, 절반의 투살마안으로도 어느 정도 성과를 보았다. 나머지 절반은 언제 가져올 셈이냐?"

"탁세신룡은 취취의 안전을 확인한 후에야 나머지 절반을 써주겠다고 했습니다."

"그럼 만나게 해주면 될 것 아니냐?"

설화가 다소 서늘한 표정을 지었다.

"그것이 조금 우려가 됩니다."

"왜?"

"그자가 취취를 만나면 어떻게 돌변할지 예측할 수가 없습니다. 완벽하게 제압된 상태에서도 전 순찰총령에게 부상을 입한 자가 아닙니까?”

“흐음, 네 우려가 지나친 것은 아니다. 그래서 어쩌자는 거지?”

“제가 최대한 설득을 해본 후 그래도 고집을 부리면 뇌옥으로 데려가 취취와 만나게 해주겠습니다.”

요지혈혜가 의아한 표정으로 물었다.

“놈을 뇌옥으로 데려가겠다고?”

“밀실보다는 뇌옥이 더 안전합니다. 그자가 만에 하나 무공을 회복하는 상황이 발생하더라도 뇌옥이라면 충분히 가둬둘 수 있습니다.”

잠시 생각을 굴린 요지혈혜가 설화의 세심함을 칭찬했다.

“훌륭해. 어느 곳 하나 빈틈이 없구나. 군천세가 놈들이 아직 형산에 머물러 있는 동안 사고가 생기면 곤란하지. 집법총령에게는 일러두겠지만 가급적 너의 향기로운 몸으로 해결토록 노력해 봐라.”

“명심하겠습니다, 궁주님. 내일까지는 투살마안의 나머지 구결을 바치겠습니다.”

설화는 정중히 예를 표하고 요지선을 나섰다. 마침내 모든 계책이 이루어졌다는 생각에 그녀는 내심 안도의 한숨을 내쉬었다.

‘됐어. 이제 오라버님이 기력만 회복하면 성공이다!

쿠우웅……!

묵직한 소음과 함께 육중한 철문이 닫혔다.

침상으로 다가선 설화가 혈도를 타통시켜 위지불급을 깨웠다.

"저예요, 오라버님."

정신을 차린 위지불급은 늘어지게 기지개를 펴고는 침상에서 내려섰다.

"군사준은 만나보았냐?"

"예, 오라버님."

"어떠하냐? 내 말대로 예의 바르고 차분한 인중룡이 분명하지?"

"먼저 보고부터 올리겠습니다."

설화는 군사준이 가짜 혈등임을 대번에 파악하고 그대로 돌아간 상황을 상세하게 말해주었다.

위지불급은 체조로 몸을 풀면서 보고를 듣다가 싱긋 미소를 지었다.

"훗, 도녀들에게 삼경 이후에는 바깥출입을 삼가라고 했단 말이지? 그렇다면 오늘 밤 삼경에 기습을 하겠다는 뜻이다."

"아, 그런 의미였군요?"

"무슨 소리. 너도 이미 눈치를 챘을 텐데. 그럼 군천세가 의협들이 색녀들을 소탕하는 사이 난 인질들만 안전하게 지키면 되겠구나."

설화의 안색에 다소 그늘이 드리워졌다.

"오라버님, 혈환마궁의 전력은 녹록치 않습니다. 군천세가의 무사들 수십 명 정도에 무너질 혈환마궁이 아닙니다."

"걱정 마라. 내 판단이 틀리지 않다면 의천신검이 직접 출동했을 것이다."

"예에? 군천세가의 가주 말씀이십니까?"

"그래. 내가 혈환마궁에 대해 언급해 주었는데 어찌 군사준 혼자 왔겠느냐? 군천세가에서도 최정예들을 모두 출동시켰을 것이다. 하지만 예상보다 군천세가의 위장 계책이 훌륭해 요지혈혜가 미처 파악치 못한 것 같구나."

"의천신검은 중원십대고수와 버금가는 절세고수라고 들었습니다. 하지만 혈환삼공 또한 무서운 고수이기에 엄청난 격돌이 예상됩니다."

설화가 여전히 우려를 씻지 못하자 위지불급이 옆으로 다가섰다.

"괜찮다. 싸움이 시작되면 넌 내 곁을 꼭 붙어 있어라. 내가 반드시 지켜줄 테니까."

"무공이 폐쇄된 몸으로 어떻게……."

"이 정도 금침대법에 무기력하게 있을 내가 아니다."

위지불급은 설화의 허리에 팔을 둘렀다.

"요지혈혜가 투살마안의 구결을 마저 보고 싶어 안달이 났을 텐데 그렇지 않느냐?"

"취취를 핑계 삼아 내일까지 전해주겠다고 미뤄두었습니다. 또한 오라버님을 모시고 뇌옥으로 갈 수 있게 조치해 놓았습니다."

“하하, 대단해. 네가 이렇게 똑똑하니 어찌 우리 가문의 일족이 아닐 수 있겠냐?”

위지불급은 설화를 포옹해 등을 다독였다.

“설화, 네가 나의 첫 여인은 아니지만 나의 마지막 여인이기를 진심으로 바란다.”

“오라버님……”

설화는 그의 가슴에 얼굴을 묻으며 마지막일 수 있는 포옹에 한껏 젖어들었다.

‘죄송합니다, 오라버님. 다음 생에 태어나면… 반드시 오라버님의 처음이자 마지막 여인이 되겠습니다.’

第四十三章 이것이 운명.

1

삼경(三更).

세상 사람들이 깊은 잠에 빠져든 야심한 시각이다.

상천도관으로 이어진 진입로 위로 백이십여 명이 집결했다. 통상 이런 야심한 시각에 행동하는 자들은 선인이 아니기에 얼굴을 가리게 마련이다.

그러나 진입로 위에 도열해 서 있는 사람들은 하얀 옷에 푸른 바람막이를 걸쳤을 뿐 누구도 복면으로 얼굴을 가리지 않았다. 그럴 이유가 없는 것이 그들은 하늘 아래 가장 광명정대하다는 군천세가 일족들이기 때문이다.

가주 군계명이 가문의 제자들을 향해 엄숙하게 지시를 내렸다.

“상대는 오랜 세월 강호 정기를 더럽혀 온 음탕한 색녀들이다. 비록 계집이라 해도 구미호와 다름없는 색녀들이니 가차 없이 소탕해야 한다. 그러나 죄를 뉘우치고 항복하겠다면 절대 죽여서는 안 된다.”

군계명은 제자들 앞을 지나며 말을 이었다.

“지금 너희들의 적은 혈환마궁이다. 저들이 과거만큼 강력한 전력을 지녔다면 오늘 우리 가문 단독의 공격은 무모할 수 있다. 그러나 정의를 위해서는 죽음도 불사한다는 것이 우리 가문의 가훈이다.”

훈시를 마친 그는 군사준에게 별도로 명을 내렸다.

“네가 이 개 당을 지휘해 서쪽을 공격해라. 아비가 동쪽을 맡겠다.”

“알겠습니다.”

군사준은 정중히 예를 표하고는 건청당과 맹기당 소속 제자들을 이끌고 앞서 출발했다. 뒤이어 군계명은 멸사당과 탕마당 소속 제자들을 대동했다.

군천세가의 육당 중 사 개 당이 출동했으니 가문의 운명을 건 결전일 수 있었다.

상천도관 앞에 이른 군사준은 가볍게 숨을 들이켰다.

긴장 때문이 아니었다. 그들 가문은 피치 못할 상황이 아니면 암습을 하지 않는다. 배후를 기습하는 일도 없고 싸워야 할 상황이면 정정당당하게 맞선다. 하지만 지금은 진입로를 확보해야 할 상황이기에 사전 통보를 할 계제가 아니었다.

군사준은 도관의 대문을 향해 걸음을 옮겼다.

"우리가 도둑도 아닌데 담장을 넘을 수는 없지. 내가 문을 열겠다."

혈환마궁의 지하 뇌옥.

뇌옥은 나선형 계단을 따라 한참을 내려가야 이를 수 있다. 나선형 계단이 유일한 출입구인데 세 군데나 철문으로 차단돼 있어 탈출은 불가능하다.

위지불급은 네 호위들의 밀착 감시를 받으며 뇌옥 광장으로 내려섰다. 그는 수인의 몸임에도 불구하고 마치 칙사처럼 행세했다.

"얘들아, 걷기가 힘드니 나갈 때는 교자를 준비해라."

호위 하나가 팔꿈치로 그의 옆구리를 찍었다.

"닥쳐."

이를 돌아본 설화가 매섭게 쏘아붙였다.

"삼위, 네가 지금 본 궁의 중요한 인질을 상하게 하려는 것이냐?"

"소, 송구합니다, 순찰총령. 이자가 주제도 모르게 허튼소리를 해대기에."

"그가 원하는 것은 무엇이든 해주라는 것이 궁주님의 명이셨다. 그가 원한다면 황금교자라도 준비해야 할 것이다."

"알겠습니다."

호위가 고개를 떨어뜨리자 위지불급이 놀려주었다.

"것 봐, 날 함부로 대하면 안 된다고 했지?"

이때 집법총령이 옥리들을 대동해 지하 광장 중앙으로 나섰다.

"놈은 우리가 접수하겠네. 순찰총령은 여기서 대기하게."

직급은 같아도 나이 차이가 워낙 많기에 집법총령은 설화를 아랫사람처럼 취급했다.

설화는 위지불급 옆으로 바싹 붙어 섰다.

"함께 취취를 만난 후 밀실로 호송해야 합니다."

"이곳의 책임자는 나일세. 순찰총령은 외부에 나가서나 지휘권이 생기는 것이 아닌가?"

집법총령이 지휘권의 영역을 거론하자 위지불급이 대신 말을 받았다.

"집법총령, 지금은 지휘권을 따질 상황이 아니다. 이곳은 나와 순찰총령이 접수할 테니 너희는 어서 물러가라."

집법총령은 어이가 없는 듯 헛웃음을 지었다.

"크훗, 단단히 돌았군."

그녀는 설화를 향해 매섭게 쏘아붙였다.

"순찰총령, 대체 죄수 관리를 어떻게 했기에 놈이 이리도 오만할 수 있단 말이냐?"

이번에도 위지불급이 답변했다.

"순찰총령을 탓하지 마라. 그리고 내가 접수하겠다고 공언했는데 물러서지 않으면 따끔한 맛을 보게 될 것이다."

"미친 새끼!"

집법총령이 손가락을 갈고리처럼 세워 위지불급의 어깨를 움켜쥐었다.

"네놈이 뇌옥으로 들어가려면 버러지처럼 기어가야 할 것이다."

순간 위지불급의 눈에서 아찔한 섬광이 폭사되었다.

번― 쩍!

"악!"

고통스런 비명을 통한 집법총령이 울컥 피를 토하며 뒤로 나가동그라졌다. 두 눈을 통해 붉은 핏물이 흘러내리고 있었다.

놀란 옥리들이 집법총령 주변으로 몰려들었다.

"총령, 괜찮으십니까?"

위지불급을 호송해 온 네 명의 호위 역시 경악을 금치 못했다.

"이, 이럴 수가?"

"투살공이 분명해! 금침대법으로 내공이 폐쇄되었을 텐데 어떻게……?"

"놈을 제압해라!"

호위들이 달려들자 위지불급은 설화가 차고 있는 오금죽장을 뽑아 쥐었다. 그가 공력을 운기하자 혈도에 박혀 있던 금침들이 우수수 떨어져 내렸다.

혼천마공의 삼대마공 중 하나인 역천마공을 수련한 덕분이었다. 역천마공은 진기를 거꾸로 돌리는 역행운기(逆行運氣)를 가능케 한다.

역행운기는 수련 시 지독한 고통을 수반하지만 진기 회복을 빠르게 해주고 어떤 점혈도 해소할 수 있는 놀라운 효능을 지니고 있다.

그동안 위지불급은 금제된 상태로 밀실에 갇혀 있었지만 역천마공으로 스스로 깨어나 무공을 회복시켜 놓았던 것이다.

위지불급은 몸을 빙글 돌리며 오금죽장을 휘둘렀다.

"꺼지라고 했지?"

퍼퍼펑—!

네 호위가 연이어 고꾸라졌다. 옥리들은 비로소 위지불급이 금제에서 풀려났음을 확신할 수 있었다.

한편 투살마안에 두 눈이 상한 집법총령은 옥리들의 부축을 받으며 나선형 계단을 오르고 있었다. 공력이 실린 투살마안이었기에 그녀는 상당한 내상까지 입은 상태였다.

앞을 볼 수 없는 집법총령이 악을 쓰듯 외쳤다.

"어서 경보를 울려라! 너희는 반드시 인질들을 확보해야 한다!"

"예, 총령!"

옥사장이 옥리들에게 지시를 내렸다.

"뇌옥을 점거해 죄수들을 확보해라!"

옥리들 일부가 창살문을 향해 달려갔다.

창살문 앞을 지켜서고 있던 설화가 허리춤에 숨겨진 면도(緬刀)의 손잡이를 움켜쥐었다. 면도는 칼의 두께가 종잇장처럼 얇기에 허리띠와 같은 가죽 칼집을 제작해 보관할 수 있다.

쐐애액―!

예리한 바람 소리와 함께 비명 소리가 터지며 옥리들이 참혹하게 베어졌다. 겨우 목숨을 부지한 옥리들 일부가 황급히 뒤로 물러섰다.

"이럴 수가! 순찰총령이… 동문들을 죽이다니?"

"순찰총령이 놈과 한통속이었단 말인가?"

"순찰총령이 배반했다!"

위지불급이 설화 옆으로 내려서며 옥리들을 둘러보았다.

"설화는 배반한 것이 아니라 제자리로 돌아왔을 뿐이다. 이제부터 뇌옥은 내가 관리하겠다. 너희는 당장 사라져라. 셋을 세겠다. 하나, 둘……."

집법총령이 눈을 상했고 순찰총령마저 등을 돌린 상황이기에 옥리들은 이미 전의를 상실했다. 나중에 벌을 받는 한이 있더라도 당장 죽고 싶은 마음은 없었다.

옥사장은 집법총령을 들춰 업고 나선형 계단을 따라 앞서 도주했다.

"어서 피해라! 문을 봉쇄해 놈의 탈출을 막겠다!"

옥리들도 위지불급의 추살이 두려워 줄을 이어 옥사장의 뒤를 따랐다.

위지불급은 본래 살인을 즐기는 성격이 아니라 발걸음 소리만 크게 내며 으름장을 놓았다.

"셋! 모두 죽인다!"

옥리들은 다급한 비명 소리를 발하며 나선형 계단을 따라 잽싸게 달아났다. 이어 묵직한 굉음이 들려왔다.

쿠웅……!

위지불급은 설화를 돌아보며 싱긋 웃음을 지었다.

"간단하군. 모두 설화 덕분이다."

그의 여유로운 태도와 달리 설화는 불안감을 떨치지 못했다.

"궁주가 직접… 출동할 것입니다. 유일한 통로가 폐쇄돼 빠져나갈 방법이 없습니다."

"그럴 겨를이 있을까? 지금쯤이면 군천세가의 의협들이 공격해 왔을 텐데?"

"혈환마궁에는 궁주와 버금가는 무서운 고수가 셋이나 더 있습니다. 혈환삼공은 과거 혈환마후를 섬겼던 시비들로, 그들의 권능은 궁주를 능가할 정도입니다."

"흐음, 혈환마후를 섬겼던 시비들이라면 나이가 팔순도 넘었겠군? 그런 꼬부랑 할망구들로는 의천신검과 군사준을 감당하지 못할 것이다."

위지불급은 철창문을 통해 뇌옥 통로로 들어섰다.

"난 취취와 은향장 인질들을 잠시 만나보겠다. 혈환궁 계집들이 내려오면 알려라."

보고를 받은 요지혈혜의 표정이 무섭게 굳어졌다.

"뭐야? 군천세가 놈들이 침투했다고?"

오색총령은 적의 침공을 사전에 파악하지 못한 자신의 죄를 통감해 털썩 무릎을 꿇었다.

"송구합니다, 궁주님. 상천도관이 순식간에 제압되는 바람에 미처 두 곳의 출입로를 차단하지 못했습니다. 더군다나 상대가 워낙 강력한 고수들이라……."

"군사준이 당대 최강의 후기지수라 하지만 어찌 놈 하나 때문에 두 곳의 출입로가 모두 뚫렸단 말이냐?"

"다른 한곳은… 의천신검이 뚫고 들어오는 바람에 저지할 수가 없었습니다."

의천신검이 거론되자 요지혈혜의 얼굴에 핏기가 싹 가셨다.

"의천신검? 정말… 군계명이 직접 왔단 말이냐?"

"자신이 그렇게 밝힌 데다… 검강을 자유자재로 구사하는 절세적 검법을 감안하면 분명 의천신검입니다."

"으음, 철저하게 당했군. 군계명이 군천세가를 떠났다는 정보는 입수하지 못했는데… 결국 놈들은 의도적으로 우리의 이목을 속인 것이다."

요지혈혜는 빠르게 생각을 굴린 후 지시를 내렸다.

"놈들을 대광장에서 저지한다. 호위총령은 당장 삼공께 상황을 고하고 출전을 부탁드려라. 나도 정예들을 이끌고 합류할 것이다."

"알겠소."

호위총령은 서둘러 요지전을 빠져나갔다.

요지혈혜는 오색총령을 내려다보며 엄한 표정을 지었다.

"너는 놈들을 격퇴하는 데 최선을 다하라. 수단과 방법을 가리지 않고 의천신검을 죽일 수 있다면 너의 죄를 묻지 않겠다."

"감읍할 따름입니다, 궁주님."

오색총령은 겨우 안도하며 몸을 일으켰다.

이때 부상당한 집법총령을 들쳐 업은 옥사장이 요지전 안으로 뛰어들었다.

"큰일났습니다, 궁주님!"

요지혈혜는 집법총령의 눈에 둘러진 피 묻은 붕대를 보며 눈썹을 칼날처럼 치켜세웠다.

"집법총령이 벌써 부상을 당한 것이냐?"

집법총령이 옥사장의 도움을 받아 무릎을 꿇고 아뢰었다.

"송구합니다, 궁주님. 뇌옥을 점거당했습니다."

"무슨 소리냐? 군천세가 놈들이 벌써 뇌옥까지 침투했단 말이냐?"

"그게 아니오라… 위지불급과 순찰총령에게……."

"뭐라고?"

"위지불급은 무공이 폐쇄되지 않았고, 옥빙이 변절하는 바람에 이 지경이 되었습니다. 하지만 철문을 봉쇄해 놈의 탈출은 막아놓았습니다."

옥빙(玉氷)은 설화가 혈환마궁에 입문하면서 말한 가명이다. 설화로서는 차마 자신의 본명을 밝힐 수 없어 가명을 댄 것이다.

"으음!"

요지혈혜는 이마를 짚으며 집무의자에 털썩 주저앉았다.

그녀에게 있어 설화의 배신은 군천세가의 침공보다 훨씬 강력한 충격이었다. 그녀가 설화에게 쏟았던 애정과 두터운 신뢰를 감안한다면 심적 타격은 엄청났다.

"옥빙, 그 아이가 날… 배신해? 어떻게… 어떻게 이런 일이?"

집법총령이 조심스런 어조로 아뢰었다.

"궁주님, 상천도관에 갑작스럽게 가짜 십야혈루등이 밝혀진 일이며, 은향장 인질들을 한곳으로 이송하게 만든 것이 모두 옥빙의 수작으로 사료됩니다. 또한 위지불급의 무공이 금제되지 않은 것도 그 계집의 해제시켜 주었음이 틀림없습니다."

"어리석기는!"

요지혈혜는 두뇌 회전이 빠른 여인이기에 모든 상황을 보다 정확하게 간파했다.

"옥빙이 아니라 모두 위지불급 그놈의 대가리에서 나온 책략이다. 놈은 전 순찰총령에 의해 제압돼 끌려온 것이 아니라 스스로 잡혀온 것이다. 군천세가에 이미 지원을 부탁해 놓았겠지. 하지만 본 궁의 자세한 위치는 알지 못했기에 옥빙을 통해 상천도관에 가짜 십야혈루등을 밝히게 만들었다. 흉수를 은향장의 계집으로 조작한 것은 은향장 인질들을 한곳에 모으게 하려는 계략이었지."

요지혈혜는 뒤늦게야 상대의 교묘한 술책을 깨달은 것이 못내 분통한 듯 탁자를 내려쳤다.

"이 교활한 자식!"

콰앙!

대리석 탁자가 자전강기에 의해 대번에 가루로 변했다.

자리에서 일어선 그녀는 이를 부득 갈았다.

"내가 이해할 수 없는 것은 옥빙의 배신이다. 대체 그 아이가 왜 위지불급의 명령에 따랐단 말인가? 머지않아 본 궁의 소궁주에 오를 광영도 마다하고 말이다!"

오색총령이 눈알을 굴리다가 얼굴을 활짝 폈다.

"궁주님, 일전에 옥빙이 영하 지부에서 위지불급과 격돌한 적이 있지 않았습니까? 당시 옥빙은 위지불급을 놓쳤다고 보고했지만… 사실은 그것이 아닌 것 같습니다. 위지불급과는 진작부터 아는 사이로 추측됩니다."

요지혈혜는 입술을 곱씹으며 고개를 끄덕였다.

"그래, 네 추측이 아주 합당하다. 이런 갑작스런 배신은 있을 수 없다. 옥빙은 위지불급과는 본 궁에 입문하기 전부터 알고 있었던 게 확실해. 어쨌거나 배신은 절대 용서할 수 없다. 당장 두 연놈부터 죽이겠다."

집법총령 앞으로 다가선 그녀가 차갑게 물었다.

"눈의 부상은 어떻게 된 것이냐?"

"위지불급… 놈이 갑작스럽게 투살공을 전개하는 바람에 속수무책으로 당했습니다."

"으음, 놈도 투살마안을 터득했군."

요지혈혜는 자색 기운이 감도는 손으로 집법총령의 머리를 내려쳤다.

"네 눈은 회복될 수 없으니 차라리 영광스럽게 죽어라."

둔탁한 폭음과 함께 집법총령은 신음 한 번 토하지 못한 채 머리가 으스러져 즉사했다.

요지혈혜는 공포에 질려 있는 옥사장을 일으켜 세웠다.

"뇌옥으로 갈 것이다. 집법총원 제자들을 뇌옥으로 총출동시켜라."

"예, 궁주님."

겨우 목숨을 부지한 옥사장은 부리나케 요지전을 빠져나갔다.

요지혈혜의 뒤를 따르던 오색총령이 조심스럽게 말했다.

"궁주님, 일단 군천세가 놈들부터 처리해야 하지 않겠습니까? 위지불급이 인질들과 함께 뇌옥에서 탈출하는 것은 불가능합니다."

"너는 모른다. 놈은 위대한 위지세가의 후예다. 아무리 정교한 기관 장치라도 우습게 해결할 천재적 두뇌의 소유자이지. 만일 놈이 뇌옥을 빠져나와 배후를 공격한다면 우리는 궤멸을 면치 못할 것이다."

"예에? 그 정도로 무서운 고수입니까?"

요지혈혜의 두 눈에서 무서운 살광이 폭사되었다.

"삼공이라면 한동안 군천세가 놈들을 막아낼 수 있을 것이다. 위지불급과 배신자 옥빙부터 처단하는 게 순서다."

차차창—!

지하 대광장에서 전개되는 혈전은 처절했다.

머릿수로는 혈환마궁의 색녀들이 훨씬 많았지만 군천세가
의 일족들은 하나같이 용맹스러웠고 검법이 뛰어나 전혀 밀리
지 않았다.

지하 대광장이 넓기는 해도 넓은 평지가 아니기에 군천세가
일족들이 조금 더 유리한 상황이었다. 네 명의 당주는 소속제
자들을 이끌고 번갈아 가면서 출전해 색녀들 일부를 처지하고
는 물러섰다.

톱니바퀴처럼 맞물리는 교대.

다수의 적을 상대하기에 유리한 이런 전투 방식은 오랜 세
월 훈련을 받았기에 조금의 흐트러짐도 없었다. 잠시 물러선
제자들은 부상을 치료하고 기력을 회복할 수 있기에 다시 싸
움에 나서면 갓 출전한 병사처럼 맹위를 떨칠 수 있다.

이들은 진입을 서두르지 않았기에 아주 천천히 지하 대광장
을 점거했다. 몇 번의 싸움을 거치는 동안 지하 대광장은 절반
은 군천세가 차지가 되었다.

오색총령은 상황이 여의치 않자 입 안이 바싹바싹 탔다.

'젠장, 삼공은 왜 여태 오시지 않는 건가? 나 혼자 무슨 수로
군천세가의 수뇌들을 감당하라고?'

한데 이때였다. 날카로운 괴성과 함께 세 줄기 검은 그림자

로 장내로 날아들었다.

"키히히!"

거슬리는 웃음소리가 울려 퍼지며 검붉은 기운이 사위로 폭사되었다.

붉은 기운에 스친 군천세가 무사들은 가슴을 쥐어뜯으며 바닥을 나뒹굴었다. 그들은 지독히도 고통스런 모습으로 피를 토하며 죽어갔다.

군계명은 대번에 마공의 정체를 간파했다.

"모두 물러서라! 혈환마궁의 독문 마공인 혈음탈명강기(血陰奪命罡氣)이다!"

그는 군사준과 사대당주만 대동해 앞으로 나섰다. 그들 육인은 심후한 내공을 지녔기에 호신강기를 발출할 수 있는 경지에 이른 사람들이었다.

"키히힛!"

쇠를 긁는 듯한 괴소와 함께 내려선 흑의인들은 하나같이 쭈글쭈글 주름살로 가득한 노파들이었다. 희끗희끗한 머리카락은 듬성듬성 빠졌고 천년고목처럼 바싹 마른 피부에는 생기가 전혀 느껴지지 않았다.

노파들의 몸에서는 검붉은 기운이 절로 피어나고 있었다.

세 노파를 대한 혈환마궁의 색녀들이 일제히 무릎을 꿇었다.

"혈환삼공을 뵈옵니다!"

군계명조차 사악한 마기에 바싹 긴장했다.

'혈환삼공? 하나같이 절세 급 마녀들이로군.'

그는 세 노파를 쓸어보고는 자신의 신분을 밝혔다.

"난 군천세가의 가주 군계명이다."

노파들 중 애꾸 노파가 분노의 살광을 번득였다.

"키히히, 군천세가라고? 하면 네가 군위강의 자식이냐?"

"닥쳐라. 네가 감히 내 아버님의 존명을 함부로 입에 담는 것이냐?"

"멸사신검 군위강이 무슨 대단한 존재냐? 마후의 복수를 위해 반드시 놈의 무덤을 파고 시체를 짓밟을 것이다."

"마후의 복수라고?"

"그렇다. 우리는 마후를 섬겼던 혈환오비(血幻五婢)였다. 당시 네놈의 아비가 이끄는 정파 연합에 의해 마궁이 무너졌다."

군계명은 비로소 세 노파의 신분을 알게 되었다.

"그래, 혈환오비라면 들은 적이 있다. 어린 나이에도 불구하고 지독히도 음탕한 색녀들이라 들었다. 육십 년 세월 동안 추악하게 변모했구나. 아니, 그것이 너희들의 본래 모습이었을 것이다."

"키히히, 오랜 세월 복수를 꿈꿔왔는데 마침내 네놈의 목을 베어 마후의 영전에 바칠 수 있게 되었구나!"

혈환삼공은 곧바로 군계명을 향해 날아들었다.

"뒈져라!"

군사준이 부친을 지원하기 위해 뛰어들었다.

"당주들은 속히 사악한 색녀들을 추살하라!"

지하 대광장에 또다시 피바람이 몰아쳤다.

혈환삼공의 출현으로 혈환마궁 색녀들의 기세가 한껏 올랐기에 양측의 격돌은 훨씬 더 격렬해졌다. 그야말로 서로가 목숨을 건 생사일전이었다.

그그긍……!

뇌옥의 나선형 계단을 가로막은 철문이 열렸다.

요지혈혜는 옥사장과 집법총원 소속의 제자들을 대동해 뇌옥의 광장으로 내려섰다.

창살문 앞을 지켜서고 있던 설화는 막상 요지혈혜를 대하게 되자 숨이 턱 막혔다. 그녀가 혈환마궁에 몸담은 지는 이 년이 채 되지 않았지만 그녀에게 있어 요지혈혜는 사부와 같은 존재였던 것이다.

설화를 쏘아보는 요지혈혜의 눈빛에 원망이 기운이 가득했다.

"옥빙! 네가 감히 날 배신했단 말이냐?"

"궁주님……."

설화는 두려움에 젖어 주춤 뒤로 물러섰다.

이때 창살문을 통해 광장으로 나서 위지불급이 그녀의 어깨를 다독여 위로해 주었다.

"마녀는 내가 맡겠다. 설화는 뇌옥 입구를 잘 지켜라."

"예, 오라버님."

설화는 창살문 안으로 들어가 색녀들의 진입에 대비했다.

위지불급은 오금죽장을 어깨에 걸치고 요지혈혜 앞으로 다가섰다.

"네가 색굴의 포주 요지혈혜냐?"

"오냐, 내가 혈환마궁의 궁주이다."

"몸매가 죽이는군. 왜 진작 찾아오지 않았느냐? 널 기꺼이 품어주었을 텐데?"

"훗, 지금도 늦지 않았다. 내 앞에 무릎을 꿇는다면 기꺼이 널 안아주지."

"하하, 난 그런 자세 싫어해. 역시 정상 체위가 편하더군."

"네놈은 선택할 권리가 없다. 내 발가락을 핥기에도 부족하지."

요지혈혜는 창살문 뒤편의 설화를 힐끗 보고는 물었다.

"옥빙과는 어떤 관계냐?"

"옥빙이 아니라 설화다. 내 여인이지."

"훗, 네 계집이라고? 이미 숱한 사내놈들과 어울린 더러운 몸인데도 말이냐?"

위지불급은 대수롭지 않게 응수했다.

"너같이 천박한 계집이 정절을 거론한단 말이냐? 중요한 것은 몸이 아니라 마음이야. 나 역시 설화 앞에 깨끗한 사내는 못 된다."

"대범한 체하는군. 하지만 세상의 어떤 사내도 창녀처럼 놀아난 계집을 진실로 사랑할 수는 없어."

"네 주제나 알고 지껄여라. 그런 요사한 혓바닥으로 날 흔들 생각이라면 너무 치졸하구나. 요지혈혜, 넌 어리석게도 두 가지 커다란 실수를 범했다.”

“실수라고?”

“그래. 네가 조금이라도 똑똑한 계집이라면 날 찾아오는 게 아니라 군천세가와 맞서 싸웠어야 했다. 외부의 적을 먼저 물리치고 내부를 단속하는 게 수순이지. 내가 이곳에서 달아날 방도는 없으니까 말이다.”

요지혈혜는 도도하게 턱을 치켜들었다.

“군천세가 놈들이야 혈환삼공만으로 충분하다. 이미 놈들의 태반은 죽었을 것이다. 네놈이 얄팍한 수작을 부리기 전에 내 손으로 때려죽이고 배신자 설화를 응징하는 것은 당연한 수순이다.”

“하하, 그것이 네 한계다. 네가 보다 똑똑한 계집이었다면 대세를 짐작해 미리 달아났어야 했다. 그랬다면 일부의 세력이라도 보존해 후일을 도모할 수 있었을 테지만 이제는 모두 글러 버렸다. 하기는 네가 그처럼 총명한 계집이었다면 지금 이런 상황이 벌어지지도 않았겠지. 아니 그러하냐, 별호만 근사한 요지혈혜?”

예리한 비아냥거림에 요지혈혜는 눈을 가늘게 떴다.

“흥, 네놈이 잘난 헛바닥만큼 잘난 무공을 지녔는지 보겠다!”

유령처럼 미끄러진 요지혈혜가 일수를 내질렀다. 그녀의 손이 자줏빛으로 물들었다. 혼천마왕의 절기 중 하나인 자전강기였다.

위지불급은 내공 대결은 불리하기에 급히 신형을 틀어 피했
다.

콰아앙!

견고한 화강석 바닥에 한 뼘 깊이의 손자국이 새겨졌다.

요지혈혜가 상대가 맞서지 못하자 조롱의 웃음을 흘렸다.

"호호홋, 형편없는 놈이로군? 쥐새끼처럼 피할 생각이냐?"

위지불급은 오금죽장을 비스듬히 세워 들었다.

"착각하지 마라. 내가 전수해 준 자전강기를 제대로 수련했
는지 확인하기 위함이었으니까. 네가 손바닥만 자줏빛으로 물
들었고 장인에 번갯불이 형성되지 않은 것을 보니 고작 일성
정도를 연성한 것 같구나. 하기는 네 능력으로 자전강기를 대
성하려면 평생을 수련해야 할 것이다. 바닥에 새겨진 장인으
로 판단컨대 네 화후는 결코 오성을 넘지 못할 것이 확실하
다."

요지혈혜는 위지불급의 교묘한 화술에 넘어가 버렸다. 그녀
는 자신이 그를 통해 무공 구결을 전수받았다는 말에 커다란
수치를 느끼며 이를 부득 갈았다.

"교활한 새끼, 본 궁의 절기로 죽여주겠다!"

허공으로 둥실 떠오른 그녀는 가볍게 허리를 흔들었다.

사사삭……!

그녀의 환영이 순식간에 수십 개로 불어나며 위지불급을 에
워쌌다.

과거 혈환마후의 독문절기 중 하나인 혈영환비술(血影幻秘術)이었다. 혈영환비술은 여느 사술과 달리 환영을 통해 공격이 가능하기에 대처하기가 몹시 까다로운 사도 절기다.

이를 지켜본 설화는 가슴이 철렁 내려앉았다.

'아, 오라버님은 비상한 두뇌를 지녔지만 내공은 미흡해. 궁주를 격파하기는 불가능한 일이야.'

그러나 위지불급은 무수한 환영의 공세 속에서도 전혀 당황해하지 않았다. 그는 참선에 든 선승처럼 눈을 반쯤 뜨고 있다가 측면을 향해 죽장을 내질렀다.

퍼억—!

"흐윽!"

답답한 신음이 터지며 허공에서 난무하던 요지혈혜의 환영이 순식간에 사라졌다. 대번에 사술이 깨진 것이다.

본래의 자리로 내려선 요지혈혜의 눈이 경악으로 물들었다.

"이럴 수가? 혈영환비술을… 파훼하다니?"

그녀의 어깨 부위 망사의가 풍만한 젖가슴까지 길게 찢겨져 있었다. 깊은 상처는 아니지만 망사의가 붉게 물들었다.

위지불급은 회심의 일격이 무위로 돌아가자 입맛이 썼다.

'젠장, 생각보다 훨씬 강한 고수로군.'

사실 그가 요지혈혜를 격동시킨 것은 자전강기나 투살마안과 같은 혼천마왕의 강력한 마공 절기를 구사하지 못하게 만들려는 의도였다. 공력 대결을 펼칠 경우 절대 요지혈혜를 이길 수 없기 때문이다.

위지불급의 격장지계대로 요지혈혜는 사술을 펼쳤지만 그런 눈속임이 그에게 통할 리 만무했다. 그는 이를 절호의 기회로 삼아 일격을 노렸는데 요지혈혜는 호신강기를 발출해 그의 공세를 튕겨낸 것이다.

요지혈혜는 이내 안정을 되찾으며 한 손을 가슴 앞에 세웠다.

"네놈이 무도를 연성했다는 소문이 사실이로구나. 하지만 일격에 날 쓰러뜨리지 못했으니 저급한 단계로군. 그렇다면 널 결코 날 이길 수 없다."

그녀의 손이 옥처럼 투명하게 변하다가 붉은 빛을 발했다.

혈옥수(血玉手)!

마도 구대마공 중 하나로 소수마공과 더불어 가장 강력한 수공(手功)으로 손꼽히는 절기이다.

설화가 하얗게 질려 외쳤다.

"피하세요, 오라버님!"

위지불급도 내심 그러고 싶었지만 뇌옥의 지하 광장은 그다지 넓지 않아 피할 공간이 마땅치 않았다. 게다가 피한다고 해결될 문제가 아니었다. 요지혈혜를 격파하지 못하면 그는 물론이고 설화와 모든 인질들이 살해될 것이다.

위지불급은 오금죽장을 움켜쥐며 정신을 집중했다.

그는 일전에 십야혈루등주의 소수마공을 무도로 격파한 적이 있음을 되새겼다. 상대의 내가강기 역시 초식처럼 허점을 찾아낼 수 있다며 스스로를 북돋았다.

'차분하게 응수하면 누구라도 이길 수 있다!'

요지혈혜는 무시무시한 핏빛 기운에 휩싸인 채 날아들었다.

"혈옥파극!"

콰류류류―!

내리꽂히는 붉은 손 그림자가 마치 악마의 촉수처럼 섬뜩하다. 사위로 핏물이 뿌려진 듯 붉게 물든다.

위지불급은 심안을 통해 내리꽂히는 싸늘한 한기 속에서 한 점의 온기를 찾아낼 수 있었다. 내가강기에 의한 공격 역시 완벽할 수 없기에 허점이 있게 마련이다.

그러나 위지불급은 허점을 찾아내고도 선뜻 반격을 취할 수가 없었다. 그는 미세한 온기 뒤편에 숨겨져 있는 어둠의 이빨 같은 살기마저 감지한 것이다.

'교활한 계집! 일부러 허점을 보여 날 유혹하고 있다.'

결국 진정한 허점을 찾아내야 하는데 그러기에는 시간이 너무 부족했다. 그렇다고 정면 대결을 펼치자니 지극히 무모했다.

일순 그의 뇌리 속으로 한줄기 구결이 섬전처럼 스쳐갔다.

금강철신지공!

그러했다. 그가 철문산장을 방문했을 때 철사패왕으로부터 한 가지 절기를 하사받은 적이 있었다.

금강철신지공은 금강지체로 바꿀 수 있는 절기이지만 그 효력이 찰나지간에 불과해 효용 가치는 대단치 않다. 그러나 지금의 상황에서 금강철신지공은 더없이 소중한 구명절기였다.

위지불급은 깊이 숨을 들이키고는 금강철신지공을 운기했다. 찰나지간 그의 몸에서 금빛이 피어올랐다가 사라졌다.

콰아앙—!

"우욱!".

요란한 폭음과 함께 혈옥수에 전개된 위지불급은 삼 장 밖으로 튕기며 단단한 화강석 벽에 부딪쳤다. 그의 몸은 화강석으로 뚫고 한 뼘 깊이로 박혔다.

설화는 털썩 주저앉으며 비통한 눈물을 뿌렸다.

"흑흑, 오라버님……."

요지혈혜는 자신의 손으로 느낀 타격으로 득수를 확신했다. 예상보다 반탄력이 강했지만 그만큼 상대가 엄청난 충격을 받았음을 피부로 느낄 수 있었다.

화강석 벽에 몸이 일부 박힌 위지불급은 울컥 피를 토해냈다.

요지혈혜를 속이기 위한 위장이 아니었다. 금강철신지공은 아주 찰나지간만 유지되기에 그는 혈옥수의 공격을 완벽하게 막아내지 못한 것이다.

요지혈혜는 꼿꼿하게 선 자세로 위지불급 앞으로 미끄러져 왔다.

"호홋, 몸뚱이가 제법 강하구나? 혈옥수에 적중되면 철강석도 으스러지는데 말이다."

위지불급은 소매로 입가를 닦으며 싱긋 미소를 지었다.

"맞아. 그런 줄 알면 조금도 깊이 생각했어야 하지 않을까?"

용수철처럼 튀어나온 위지불급이 요지혈혜를 향해 오금죽
장을 내려쳤다.

번— 쩍!

참으로 예상치 못한 신기였다. 죽장이 가늘게 쪼개지며 그
속에서 눈부신 섬광이 드러났다. 섬광의 정체는 바로 검이었
다.

은천비검의 출현!

한껏 안도하고 있던 요지혈혜는 정신이 아득해졌다. 죽장에
서 검이 튀어나올 줄은 꿈에도 생각지 못했으며, 현란한 검기
는 설사 대비하고 있었더라도 감당할 수 없을 만큼 강력했다.

그녀는 절망감 속에서 반사적으로 왼손을 들어 자신의 몸을
보호했다. 섬광이 번득이는 그녀의 왼팔이 대번에 베어졌다.
왼팔을 벤 검기는 여세를 몰아 얼굴로 날아들었다.

"아악!"

한 팔을 잃고 한쪽 눈까지 베어진 요지혈혜가 고통스런 비
명을 토하며 나가동그라졌다.

옥사장을 비롯한 집법총원의 제자들 얼굴이 잿빛으로 화했
다. 그녀들이 하늘처럼 섬기던 궁주가 이렇듯 참담하게 패하
리라고는 누구도 예상치 못했던 것이다.

"궁주님!"

"오, 궁주님께서!"

옥사장은 혈도를 찍어 출혈을 막아주고는 옷을 찢어 요지혈
혜의 눈과 베어진 팔뚝을 처맸다.

요지혈혜는 너무도 극심한 고통과 충격에 와들와들 떨었다.

"퇴… 퇴각해라. 어서!"

그녀는 심한 경련을 일으키다가 혼절했다.

위지불급이 다가서자 옥사장은 요지혈혜를 들춰 업고 급히 나선형 계단을 올랐다.

"퇴각한다! 어서 비상 통로를 열어라!"

집법총원의 제자들은 아우성을 치며 그녀의 뒤를 쫓았다.

위지불급은 다시 대나무로 변모한 오금죽장을 짚으며 안도의 한숨을 내쉬었다.

"후우, 하마터면 내 제삿날이 될 뻔했어."

창살문 안에서 뛰쳐나온 설화가 그의 품으로 안겨들었다.

"흑, 오라버님."

"그래, 설화. 이제 끝났어. 요지혈혜가 도주했으니 다른 색녀들도 모두 달아날 것이다."

"분명 혈옥수에 적중되셨는데……. 괜찮으세요?"

"괜찮지는 않지만 그렇다고 죽을 정도도 아니다."

그의 품에서 벗어난 설화가 존경과 감격에 찬 눈빛으로 그를 응시했다.

"오라버님은 과연… 신인이십니다."

"그런 소리 마라. 내가 신인이면 그 사악한 계집들한테 고통스런 고문을 당했겠느냐?"

위지불급은 설화와 나란히 뇌옥의 창살문으로 향했다.

"사실 이번 침투는 모험이었다. 만일 너와 공대선생을 만나지 못했다면 자칫 개죽음을 당할 수도 있었어. 비록 공대선생을 구하지 못했지만… 너와 취취를 구할 수 있었으니 그나마 성공적이구나."

퍼퍼펑—!
지하대광장의 격돌은 최고조에 달해 있었다.
의천신검 군계명은 과연 당대 최고의 검객답게 혈환삼공 둘을 동시에 상대하면서도 전혀 밀리지 않았다. 그는 멸사검법과 탕마강기를 동시에 구사하며 두 마녀와 대등한 접전을 벌였다.
차차창—!
혈환삼공 중 한 명과 대결하고 있는 군사준은 공력의 열세에도 불구하고 정순한 검법과 용맹한 기세로 대등한 판세를 유지하고 있었다.
수백 명이 격돌하는 혼전에서는 양측 모두 피해가 컸다.
혈환마궁의 색녀들은 일백 명 넘게 죽었고 군천세가의 무사들도 오십여 명이 죽거나 다쳤다. 만일 혼전이 계속된다면 양측 모두 공멸할 상황이었다.
이때 퇴각 명령을 전해들은 오색총령이 혈환삼공 쪽으로 달려왔다.
"삼공, 궁주께서 위중한 부상을 당하셨습니다! 비상 통로를 열었으니 어서 퇴각하십시오!"
"뭐, 뭐야? 궁주님께서?"

그녀는 철 호각을 입에 물고 힘껏 불었다.

삐─ 삐삐익─!

긴급 퇴각을 알리는 소리에 혈환마궁 색녀들은 병기를 내던지고 동부 안쪽으로 달아났다.

혈환삼공도 전의를 상실하고는 부공술을 펼쳐 안쪽으로 날아갔다.

군계명은 본래 정의감이 투철하기에 사마의 무리들에게 절대 관대함을 베풀지 않는다.

"모두 추격해라! 투항하는 계집들은 무공을 폐쇄하되 대항하는 악녀들은 모두 죽여라!"

사대당주는 휘하의 무사들을 이끌고 추살에 나섰다.

군사준이 검을 거두고 부친 앞으로 내려섰다.

"아버님, 소자는 위지 형을 찾아보겠습니다."

"서두를 것 없다."

"하오나……."

"궁주란 계집이 위중한 부상을 당해 패퇴했다고 하지 않았더냐? 대체 누가 혈환마궁의 궁주에게 부상을 입힐 수 있었겠느냐?"

"그렇군요. 혈환삼공이란 노파들의 절세적 무공을 감안한다면 궁주의 무공 또한 엄청났을 텐데…… 위지 형은 정말이지 신비한 능력의 소유자입니다."

군계명은 무수한 사상자가 널브러진 지하 대광장을 쓸어보며 그늘진 표정을 지었다.

"색굴 하나를 점거하는데 우리 가문의 피해가 너무 크구나. 저들의 수뇌 급들을 죽이지도 못했는데 말이다."

"그래도 강호의 은밀한 우환덩이를 하나 제거하지 않았습니까?"

군계명은 의천검을 회수하며 결연한 표정을 지었다.

"천하의 적이 어디 혈환마궁 하나뿐이겠느냐? 세상에는 빛보다 어둠이 더 많은 법이다. 우리 가문은 세상의 정기를 수호하기 위해 보다 노력해야 할 것이다."

2

군계명은 혈환마궁이 차지했던 지하 궁전을 폐쇄했지만 상천도관은 그대로 놔두었다. 도관 자체에 문제가 있는 것이 아니기에 진심으로 선도를 수행하는 도녀들에게 다시 돌려주려는 의도에서였다.

군천세가 무사들은 부상자들을 치료하고 전사한 일족들의 시신을 안치할 관을 준비하느라 새벽부터 바쁘게 움직이고 있었다.

풀려난 은향장 인질들은 군계명에게 감격의 사의를 표했다.

군계명이 위지불급의 공임을 밝혔지만 은향장 인질들은 믿지 않았다. 그들은 이미 위지불급으로부터 군천세가의 주도에 의해 혈환마궁이 궤멸되었다고 들었기 때문이다.

"위지 형, 어찌 소제의 가문을 욕되게 하려는 거요?"

군사준이 따지듯 묻자 위지불급이 정색했다.

"오해하지 마시오. 혈환마궁을 와해시키기 위해 군천세가에서 많은 의협들이 피를 흘렸지 않았소? 군천세가의 공적을 누가 감히 부인할 수 있단 말이오?"

"우리 가문은 위지 형을 지원했을 뿐이오. 위지 형은 목숨을 걸고 마궁에 침투하였고 혈환마궁의 궁주를 격퇴시키지 않았소? 이번 쾌거는 위지 형의 공적으로 공표되어야 마땅하오."

"군 형, 누구 죽일 일 있소?"

"그게… 무슨 말씀이오?"

군사준이 의아한 표정을 짓자 위지불급은 정자 주변을 둘러보다가 목소리를 낮추었다.

"생각해 보시오, 군 형. 내가 오직 군천세가에만 지원을 요청했다는 사실이 공표된다면 내 입장이 어찌 되겠소? 자존심 강한 천왜필왕은 백리태보를 무시했다며 내게 앙심을 품을 것이오. 무엇보다 백리빙 소저가 상심할 테고 그 매서운 성깔을 감안하다면 후환이 정말 두렵소. 어디 백리태보뿐이겠소? 자긍심 높기로 둘째가라면 서러워하는 철문산장에서도 자신들이 무시되었다는 생각에 나를 원수처럼 생각할 것이며, 북궁세가에서도 서운해할 것이오. 그러니 내가 색녀들에게 납치되었고, 은향장의 요청으로 군천세가가 출동한 것으로 공표되는 게 당연하오."

위지불급이 통사정을 하자 군사준도 더는 반박할 수가 없었다. 그 역시 사실대로 밝혀질 경우 위지불급이 아주 난처한 상황에 처할 것임을 이미 알고 있었던 것이다.

"그래도……."

군사준이 탐탁지 않은 표정을 짓자 위지불급이 단호하게 일축했다.

"그 얘기는 더는 거론치 맙시다. 만일 사실대로 공표하면 난군 형과 다시 상종하지 않을 것이오."

군사준은 쓴웃음을 지으며 포권을 표했다.

"알겠소. 난 세상 누구와 적이 된다 해도 두렵지 않지만 위지 형과는 등지고 싶지 않소."

"하하, 그럼 얘기는 끝났소."

위지불급은 군사준과 술잔을 부딪치고는 시원스럽게 한잔 들이켰다.

군사준이 나무 사이로 보이는 누각을 힐끗 보며 물었다.

"한데 설 소저와는… 어떤 관계요?"

"아, 설화 말이오? 여동생… 아니, 내 연인이오."

"연인……? 하면 위지 형의 반려자란 말이오?"

"그렇소. 이태 전 우리 가문에서 함께 지낸 적이 있었소. 그러다 헤어졌는데 지난번 영하에서 해후하게 되었고, 이번에 다시 만나 마음을 정했소."

군사준이 조심스런 어조로 물었다.

"그럼 백리 소저는… 어쩔 셈이오? 괜찮겠소?"

"백리 소저와는 여전히 친구 사이요. 솔직히 깊은 관계를 맺은 상태에서 친구라고 변명하는 것이 우스울지 몰라도 백리 소저와는 그렇게 지내기로 했소.”

“백리 소저가 여인으로는 대범하기는 해도 감정 문제는 장담할 수 없을 거요. 백리 소저가 위지 형을 정말 사랑하면… 그녀를 마다하기가 쉽지 않을 거요. 그녀의 성격상 곧바로 원수가 될 테니까.”

위지불급이 쓴 입맛을 다셨다.

“그럴 일이 없기만을 바라야 할 것 같소.”

이때 군계명이 정원을 가로질러 왔다.

위지불급과 군사준과 함께 정자를 내려서서 그를 맞이했다.

“오르십시오, 가주.”

“아닐세. 채비가 갖춰졌으니 이제 출발해야지.”

“군천세가 덕분에 목숨을 건질 수 있었습니다. 반드시 보답하겠습니다.”

“허어, 무슨 소리를 하는 겐가? 자네의 공을 우리 가문이 모두 가로챈 것 같아 영 개운치 않는데?”

“군 형에게도 단단히 일러두었으니 공표를 번복하시면 안 됩니다. 이건 약속입니다.”

군계명은 위지불급의 어깨를 다독이며 결연하게 말했다.

“알겠네. 우리 가문이 약속 하나는 확실하지.”

군사준이 작별 인사를 고했다.

“그럼 다음에 또 뵙겠소.”

위지불급은 군사준 부자에게 차례로 예를 표했다.

"조만간 다시 만나게 되겠지요. 가주께서도 강녕하십시오."

두 사람과 헤어진 위지불급은 수림 사이에 위치한 누각으로 향했다.

'어쨌든 잘 해결됐어. 이번만큼은 내 존재가 완벽하게 묻혔으니 가법을 제대로 수행한 셈이다.'

누각 앞에는 한 대의 마차가 준비돼 있었다. 그들 일행이 함께 타고 갈 마차였다.

누각 안에는 관이 하나 놓여 있었다. 공대선생의 시신이 안치된 관이었다. 관을 어루만지며 눈물을 흘리고 있는 소녀는 취취였다.

듣지도 못하고 말도 못하는 취취에게 있어 조부의 죽음은 하늘이 무너지는 절망과 비통이었다. 천애고아가 된 세상에서 그녀는 자신이 살아야 할 의미조차 잃고 있었다.

위지불급은 취취가 다소 진정되기를 기다렸다가 조용히 다가섰다.

"취취, 네 할아버지는 정말 너를 사랑하셨다. 너를 살리기 위해 어쩔 수 없는 선택을 하신 거야."

그는 취취의 손등에 손가락을 얹어 수화로써 자신의 뜻을 전했다.

"흑흑……!"

취취는 위지불급의 가슴에 얼굴을 묻으며 한동안 서러운 눈물을 뿌렸다. 위지불급은 그녀의 등을 다독이며 그녀의 슬픔이 가라앉을 때까지 기다려 주었다.

이윽고 눈물을 그친 취취가 위지불급의 가슴에서 벗어났다. 그녀는 위지불급의 손등에다 수화를 전했다.

"이제 저는 어떻게 되는 거죠?"

위지불급 부드러운 미소를 머금으며 수화로써 답했다.

"걱정 마라. 널 친동생으로 삼아 우리 가문에서 지내게 할 것이다."

취취는 잠시 그를 바라보다가 슬픈 와중에도 안도의 빛을 띠었다. 그리곤 품속에서 한 통의 서찰을 꺼내 그의 손에 쥐어 주었다.

"언니가 오라버님에게 전해주래요."

위지불급은 서찰을 손에 쥐는 순간 불안감이 앞섰다.

"설화가?"

그는 누각 난간에 기대서며 서찰을 펼쳐 들었다.

오라버님.

이승에서 제가 오라버님의 마지막 여인이 될 수 없음을 용서하십시오. 저는 그럴 자격도 없으며 또 그럴 수 없는 신세입니다.

저는 제 업을 씻기 위해 비구니가 되겠습니다. 매일같이 참회를 하고 불경을 외워 불행히도 요절하신 예금 언니의 명복을 빌겠습니다.

조금이라도 저를 위한다면 제발 저를 찾지 말아주십시오.

간절히 부탁드리겠습니다.

설화 절필(絶筆).

절필이란 용어는 유서를 남길 때만 사용된다. 그만큼 간절한 의도가 담긴 사연이었다.

"설화!"

위지불급은 서찰을 움켜쥐고 상천도관을 뛰쳐나갔다. 그러나 보이는 것은 운무봉을 에워싼 무성한 수림뿐이다.

위지불급은 비통한 심정으로 하늘을 올려보았다.

설화의 입장은 충분히 이해가 된다. 그녀가 자신을 거부하는 이유는 단지 부정한 몸이기 때문만은 아니다.

만일 그녀가 처음부터 마음을 굳혔다면 위지가문을 떠나지 않고 남아 있었을 것이다. 그러나 그녀는 어린 나이에도 자신이 위지가문의 영원한 이방인임을 인식했기에 떠날 수밖에 없었다.

설화는 그때부터 위지가문의 일족이 될 수 없음을 자각하고 있었던 것이다.

'정녕 설화를 잡을 수 없단 말인가?'

위지불급은 긴 한숨을 내쉬었다.

사실 설화에 대한 그의 마음은 애정이라기보다 집착에 가깝다. 영하 지부에서 자신의 미혼약을 해소시켜 주고도 이를 감추려한 그녀의 진정에 대한 고마움. 좀 더 솔직한 심정이라면 어렸을 적부터 품어온 그녀에 대한 동정심 때문일 수 있었다.

그러나 끝내 설화는 그를 거부했다. 그녀가 거부하는 한 그는 강제로 그녀와 맺어질 수 없다. 선택권은 그녀에게 있지, 그에게 있지 않았기 때문이다.

"설화… 이것이 우리의 마지막이란 말이냐?"

참으로 유감스럽게도 그것이 운명임을 그는 인정할 수밖에 없었다.

第四十四章 그들만의 밀약

1

혈환마궁의 와해!

사악한 색녀 집단이 본격적으로 천하를 위협했던 상황은 아니었지만 사전에 강호의 악을 제거했다는 의미에서 군천세가의 명성은 천하를 진동시켰다.

무엇보다 단독으로 출동해 은향장 인질들을 무사히 구출한 군천세가의 업적이 더욱 높게 평가되었다.

군천세가 사람들은 명성을 탐하는 성격이 아니기에 이번 사건이 위지불급에 의해 계획되었음을 공표하고 싶었지만, 위지불급과의 군은 약속을 지켜야 했기에 입을 다물었다. 대신 자신들에게 집중된 찬사와 존경을 피하기 위해 최대한 몸을 낮추는 것으로 다른 가문들의 심기를 달랬다.

그러나 숨길 수 없는 것이 진실이듯 이번 사건에 위지불급이 개입되었다는 풍문이 심심치 않게 나도는 것은 피할 수가 없었다.

중경 백리태보.
가주 백리장패는 그림을 그리고 있던 대붓을 내던졌다.
"뭐야? 위지불급이 군천세가에만 지원을 요청한 것이란 말이냐?"
총관 직을 맡고 있는 백리초광은 모처럼 귀한 정보를 입수했다 싶어 한껏 자신의 공을 떠벌렸다.
"확실한 정보요, 가주. 은향장을 통해 입수한 정보니 틀림이 없을 거요. 위지불급은 도박에서 패한 바람에 은향장의 인질이 되었는데 그것도 의도적인 패배라 하였소. 하기는 도신광유와의 도박 대결에서 두 번씩이나 이긴 녀석이 은향장 따위한테 패했을 리는 없었을 거요. 가만 어디까지……."
"어서 빙아를 불러오게. 당장!"
"아, 알겠소, 가주."
백리초광은 기대했던 칭찬을 받지 못한 채 전각을 나서야 했다.
한데 화려한 정원을 가로질러 빠르게 다가오는 여인이 그의 눈에 들어왔다. 가린 부위보다 드러난 부위가 더 많은 옷을 걸치고 있는 여인은 바로 백리빙이었다.
"빙아야, 마침 잘 왔다. 가주께서……."

백리초광이 말을 전하려 했지만 백리빙은 싸늘한 냉기를 발하며 그대로 지나쳤다.

집무실로 들어선 백리빙이 죄인처럼 무릎을 꿇었다.

"송구합니다, 아버님."

딸을 직시하는 백리장패의 눈빛이 몹시 사나웠다.

"못난 계집, 한낱 촌놈 따위한테 무시를 당했단 말이냐? 이번 사건은 너 하나의 수치가 아니라 우리 가문의 치욕이며 이 아비의 수모이기도 하다. 대체 네가 처신을 어떻게 한 것이더냐?"

부친의 격분한 호통에 백리빙은 거듭 고개를 조아렸다.

"아버님, 소녀 역시 수치와 분노를 참을 수 없습니다. 위지불급이 저를 불신해 철저하게 배제하고 군천세가와 결탁했을 줄은 꿈에도 생각지 못했습니다."

"그렇다면 총관이 보고한 정보가 사실이란 말이냐?"

"거의 확실합니다. 위지불급은 의도적으로 혈환마궁에 잡혀갔습니다. 하지만 정황으로 판단한다면 단지 은향장 인질들을 구하기 위해서만은 아닌 것으로 사료됩니다. 만일 소녀를 속였다면 미처 밝힐 수 없는 다른 이유가 있었기 때문일 겁니다."

"닥쳐라! 네년이 아직 정신을 차리지 못했구나! 너를 한낱 창기처럼 취급한 놈을 비호하려 드는 것이냐?"

"아버님……?"

과도한 언사에 놀란 백리빙이 고개를 쳐들며 눈을 동그랗게 떴다.

　백리장패도 딸을 창기로 취급한 자신의 말이 지나쳤음을 의식해 다소 표정을 풀었다.

　"허엄, 아비가 비유가 지나쳤다. 너를 비하하기 위함이 아니니 흘려듣거라. 하지만 너로 인해 우리 가문이 멸시당했으니 너의 죄가 결코 가볍지 않다."

　"소녀도 인정합니다……. 그래도 소녀는 위지불급을 절친한 친구로 생각했었습니다. 단지 천중칠보 중 두 개를 소녀에게 선물했기 때문이 아닙니다. 그의 소탈한 성격과 의연한 의식은 평생의 친구로 삼기에 부족함이 없다고 생각했는데 소녀의 착각이었습니다. 아버님 말씀대로… 그자는 소녀를 한낱 노리개로 여겼을 것입니다."

　백리빙이 모멸감에 젖어 눈물을 글썽이자 백리장패가 오히려 딸을 위로했다.

　"빙아야, 너무 마음 상해하지 마라. 네 말대로 위지불급이 말 못할 사정이 있지 않겠느냐? 어쨌거나 어찌 된 영문인지 명확히 밝혀내야 한다."

　"알겠습니다. 만일 그자가 소녀를 희롱했다면… 제 손으로 죽이겠습니다."

　"감정을 자제해라. 위지불급은 알 만한 사람들은 모두가 인정하는 당대의 영웅이다. 놈을 죽였다가는 자칫 우리 가문이 강호의 공적이 될 것이다."

　백리빙은 서슬 퍼런 분노를 발했다.

"소녀가 함께 죽는다면 가문에 누가 되지는 않을 겁니다."

2

사천성 미산현.

죽세공으로 유명한 미산현이지만 장날이 아닌 날에는 비교적 한가하다. 이틀 전 장을 마친 미산현 시장에서는 갓 캐낸 봄나물과 홍곡에서 들어온 쇠고기만 조금씩 거래되고 있었다.

촉명객잔은 미산현 남쪽에 위치한 작은 객잔으로 객방도 몇 개 되지 않는다.

객잔 주인은 늙은 부부인데 건망증이 심해 손님들을 잘 구분하지 못한다. 그 때문에 돈도 제대로 내지 않고 도주하는 고약한 자들이 더러 있지만 대부분은 늙은 부부의 친절한 손님 접대에 호의를 지니고 있었다.

다각다각……!

나귀가 이끄는 수레가 촉명객잔 앞에 멈춰 섰다.

수레에서 내려선 사람은 허름한 옷차림임에도 불구하고 헌앙함이 느껴지는 수려한 용모의 중년인이었다. 그의 눈빛은 놀랍도록 차분해 옆에서 벼락이 떨어져도 꿈쩍하지 않을 것처럼 보였다.

"그간 무고하셨습니까, 주인장?"

중년인이 공손하게 예를 표하자 네 개에 불과한 탁자를 닦고 있던 할멈이 허리를 두드리며 다가섰다.

"주무시고 가시려고?"

"아닙니다. 제 아들 녀석 좀 만나러 왔습니다."

"한데 뉘시더라?"

"하하, 청풍공방에서 왔습니다. 몇 번 묵고 간 적이 있는데 기억을 못하시나 봅니다."

"에고, 그러셨군."

할멈은 계산대에서 주판을 집어 들었다.

"하룻밤 동전 삼백 문이오. 오백 문을 내시면 식사도 할 수 있다오."

"알겠습니다."

중년인은 할멈의 건망증을 탓하지 않고 순순히 은자 한 냥을 건넸다. 할멈은 제대로 셈도 못하면서 열심히 주판알을 토닥거렸고, 중년인은 빙그레 미소를 짓고는 이층으로 올랐다.

중년인은 다름 아닌 청풍공방의 주인이자 위지가문의 가주인 위지명이었다.

그가 직접 짐수레를 이끌고 미산현까지 나서는 일은 흔치 않다. 한데 아침나절 서찰을 받아 본 그는 노가주에게 고하지도 않고 곧바로 공방을 나서 미산현에 이르렀다.

서찰을 보낸 사람이 바로 그의 큰아들 위지불급이기 때문이었다.

그가 객방으로 들어서자 위지불급이 얼른 자리에서 일어나 예를 표했다.

"직접 찾아뵙지 못해 송구합니다."

위지명은 수개월 만에 아들을 대했지만 힐끗 쓸어보았을 뿐 전혀 관심을 보이지 않았다.

"이해한다. 아직 가문의 막중한 사명을 한 건도 수행하지 못 했으니 집에 발을 들여놓을 염치가 없는 것 아니겠느냐?"

위지명이 자리에 앉자 위지불급이 정중히 절을 올렸다.

"불민한 소자를 꾸짖어주십시오."

위지명은 물끄러미 아들을 바라보다 자리를 권했다.

"앉거라."

"예, 아버님."

위지불급은 부친에게 차를 따라 올리고는 마주 앉았다.

부친은 차를 한 모금 마시고는 건조한 음성으로 물었다.

"네게 주어진 임무에 소득은 있었느냐?"

"소자가 워낙 부족해 문현의 서찰을 하나 받아 보았을 뿐입 니다."

"문현의 서찰? 녀석이 네게 서찰을 남겼단 말이냐?"

"그렇습니다."

위지불급은 석산향에서 하룻밤에 백 권의 서책을 기술한 신 비문사를 찾아가 동생임을 확인하게 된 경위를 소상하게 고했 다.

"……."

위지명은 차를 마시며 잠시 생각에 잠기다가 다시 물었다.

"네가 일전에 자명궁으로 끌려갔다는 얘기를 들었다. 천자 명왕은 만나보았느냐?"

"예, 만났습니다."

위지불급은 자명궁에서 겪었던 상황을 간추려 얘기하고는 아주 조심스럽게 질문을 던졌다.

"천자명왕은 우리 가문을 신비의 천재가문으로 단정했습니다. 또한 전대 최고의 살인마왕인 광마가 우리 가문 출신일 가능성이 높다고 단언했습니다. 정녕… 사실입니까?'

광마와 위지가문!

만일 그 관계가 사실로 밝혀진다면 이는 위지불급에게 엄청난 충격이 아닐 수 없다. 현동의 경지에 이른 그였지만 너무도 강력한 정신적 타격에 그는 견디기 어려울 것이다.

위지명은 아들의 물음에 별다른 반응을 보이지 않았다.

"천자명왕이 어떤 물증을 제시한 것이라도 있느냐?"

"없습니다."

"그렇다면 신경 쓸 부분이 못 된다."

"하지만… 제가 광마의 행방을 추적하는 입장이기에 천자명왕의 예단을 무시하기가 어렵습니다."

"정 알고 싶으면 광마의 은신처를 찾아내라. 아직 네 할아버님의 윤허를 받지 못했지만 가문에 고할 것 없이 네가 은신처를 직접 찾아가도 상관없다. 그래서 우리 가문과 연관이 있는지를 네 스스로 확인해라. 그러면 되겠느냐?"

"……."

위지불급은 너무 모호해졌다.

부친이 광마와의 관계에 대해 시인도 부인도 하지 않은 것이 무엇을 의미하는지 정확히 판단할 수가 없었다. 사실 그에게는 부친의 한마디면 충분했다.

가문과 무관하다!

설사 그것이 가문의 비밀을 숨기기 위한 거짓이라 해도 위지불급은 절대적으로 믿었을 것이다. 한데 부친은 직답을 회피한 채 그 스스로 찾아내기를 종용한 것이다.

위지불급은 부친의 흐트러짐 없는 반응에서 알 수 없는 불안감을 씻어냈다.

'역시 기우였어. 천자명왕의 추정이 터무니없는 모함이기에 아버님이 이렇듯 무심할 수 있는 것이다. 무엇보다 내게 광마의 은신처를 수색할 수 있는 권한을 부여해 주셨다는 것은 가문의 결백함을 의미한다.'

위지불급은 오랜 고민에서 벗어나자 한결 기분이 홀가분해졌다. 그는 차를 한 모금 마시고는 화제를 돌렸다.

"이번에… 설화를 만났습니다."

위지명이 드물게 격동의 눈빛을 발했다.

"뭐, 뭐야? 설화를?"

"사실… 앞서 영하에서 만난 적이 있으니 처음은 아닙니다."

위지불급은 영하에서 설화가 몸을 바쳐 자신을 구한 상황을 죄인의 심정으로 솔직하게 고한 후 혈환마궁에서 전개되었던 상황을 보고했다.

위지불급이 상세한 보고를 마치자 위지명은 탄식을 지으며 자리에서 일어섰다.

"허어, 어떻게 그런 일이!"

그는 감정을 주체하지 못하고 엄하게 질책했다.

"설화가 가족과 같은 아이라 했거늘, 네 어찌 패륜적인 죄악을 저질렀단 말이냐?"

"아버님!"

위지불급은 급히 부친 앞에 무릎을 꿇었다.

"감히 여쭙겠습니다. 왜 설화가 가족은 될 수 있지만 우리 가문의 며느리가 될 수 없는 것입니까? 만일 연유를 말씀해 주신다면 제가 어떻게든 설화를 설득해 보겠습니다."

"안 될 말이다. 너희는 결코 맺어질 수 없다!"

위지명은 단호하게 응수하고는 나직이 한숨을 쉬었다.

"그나마 설화가 스스로 떠나갔다면… 그것은 참으로 현명한 선택이다."

"아버님…….'

"일어나거라. 아비가 잠시 격했다. 네가 혼절한 상태에서 일어난 일이니 네게 죄를 묻기가 어렵구나."

위지불급은 처음으로 원망스런 감정을 담아 자신의 심정을 토로했다.

"아버님, 왜 가문의 많은 것이 의혹과 비밀로 묻혀야 합니까? 왜 솔직하게 밝혀주시지 않는 겁니까? 저도 이제 성년이 되었으니 알아야 하지 않겠습니까?"

위지명은 잠시 아들을 내려보다가 몸을 돌렸다.

"불급아, 네게 내려진 세 가지 사명을 조사하다 보면 모든 것을 저절로 알게 될 것이다. 가문에서 밝혀줄 세월을 기다릴 수 없다면 네 스스로 찾아내라. 그것이 아비가 네게 베풀어줄 수 있는 최대의 배려다."

그는 문을 열고 객방을 나갔다.

"취취를 만나보겠다."

취취의 객방은 맞은편에 있었다.

소리를 전혀 듣지 못하는 취취는 위지명이 들어섰지만 전혀 눈치 채지 못했다. 그녀는 탁자에 가득 쌓인 악보를 살피는 데 여념이 없었다.

그녀가 자야 할 침상에는 하나의 관이 놓여져 있었다. 그녀의 조부 공대선생의 관이었다.

위지불급이 부친의 뒤를 따라 객방으로 들어섰다.

"저 아이가 취취입니다."

"……."

"소자가 독단으로 결정하게 되어 정말 송구합니다. 하지만 당시 소자로서는 가문의 명예를 걸고 맹세할 수밖에 없는 상황이기에……."

부친이 가볍게 손을 들어 말을 막는 바람에 위지불급은 더 이상 변명을 늘어놓을 수도 없었다. 하지만 취취를 응시하는 부친의 눈빛을 보며 그는 안도할 수 있었다.

취취를 바라보는 부친의 눈길에 감동과 슬픔이 교차돼 있었다.

"마치… 예금이를 보는 것 같구나."

위지불급은 일순 눈시울이 뜨거워졌다.

'아버님은 아직도 누이를 잊지 못하고 계시구나. 하기는…
돌아가신 어머님의 빈자리를 채워준 누이였으니까…….'

그는 목소리를 낮추어 말했다.

"취취의 음악적인 기량이 상당합니다. 당악(唐樂:당나라 시
절의 악기와 악보를 의미)에 관한 책을 사주었더니 아주 좋아했
습니다. 아버님께… 좋은 딸이 될 수 있을 것입니다."

"입양에 관한 문제는 네 할아버님과 원로회의 추인이 있어
야만 가능한 일이다."

"그래서 제가 감히 취취를 집 안으로 데려가지 못하고 아버
님께 먼저 선을 보인 겁니다."

"만일 아비가 거부한다면 어쩔 생각이었냐?"

"공대선생과 맹세한 이상 저는 취취를 돌봐주어야 할 의무
가 있습니다. 외람되오나… 취취의 입양을 허락해 주실 때까
지 귀환하지 않을 생각이었습니다."

위지명은 아들에게 시선을 돌렸다.

"가문의 명예를 걸고 하는 맹세는 이번이 처음이자 마지막
이어야 한다. 네가 죽을지언정 다시는 가문을 두고 맹세해서
는 안 된다. 알겠느냐?"

"명심하겠습니다, 아버님."

"하지만… 이번 맹세는 잘한 것 같구나."

위지명은 엄한 표정을 풀며 아들의 어깨를 다독여 주었다.

"취취를 정식으로 소개해라."

"예, 아버님."

위지불급은 태산 같은 짐을 벗은 듯 안도했다. 그는 취취에게 다가가 수화로써 대략의 상황을 말해주었다.

자리에서 일어선 취취는 위지명을 대하자 옷깃을 여미고는 공손히 절을 올렸다.

위지명의 얼굴에 모처럼 화기가 피어올랐다.

취취의 깡마른 체구와 청초한 용모, 그리고 음악적인 기량은 죽은 딸이 생환한 것처럼 그의 가슴에 진한 감동을 주었다.

"오냐, 취취. 나와 함께 가서 네 할아버님이 될 분을 뵙자."

위지명은 취취를 부축해 일으켰다.

취취는 비록 상대의 말을 들을 수 없었지만 상대의 표정과 태도만으로 심중을 읽을 수 있었다. 이제 자신이 안주할 수 있는 둥지를 찾았다는 마음에 그녀는 눈물을 글썽이며 위지명의 가슴에 얼굴을 묻었다.

위지명은 취취의 등을 다독이고는 위지불급을 돌아보았다.

"취취는 내가 데려갈 테니 너는 곧바로 출발해라. 가문에서 내린 세 가지 사명을 완수한 후에야 돌아올 수 있다."

위지불급은 집을 목전에 두고 발길을 돌려야 하는 게 너무 아쉬웠다. 무엇보다 연로한 조부를 잠시나마 뵙고 싶었지만 부친은 그의 그런 바람을 헤아리고 있음에도 일축했다.

위지불급은 절을 올려 부친에게 작별을 고했다.

"소자 임무 완수 후 다시 찾아뵙겠습니다."

3

호남성 경산의 북궁세가.

어둑어둑한 저녁나절 한 명의 죽립인이 북궁세가를 찾아왔
다.

북궁세가는 본래 외부와 교류가 거의 없으며 필요한 물자는
대문 밖에 설치된 초소에서 처리한다. 하기에 북궁세가 일족
외에 북궁세가 내로 들어서는 사람은 극히 드물다.

초소의 무사들은 북궁세가 특유의 회색 경장 차림이었다.
그들은 가문의 출입을 철저하게 통제하지만 방문객에 대해서
는 절대 고압적인 태도를 취하지 않는다.

"어떻게 오셨습니까?"

초소장으로 보이는 삼십대 장년인이 방문객을 향해 정중히
예를 표했다.

방문객은 키가 아주 작았다. 특히 두 다리가 기형적으로 짧
았으며 전체적인 체구는 아주 다부진 편이었다. 깊숙이 눌러
쓴 죽립 때문에 얼굴은 거의 드러나지 않았고 사자갈기 같은
수염만 언뜻 드러날 정도였다.

죽립인은 종이 한 조각을 초소장에게 건넸다.

"가주께 전해라."

짤막한 한마디였지만 상당한 위엄이 느껴졌다.

초소장은 종이를 경비무사에게 건넸다.

"가주께 올려라."

"예, 사령."

경비무사는 좌우로 삼나무가 무성하게 자란 진입로를 따라 달려갔다. 진입로는 구불구불 이어져 있어 북궁세가의 담장도 보이지 않았다.

초소장이 다시 정중히 물었다.

"차라도 한잔 드시겠습니까?"

"됐다."

죽립인은 한마디로 일축하고는 몸을 돌려 뒷짐을 지고 섰다.

초소장은 시종 반말로 일관하는 상대에게 대해 반감이 솟구쳤지만 워낙 당당한 위압감을 뿜어내는 기도에 감히 시비를 걸 수 없었다.

가주 북궁휘는 집무실에서 보고서를 검토 중에 있었다. 북궁세가는 하루에도 엄청난 분량의 정보를 천하 각처에서 수집하고 있지만 이를 알고 있는 사람은 많지 않다.

"가주님께 아룁니다."

경비무사가 들어서며 공손히 예를 표했다.

북궁휘는 계속 보고서를 검토하며 한마디 던졌다.

"누가 찾아왔느냐?"

"예, 웬 자가 가주님을 뵙기를 청했습니다."

경비무사는 서탁 위에 종이 조각을 내려놓았다.

북궁휘는 종이 조각을 펼쳐 들었다. 아무런 글자도 없이 붓으로 한 번 그어진 먹물 흔적만 있었다. 단지 한 번의 붓질이니 그림이라고도 할 수 없었다.

"……?"

잠시 종이를 응시하던 북궁휘가 회색 눈썹을 꿈틀거렸다.

"당장 초당을 치워 귀빈 맞을 준비를 해라. 내가 직접 영접해야 하니 어서 모셔 오너라. 그러나 절대 소란을 떨어서는 안 된다."

"예, 가주님."

경비무사는 급히 집무실을 나섰다.

그로서는 한 번의 붓질이 무엇을 의미하는지 전혀 알 수 없었다. 그러나 가주가 직접 영접을 나설 정도라면 십 년 이래 최고 신분의 귀빈임에는 틀림없는 사실이었다.

죽립인은 초소장의 안내를 받아 대문 앞에 이르렀다.

날이 어두워지면 대문은 닫히고 통행을 위해 쪽문만 열어놓는 게 북궁세가의 관례였다. 쪽문 앞에 이른 초소장은 정중히 예를 표했다.

"잠시 기다려 주십시오. 가주님께서 직접 영접을 나오신다고 하셨소이다."

"알았다."

죽립인은 퉁명스럽게 응수하고는 어서 가라는 듯 손을 저었다. 초소장은 구불구불한 진입로를 통해 사라졌다.

곧이어 쪽문을 통해 북궁휘가 나섰다. 시비 한 명도 대동하지 않은 혼자 몸이었다.

"먼 길을 오셨소, 필왕."

북궁휘가 예를 표하자 죽립인 역시 깍듯하게 포권을 취했다.

"오랜만이오, 북궁 가주. 한데 내 아무리 은밀하게 방문했다 해도 대접이 어째 이리도 변변치 않소? 등 밝혀줄 종자 한 명도 없군."

죽립인이 짐짓 불만을 터뜨리자 북궁휘가 희미한 미소를 머금었다.

"필왕께서 수발 들 수하 하나 대동하지 않았는데 내 어찌 시비들을 대동해 소란스럽게 패왕을 맞이할 수 있겠소?"

"카하핫, 역시 당세의 현자다우신 처사요."

"자, 어서 드시지요."

죽립인은 쪽문을 통해 당당히 걸음을 옮겼다.

"그럽시다. 우선 술부터 한잔해야겠소."

초당은 그림과 글자 몇 점이 걸려 있을 뿐 특별한 장식으로 치장돼 있지 않았다. 대나무 탁자 위에는 이미 주안상이 차려져 있었고, 한쪽에는 손을 씻고 입 안을 헹굴 대야와 물이 갖춰져 있었다.

초당으로 들어선 죽립인은 비로소 얼굴을 가린 죽립을 벗었다.

각진 얼굴은 보기에도 다부졌고 형형한 눈빛은 초로의 나이답지 않게 강렬했다. 그는 다름 아닌 백리태보의 가주인 천왜필왕 백리장패였다.

백리장패는 바람막이와 장삼까지 벗어 던지고는 따뜻한 물로 얼굴과 손을 씻고 입을 헹구었다. 본래 대범한 성격이라 그는 남의 집에서도 자신의 행동을 별반 조심하지 않았다.

"후우, 이제야 조금 개운하군."

백리장패가 먼저 좌정하자 북궁휘가 비로소 마주 앉으며 술을 따라주었다.

"내가 술을 즐기는 편은 아니지만 이렇듯 필왕과 대좌한 이상 마시지 않을 수 없겠구려."

"당연하오. 사소한 문제라면 차 한잔으로 충분하겠지만 대사를 논하는 자리에서 어찌 대작하지 않을 수 있겠소?"

백리장패는 술잔을 들어 건배를 청했다.

"두 가문의 무궁한 영광을 위해!"

시원스럽게 술잔을 비운 백리장패가 안주 겸 식사로 따뜻한 향압탕을 먹으며 단도직입적으로 물었다.

"금번에 우리 두 가문이 철저하게 멸시를 당했소. 가주께서는 심정이 어떻소?"

아무런 사전 설명도 하지 않은 물음이었지만 북궁휘는 그것이 무엇을 의미하는지 대번에 알아들었다.

"우리 가문이야 위지불급과 큰 연관이 없기에 문제될 것 없

지만 백리태보와 철문세가는 조금 당했다는 느낌을 받았을 거
요. 특히 위지불급은 영애와 아주 교분이 두텁다고 들었는데
패왕은 받은 충격은 상당했을 것이오."

"카핫, 북궁세가는 전혀 무관하다? 우리 솔직하게 얘기합시
다. 색녀들의 소굴은 군천세가보다 북궁세가에서 훨씬 가까웠
소. 한데도 굳이 군천세가에만 지원을 요청한 것은 북궁세가
를 무시했기 때문이 아니겠소? 위지불급이 북궁검민과 함께
자명궁으로 입궁했다가 탈출한 친밀한 관계를 감안한다면 오
히려 북궁세가에 지원을 요청했어야 당연한 일이었소."

"굳이 거리를 거론하셨으니 한 말씀 드리겠소. 색녀들의 소
굴인 형산까지는 우리 가문보다 백리태보가 자리한 중경이 보
다 가깝소."

오히려 반격을 받은 백리장패가 얼른 화제를 돌렸다.

"허엄, 어쨌거나 우리 두 가문보다 훨씬 먼 곳에 위치한 군
천세가에만 지원을 요청했다는 것은 놈이 우리 두 가문을 무
시했다고밖에 생각할 수 없소. 이번 사건으로 인해 군천세가
는 팔대가문 중 으뜸으로 추앙받게 되었으니 이 얼마나 분통
터질 일이오?"

백리장패는 스스로 술잔을 채워 거칠게 들이켰다.

북궁휘는 시종 온화한 표정으로 응수했다.

"필왕, 과거의 혈환마후가 되살아난 것도 아니고 군천세가
는 그저 색녀 소굴을 하나 와해시켰을 뿐이오. 자세한 내막을
알아보면 군천세가는 수뇌 급들을 전혀 제거하지 못했고, 궁

주인 요지혈혜는 위지불급에 의해 부상을 입고 도주했다고 하였소. 군천세가로서는 가문의 운명을 걸고 정예들을 총출동시켰다고 했지만 과연 그 성과가 무엇이겠소? 냉정히 평가한다면 공연히 풀만 건드려 뱀을 달아나게 만들었을 뿐이오. 만일 백리태보에서 출동했다면 결과는 달라졌을 것이오.”

자신의 가문을 한껏 추켜세워 주는 발언에 백리장패는 호탕한 웃음을 터뜨렸다.

“카하핫, 역시 가주의 통찰력에 감탄을 금치 못하겠소. 우리 가문이 출동했다면 혈환마궁은 완벽하게 궤멸되었을 것이오.”

북궁휘는 술을 한 모금 마시고는 슬며시 물었다.

“필왕께서 단지 그런 푸념이나 하자고 호위무사 하나 대동하지 않고 본 가를 찾지는 않으셨을 테고… 이제 심중을 말씀해 주시겠소?”

백리장패는 정색을 짓고는 목소리를 낮추었다.

“그전에 한 가지 묻고 싶은 게 있소.”

“말씀하시오.”

“위지불급이란 녀석이 분명 전설의 위지세가 출신이오?”

“가능성이 상당히 높소. 아니, 위지세가 후예임을 확신하오.”

“만일 전설의 가문이 다시 세상으로 나선다면 북궁세가의 입지가 어찌 될 것 같소?”

북궁휘는 조금도 주저하지 않고 대답했다.

"반딧불이 어찌 달빛에 비하겠소? 조용히 문을 닫을 생각이
오."
"그럼 우리 가문은 어찌 될 것 같소?"
"필왕께서 그저 그림이나 그리면서 중경을 호령한다면 아
무런 문제가 없을 것이오. 하지만 필왕이 끝내 중원제일가를
추구한다면 과거 위지세가에 의해 은밀하게 와해된 집단처럼
될 것이오."
백리장패는 결연한 어조로 물었다.
"만일 우리 두 가문이 손을 잡으면 어찌 될 것 같소?"
"……?"
"솔직하게 답변해 주시오. 결코 가주를 떠보려는 것이 아님
을 맹세하겠소."
"결과는 예측할 수 없소. 하지만 백리태보가 세상의 밝음을
지배하고, 그늘진 부분을 우리 가문이 지배할 수 있다면 가장
이상적인 동맹이 될 것이오."
세상의 낮과 밤.
그 말은 다양한 뜻으로 해석될 수 있다. 분명한 것은 북궁세
가 역시 백리태보처럼 야심을 품고 있음을 의미한다.
백리장패는 허리춤에서 두루마리를 꺼내 들었다.
"이제 가주의 속내를 헤아릴 수 있겠소. 또한 밝음과 어둠을
경계로 삼을 수 있으니 우리 두 가문의 동맹에는 전혀 문제가
없을 것 같소."
그는 북궁휘 앞에 두루마리와 작은 보석 상자를 내려놓았다.

“이것은 동맹의 예물이오.”

“…….”

“가주께서는 현명하신 분이니 그것이 무엇인지 이미 짐작했을 것이오.”

“그렇소. 천중칠보 중 여의신주와 만상지존도가 아니오?”

“과연!”

“한데 이 귀한 보물들을 왜 직접 가지고 오신 것이오?”

“솔직히 얘기하면 나 혼자 해결하기에 너무 어려운 숙제라 가주의 두뇌를 빌리고자 하오. 다시 말해 우리 두 가문의 공동 과제로 삼자는 뜻이오.”

북궁휘는 회색 수염을 천천히 내리쓸었다.

“의도는 좋지만 과연 결과를 공유할 수 있겠소? 여의신주의 수수께끼를 풀면 상상도 못할 선도 무예를 얻을 수 있고, 만상지존도의 비밀을 풀면 무황의 절기를 손에 넣을 수 있소. 사람의 욕심이란 추악하기 그지없어 막상 절세적인 무공을 얻게 되면 마음이 바뀌는 게 일반적이오.”

“가주는 세상의 낮까지 지배하고 싶소?”

“우리 가문은 그렇게 야망이 크지는 않소.”

백리장패는 술잔을 집어 들었다.

“그렇다면 보셔도 무방하오.”

“…….”

북궁휘는 두 개의 보물을 잠시 주시하다가 보석 상자를 열었다.

휘황한 광채를 발휘하는 구슬은 바로 여의신주였다.

구슬 안쪽에 박힌 무수한 글자가 신비롭기만 하다. 무수한 글자가 겹쳐져 있어 모두 몇 개의 글자인지 헤아리는 것도 쉽지 않다.

북궁휘는 놀랍도록 밝은 안광을 발하며 여의신주를 세심하게 관찰했다. 세상의 보물을 접한 흥분과 감동은 가슴으로만 느낀 채 최대한 냉정한 통찰력을 발휘했다.

백리장패는 자신의 빈 술잔에 술을 따랐다.

"여의신주의 비밀을 해결할 열쇠는 미세한 구멍에 있소. 만일 혼백을 뽑아 구멍을 통해 집어넣을 수 있다면 여의신주의 난해한 글귀를 읽을 수 있다는 것이 위지불급의 설명이었다 하오."

"……?"

북궁휘는 구슬을 살피다 바늘구멍처럼 작은 흠을 찾아내고는 잠시 생각에 잠겼다. 이어 구슬을 보석 상자에 다시 담았다.

"전혀 불가능한 얘기는 아니오. 그것이 유일한 해법이라면 고금의 문헌에서 찾아볼 수 있소."

그는 이번에는 두루마리를 집어 들었다.

두루마리가 풀리며 드러난 그림은 과연 만상지존도였다. 하지만 그림인지 구름 문양인지 모호하기에 딱히 그림이라고 규정짓기도 애매했다.

백리장패는 그를 힐끗 보며 넌지시 단서를 말해주었다.

"내 딸이 위지불급에게 들은 얘기로는 그림 속으로 들어가 야 비밀을 해결할 수 있다고 했소. 그것이 무엇을 의미하는지 가주는 잘 알 것이오."

북궁휘는 한동안 집중했던 만상지존도를 내려놓았다.

"천세무황께서는 말년에 무도를 연성했다고 들었소. 아마 무황의 절기는 무도를 터득한 자만이 얻을 수 있을 것이오."

그는 만상지존도를 백리장패에게 건넸다.

"솔직히 자신이 없소. 심안으로 그린 그림을 알아보려면 심 안을 지녀야 하는데 우리 가문 누구도 그런 능력이 없소. 만상 지존도는 나보다 그림에 밝은 필왕이 더 깊이 연구할 과제라 생각되오."

"가주……?"

"다른 의도는 없소. 사실 여의신주 하나만으로도 어려운 비 밀이 아니겠소? 이왕이면 가능성이 조금이라도 있는 여의신주 에 집중하고 싶소."

백리장패는 천하의 보물을 마다하는 그의 심성에 보다 신뢰 감을 실었다.

"가주의 무욕에 감탄했소. 반드시 좋은 결과가 나오리라 기 대하겠소."

북궁휘는 보석상자 위에 손을 얹었다.

"필왕, 여의신주와 만상지존도는 천중칠보 중 가장 난해한 내력이 담긴 보물이오. 위지불급이 그것을 두 개씩이나 필왕 에게 안긴 이유가 무엇인지 깊이 생각해 보셔야 하오."

"그게… 무슨 말씀이오?"

"패도를 추구하는 필왕의 야심은 결코 비밀이 될 수 없소. 한데도 위지세가의 후예가 두 개의 보물을 선뜻 안겼다면 어떤 이유가 있겠소? 아마 필왕은 평생 여의신주와 만상지존도에 매료돼 깨어나지 못할 것이오."

예리한 충고에 백리장패는 비로소 오랜 미혹에서 깨어날 수 있었다. 그러나 그는 자신의 부끄러운 모습을 함부로 드러낼 만큼 모자란 사람이 아니었다.

그는 끓어오르는 분노를 애써 억누르며 애써 태연을 가장했다.

"카하핫, 그래서 이 어려운 난제를 북궁세가에 가져온 것이 아니겠소? 그럼 가주만 믿겠소."

술잔을 비운 그는 자리에서 일어나 장삼을 걸치고 죽립을 머리에 썼다.

북궁휘는 빈말로도 그를 잡으려 하지 않았다.

"필왕의 방문에 대해서는 아이들에게도 철저히 함구시켜 놓겠소."

"알겠소. 좋은 소식을 기다리리다."

날은 완전히 저물어 밤하늘에 여인의 눈썹 같은 초승달만 떠올랐다.

북궁세가의 관할 지역을 벗어난 백리장패는 마치 보이지 않는 계단을 밟고 오르듯 허공으로 둥실 떠올랐다. 죽립 아래에서 뿜어지는 눈빛에서 살기가 폭사되었다.

"위지불급, 네놈이 감히 본좌를 바보로 만들었구나! 반드시 내 손으로 때려죽일 것이다!"

소매를 떨친 그는 꼿꼿이 선 채로 날아갔다. 초극의 경공술인 육지비행술이었다.

4

다각다각……!

한 필의 준마가 호남성 중부인 안륙을 지나고 있었다.

마상의 인물은 단정한 용모의 청년으로 다소 짙은 눈썹이 인상적이었다. 준수한 용모는 아니었지만 다소 고집스런 의지와 강건한 기개가 느껴졌다.

주변은 한창 봄기운이 가득해 절로 흥취에 젖을 상황이었지만 청년은 풍광에는 전혀 관심이 없었다.

청년은 다름 아닌 위지불급이었다. 그는 말을 타고 가는 와중에도 줄곧 생각에 골몰해 있었다.

"가문에서 밝혀줄 세월을 기다릴 수 없다면 네 스스로 찾아내라."

부친에게 허락을 받았으니 이제 그는 가문의 내력에 대해 알아볼 자격이 생긴 셈이다. 그 역시 강호에 나선 이래 숱하게 거론된 위지세가가 자신의 가문임을 거의 인식하고 있었다.

위대한 천재가문!

대다수 사람들은 그 존재를 모르고 있었으며 천자명왕 같은 부류는 자신의 가문에 대해 아주 강한 적대감을 지니고 있었다. 그나마 군천세가가 호의적일 뿐 백리태보 역시 위지세가에 대해서는 탐탁해하는 눈치가 아니었다.

'그래, 이제부터는 의혹 때문에 고민하지 말자. 아버님의 윤허를 받았으니 모든 의혹을 찾아 해결할 수 있다. 우리 가문이 왜 청풍공방으로 위장하며 살아야 했는지, 천자명왕이 제기한 광마과의 연관성을 확인해 보겠다.'

그는 시인과 부인도 하지 않은 부친에게 내심 고마움을 느꼈다.

'아버님도 이제 나를 어엿한 성인으로 인정하신 것이다. 그래서 어떤 충격도 스스로 감내할 수 있기에 가문의 비밀에 접할 권한을 부여하신 거다. 하지만 권한에는 반드시 책임과 의무가 따른다. 난 가문의 장손으로서 우리 가문에 대해 자긍심을 갖고 가문을 명예롭게 하는 데 최선을 다해야 할 것이다.'

다각다각……!

호북성 중북부는 비교적 물줄기가 많지 않아 배를 이용하지 않고도 이동이 용이하다.

위지불급은 지금 안휘성으로 향하는 중이었다.

본래 그는 광마의 은신처를 찾기 위해 회하 상류인 봉태진에서 사전 작업을 펼쳐 두었다. 그 결과를 얻기 위해서는 다소 시일이 걸리기에 잠시 은향장을 방문한 것인데 뜻하지 않게 너무 많은 시일이 소요되었다.

'그동안 몇 차례 비가 내렸다면 회하의 흐름이 바뀌었을 것이다. 결과가 신통치 않으면 양피 인형을 새로 제작해야 할지도 모르겠군.'

이전에는 광마의 은신처를 찾아내도 가문의 엄명 때문에 그가 직접 조사할 수 없었지만 이제는 조사 권한이 주어졌기에 그의 의지가 보다 강렬해졌다.

그는 잠시 상념에서 벗어나 주변을 둘러보았다.

드넓은 호북 평원에서는 모내기를 위해 한참 논과 밭이 갈리고 있었다. 애, 어른, 아낙 할 것이 모두가 나서서 논에 물을 대고 밭이랑을 일구는 데 여념이 없었다.

농사짓는 광경은 보는 사람에게는 한가한 광경일 수 있지만 막상 종사하는 사람에게는 힘겹고 고단한 작업이다.

위지불급은 어렸을 적부터 엄청난 지식을 습득해야 하는 가문의 독특한 교습에서 벗어나기 위해, 육체적으로 힘든 농사일을 자청했기에 농부들의 고달픔을 잘 알고 있었다.

그는 농부들에게서 눈길을 돌리고는 다시 박차를 가했다.

다각다각……!

야트막한 언덕을 넘어서자 안륙에 속한 작은 마을이 멀리 내려다보였다.

한데 이때였다. 난데없이 괴성이 난무하며 좌우 수림에서 네 사람이 쏟아지듯 내려섰다.

"카하핫, 또 만났구나, 꼬마야!"

"우연은 절대 아니다. 진작부터 네 행로를 파악해 기다리고 있었던 거지."

"거부할 생각은 마라. 이번이 마지막이 될 테니까."

"자, 어서 말머리를 돌려라!"

사위를 점하며 길을 막아선 네 사람은 하나같이 인간과 짐승을 섞어놓은 듯한 괴이한 몰골의 소유자들이었다.

다름 아닌 십이지괴 중 사괴.

닭 벼슬처럼 머리카락을 세웠고 뾰족한 입술을 지닌 금유신조.

들창코를 지닌 승복 차림의 불해화상.

툭 불거진 주둥이며 모습이 개와 흡사한 투술진인.

쇠뿔 투구를 머리에 쓴 장대한 체구의 거인 석축우공.

위지불급은 사괴를 쓸어보며 짜증스런 표정을 지었다.

"누군가 했더니 사괴 선배들이로군?"

세상에서 십이지괴를 만나 이렇듯 무시할 수 있는 사람은 흔치 않다.

강호에서의 명성과 그들의 높은 무공을 감안한다면 일문의 지존이라도 말에서 내려 예의를 차리는 것이 일반적이다. 하지만 위지불급은 이들 사괴를 한낱 하류처럼 취급했다.

"이번에는 용건이 뭐요?"

석축우공이 고삐를 거머쥐었다.

"가자."

"어디를 말이오?"

“이놈아, 우리가 꼭 이유를 설명해야겠느냐? 네 잘난 대가리라면 이미 눈치 챘을 것 아니냐?”

“선배들 넷이 동시에 출동했다면 누군가의 지시를 받았기 때문이겠군. 천자명왕을 제외하면 도신광유뿐인데…….”

금유신조가 예리한 손톱을 들이대며 매섭게 외쳤다.

“요놈의 새끼 눈알을 확 후벼 파고 싶군. 우리가 한낱 원숭이 사촌의 지시를 받는단 말이냐?”

“그럼 부탁이오?”

“당연하지. 원숭이 사촌이 마지막이라고 통사정을 하기에 부탁을 들어준 것이다.”

위지불급은 상대의 답변을 통해 자신의 짐작을 간단히 확인했다.

“그렇다면 또 도박을 하자는 얘기인데, 난 그런 하수와는 상종하고 싶지도 않소.”

“뭐… 뭐야, 하수?”

“선배들도 알다시피 도신광유는 이미 나한테 두 번씩이나 패하지 않았소? 무공 대결에서도 두 번씩이나 패하면 자신의 한계를 인정하고 다시는 도전하지 않는 게 예의요. 명색이 십이지괴에 해당되는 선배들이 그 정도 상식도 없단 말이오?”

예리한 추궁에 답변이 궁한 금유신조가 입맛을 쩍 다시자 삼괴도 서로의 얼굴만 바라보았다. 그들 중 그나마 머리를 조금 쓴다 자부하는 금유신조가 대꾸할 말이 없다면 다른 사람들은 물어보나마나였다.

우직한 석축우공이 쇠뿔 투구를 움켜쥐며 거칠게 내뱉었다.

"그래서 이놈과 얘기를 섞지 말자고 했잖아? 주둥이가 백정 칼날만큼이나 예리해 우리는 상대가 안 돼. 그냥 한 주먹에 때려눕혀서 데려가자."

위지불급은 상대가 완력을 구사하려 하자 말안장에서 내려섰다.

"사람 우습게보지 마시오. 내가 예전의 위지불급인지 아시오? 날 제압하려 한다면 선배 한둘은 부상을 면치 못할 것이오."

그가 오금죽장을 어깨에 걸치자 석축우공이 자신의 가슴을 탁 쳤다.

"카하핫, 네가 실력 대결로 나오겠다면 오히려 환영이다. 사실이 네놈이 두려운 것은 무공이 아니라 교활한 대가리니 말이다."

"그전에 한 가지 묻겠소. 과거 삼악칠살에 해당되는 칠살과 십이지괴 중 누가 강하다고 할 수 있소?"

"그거야… 직접 겨뤄보지 않아서 우열을 장담할 수 없다. 어쨌거나 우리가 감히 삼악과는 비교할 수 없지만 칠살과는 충분히 대적할 수준은 된다고 자부한다."

그가 주변의 동료들을 돌아보며 동조를 구하자 삼괴 역시 자신있게 떠벌렸다.

"소머리가 오랜만에 옳은 소리를 하는구나."

"그래, 우리가 칠살에 비해 부족할 것도 없지."

"암, 그렇고 말고. 수십 년 지나면 우리 십이지신도 전설로 불리게 될 것이다.”

위지불급은 오금죽장을 빙글빙글 회전시켰다.

“당신들은 혈환마궁의 궁주가 내 손에 팔과 눈이 상해 도주했다는 소식을 듣지 못했소? 그 색녀는 요지혈혜로 불리는데 사실 그 계집이 과거 칠살 중 가장 신비롭다는 무영혈살이었소. 다시 말해 무영혈살도 내 적수가 안 됐다는 뜻이오. 한데도 싸우겠다는 거요?”

석축우공이 커다란 눈알을 데굴데굴 굴렸다.

“뭐, 뭐야? 혈환마궁의 궁주가 바로… 무영혈살이었다고?”

“그렇소.”

위지불급은 턱을 치켜 올리며 사괴를 쓸어보았다.

“석축 선배 혼자서는 어려울 테니 동료의 지원을 받으시오. 뭐, 사괴 선배들이 합세한다 해도 이를 문제 삼지 않겠소.”

워낙 당당한 기세에 사괴는 우거지상을 지으며 서로의 눈치를 살폈다.

그동안 위지불급에게 여러 번 당했지만 그것은 상대의 기지와 재간에 패한 것이지 무공 대결에서 패한 것은 아니었다. 하기에 그들은 별다른 패배감을 느껴본 적이 없었다.

그러나 정식으로 대결을 펼쳐 패한다면 얘기가 달라진다. 그들은 향후 십이지괴의 일원으로 얼굴을 들고 다닐 수가 없게 될 것이다.

석축우공은 자신이 희생양이 될 이유가 없기에 한 걸음 물러섰다.

"돼지 화상, 네 불해공은 무적이니 한번 상대해 봐라."

불해화상은 코를 벌름대다가 슬며시 투술진인을 내세웠다.

"큭, 역시 싸움에는 개뼈다귀가 으뜸이지. 틈만 나면 위지불급을 짓이겨 흑신견의 먹이로 주겠다고 하지 않았더냐?"

투술진인 역시 무영혈살을 격파한 절세 급 고수와는 상대하고 싶지 않았다.

"닭대가리, 원숭이 사촌이 꼬마 녀석을 정중히 청해오라고 부탁하지 않았더냐? 그럼 싸울 이유가 없잖아?"

삼괴가 모두 싸움을 마다하자 금유신조가 부리처럼 튀어나온 뾰족한 주둥이를 어루만지다가 분위기를 바꾸었다.

"위지불급, 원숭이 사촌의 입장이 정말 딱하다. 네 말대로 두 번씩이나 패한 주제에 다시 도전을 청하는 상황이라 무척 부끄러워하고 있다. 그래서 직접 나서지 못하고 우리한테 부탁을 한 것이지. 원숭이 사촌이 이번 대결이 마지막임을 공언했으니 다시는 널 귀찮게 하는 일은 없을 거다."

"그러니까 지금 네 선배는 나를 겁박하기 위해 온 것이 아니라 날 경호하러 온 것이겠군?"

"뭐, 그런… 셈이다."

"하하, 진작 그렇게 말할 것이지."

위지불급은 오금죽장을 안장주머니에 꽂고는 훌쩍 말안장 위로 올랐다.

"갑시다. 그래도 몇 번 안면이 있는 사이인데 내가 사괴 선배들의 간절한 청을 못 들어주겠소?"

별반 배알이 없는 석축우공이 위지불급의 말고삐를 쥐었다.

"우헤헤, 내가 안내하겠네. 어서 가세나."

석축우공은 수림 쪽으로 말을 이끌었다.

금유신조는 이번에도 수모를 당한 꼴이 되자 불해화상과 투술진인을 닦달했다.

"꼴좋다. 놈을 개처럼 끌고 가겠다고? 한데 한번 겨루자고 하니까 곧바로 꼬랑지를 내려? 그러고도 너희가 십이지신의 일원이란 말이냐?"

불해화상이 콧김을 뿜으며 응수했다.

"남 말 하지 마라. 녀석과 겨루고 싶지 않은 것은 너도 마찬가지였지 않더냐? 솔직히 녀석과 비교해 무공에서마저 뒤진다는 사실을 확인하고 싶지 않다."

투술진인이 적극 동조했다.

"돼지 화상 말이 맞다. 우리가 녀석과 목숨을 걸고 싸워야 할 이유가 없잖아? 어쨌거나 원숭이 사촌이 목숨을 걸고 대결을 벌일 테니 우리는 재미있게 지켜보자고."

누구도 앞장설 의도가 없음을 확인하자 금유신조 역시 감정을 해소했다.

"알겠다. 원숭이 사촌이 놈을 꺾기를 바라야지. 연후 놈을 어떻게 처리할지 논의하자."

第四十五章 구할의 패배, 일푼의 승리

　　대나무로 얼기설기 기둥을 세우고 지붕에 풀을 얹은 초옥이
다.

　　주변으로 원숭이들이 복작대고, 푸른 소는 풀을 뜯고, 누런
돼지는 먹이를 찾으며 검은 개는 늘어져 잠을 자고 있었다. 이
외에도 우리 안의 흰 토끼는 풀을 쏠고 횃대에 앉은 금빛 깃털
의 닭은 꾸벅꾸벅 졸고 있었다.

　　이들 모두 십이지괴 중 육괴를 상징하는 짐승들이었다.

　　대나무 원탁에는 도신광유와 홍묘파파가 앉아 있는데 도신
광유의 표정이 참으로 비장했다.

　　홍묘파파는 커다란 앞니로 대나무 껍질을 쏠았다.

　　"원숭이 사촌, 자신없으면 무리하지 마. 자존심도 중요하지

만 목숨이 더 소중하잖아?”

도신광유가 퉁명스럽게 내뱉었다.

“너희나 하잘것없는 목숨에 연연하지, 난 명예를 더 소중하게 여긴다. 이번에는 반드시 놈을 꺾겠다.”

“제발 그래라. 녀석에게 두 번이나 패한 이후 너답지 않게 주눅 들어 있는 모습은 정말 보기가 싫어.”

홍묘파파는 커다란 귀를 쫑긋하며 고개를 돌렸다.

“한데 네 마리 짐승이 과연 녀석을 짐짝처럼 질질 끌고 올 수 있을까?”

“턱도 없는 소리 마라. 녀석의 무공이 별 볼일 없을 때도 당해내지 못했는데 무슨 수로 놈을 끌고 와? 오히려 녀석한테 끌려오지 않으면 다행이지.”

“그냥 다짜고짜 제압해 끌고 오면 되잖아? 놈과 얘기를 섞지만 않으면 가능해.”

“그게 쉽지 않다. 알면서도 당한다는 말이 있는데 바로 녀석을 대면하면 마치 최면에 빠진 것처럼 녀석의 뜻대로 움직이게 된다. 그것이 바로 녀석의 무서운 능력이지.”

도신광유는 주둥이가 좁은 토기를 물끄러미 응시했다.

“놈을 상대할 수 있는 유일한 방법은 순수한 행운이다.”

“원숭이 사촌, 만일 녀석에게 행운마저 따른다면?”

홍묘파파가 넌지시 묻자 도신광유가 결연하게 응수했다.

“그렇다면 운명으로 생각할 수밖에.”

들려오는 말발굽 소리에 두 사람은 초옥 입구로 시선을 돌렸다.

　위지불급은 당당히 말을 탔고 석축우공이 수행하는 마부가 되어 말고삐를 이끌고 있었다. 다른 삼괴는 호위무사처럼 뒤를 따랐다.

　홍묘파파가 떫은 입맛을 다셨다.

　"젠장, 역시 네 마리 짐승이 출동해도 안 되는군. 어째 새파란 녀석 하나를 못 당해?"

　초옥 앞에 이르자 석축우공이 말고삐를 당겨 말을 멈춰 세웠다.

　"다 왔다, 불급."

　말안장에서 내려선 위지불급이 초옥 안으로 들어섰다. 그는 홍묘파파는 무시한 채 대나무 탁자를 사이에 두고 도신광유와 마주 앉았다.

　"내가 갈 길이 급하니 속히 승부를 냅시다."

　도신광유는 의례적인 인사조차 올리지 않는 그를 전혀 나무라지 않았다.

　"나도 원하는 바다."

　홍묘파파는 위지불급에게 무시당한 수모를 사괴에게 뿜어냈다.

　"이런 쓸모없는 짐승들아! 저 고약한 꼬마의 목에 줄을 걸어 끌고 오겠다면서? 한데 말고삐나 쥐는 신세가 되어 돌아왔단 말이냐?"

　금유신조가 애써 그녀의 질책을 무시했다.

“어쨌거나 데려왔으면 된 것 아니냐? 토끼 할멈이 나섰어도 어림없었을 것이다.”

“그저 주둥이만 살아서…….”

“자, 우리도 도박에 참여해야 하니 어서 들어가자고.”

위지불급과 육괴.

그들 일곱 명은 대나무 원탁을 사이에 두고 둘러앉았다.

도신광유가 독기 어린 눈빛으로 위지불급을 직시했다.

“이번이 마지막이다. 만일 이번 도박에서도 내가 패한다면 다시는 널 귀찮게 하지 않을 것이다.”

“도신 선배의 표정을 보니 자결할 생각까지 하고 있는 것 같구려?”

“이놈아, 네가 아무리 똑똑해도 남의 심중까지 헤아리는 것은 결코 도리가 아니다.”

“알겠소. 한데 이번에는 무엇을 걸겠소?”

“역시 천중칠보다.”

도신광유는 품속에서 한 권의 책자를 꺼내 탁자 위에 내려놓았다.

“확인해 보아라!”

위지불급은 책자를 집어 들고 살펴보았다.

전체가 양피지로 제작돼 있는 책자는 오랜 세월 사람의 손때가 묻어 반들반들 윤이 났다. 한데 표지에 책명이 기재되어 있지 않아 어떤 책인지 전혀 알 수 없었다.

위지불급은 책장을 넘겨보았지만 한 글자도 쓰여 있지 않았다.

"이게… 뭐요? 빈 책자잖아?"

"위지불급, 정녕 네가 몰라서 묻는 것이냐?"

위지불급은 책자를 다시 탁자에 내려놓았다.

"하면… 이 책자가 천중칠보 중 하나인 무자천서란 말이오?"

"그렇다. 그것이 진짜 무자천서임은 우리 육괴의 명예를 걸고 보증하겠다."

도신광유가 단호히 말하자 금유신조 오괴를 대표해 말을 받았다.

"진품이 확실하다. 우리가 원숭이 사촌을 위해 어렵사리 구한 것이다."

무자천서(無字天書)!

이것은 이름 그대로 하나의 글자도 쓰여 있지 않은 책을 말한다. 그런데도 이 책자가 천중칠보에 선정된 연유는 무자천서를 얻은 사람 중에서 두 명의 절세고수가 탄생했기 때문이다.

개천마존(開天魔尊).

삼백 년 전의 절대마왕으로 그의 입을 통해 비로소 무자천서의 존재가 처음으로 세상에 알려졌다. 그가 절대마왕이기에 모두를 무자천서를 무서운 마경(魔經)으로 확신했다.

한데 개천마존 이후 여러 명이 무자천서를 번갈아 소유하다가 한 명의 기재에 의해 빛을 보게 되었다.

절대무존(絶對武尊).

무림 사상 가장 신비롭다는 절세적 고수다. 그는 활동 시기가 길지 않지만 사악한 무리들을 징계하고 많은 절기를 세상에 남겨 무학의 발전에 지대한 공을 세웠다.

그는 은거하기 직전 자신의 무공이 무자천서에서 비롯되었음을 공표했다. 그는 무자천서가 결코 마경이 아니라 위대한 무서임을 밝혀, 중요한 것은 무공 자체가 아니라 그것을 구사하는 사람에게 달려 있음을 세상에 널리 알렸다.

이후 수많은 사람들이 무자천서를 찾기 위해 천하를 뒤졌지만 행적이 묘연했는데 이 갑자 만에 다시 빛을 보게 된 것이다.

위지불급은 또다시 천중칠보 중 하나를 접하게 되었지만 별다른 관심을 보이지 않았다.

여의신주나 만상지존도는 그 자체가 신비롭기 때문에 흥미가 있었지만, 무자천서는 단지 무공 비급에 불과했기에 그가 관심을 가질 대상이 아니었다.

도신광유가 그의 무심함에 다소 불안한 표정을 지었다.

"무자천서로… 부족하다는 것이냐?"

"솔직히 그렇소. 여의신주와 만상지존도는 예술적 가치도 뛰어나고 신비함까지 지녔지만 이것은 그냥 무공 비급이지 않소? 난 무공에는 별반 흥미가 없소."

"단순한 무공 비급은 아니다. 너도 보아 알겠지만 책에는 단 하나의 글자도 쓰여 있지 않다. 그러나 개천마존과 절대무존을 통해 입증되었으니 신비로운 천서임에 틀림없다.”

“알겠소. 천중칠보는 같은 가치를 지녔으니 굳이 비교하지 않겠소. 하지만 내놓은 물건이 하나뿐이니 내가 도박에서 패하면 한 가지 보물만 돌려주겠소.”

“안 된다. 내 목숨까지 걸었으니 두 개 모두 돌려주어야 한다. 그래야 내 명예가 회복될 수 있다.”

위지불급이 손사래를 쳤다.

“그건 억지요. 난 선배의 목숨을 담보로 할 수는 없소.”

“네가 날 죽이지 않아도 내 스스로 죽을 것이니 네가 싫든 좋든 내 목숨을 받아야 한다.”

“…….”

“내 마지막 도박일 수도 있다. 날 더 이상 비참하게 만들지 마라.”

어조는 나직했지만 표정이 실로 음울했다.

위지불급은 다른 오괴를 차례로 둘러보고는 말을 받았다.

“알겠소. 서로가 두 개씩의 물건을 걸고 도박을 벌입시다. 그러나 도신 선배의 목숨 대신 내가 한 가지 부탁을 하는 것으로 합시다. 물론 도신 선배가 패한다 해도 절대 목숨을 끊어서는 안 된다는 전제가 되어야만 난 도박에 응할 것이오.”

홍묘파파가 나직이 탄성을 발했다.

“대견한 녀석. 정말이지 탐욕이라고는 추호도 없구나! 더군다나 주둥이가 고약하기는 해도 사람의 목숨을 귀하게 여기는 심성이 정말 마음에 든다. 오냐, 네가 제시한 대로 우리가 네

청탁을 하나 받아주겠다."

그녀는 도신광유를 제외한 사괴를 쓸어보았다.

"원숭이 사촌을 위해 한 가지 일을 해주는 데 이의있는 짐승은 이 자리에서 당장 꺼져라!"

투술진인이 긴 혓바닥으로 입가를 핥았다.

"헤헷. 할멈, 꺼지면 내가 짐승이 되는데 어떻게 꺼질 수 있겠냐? 어떤 청탁이든 들어주겠다."

"좋다. 우리도 약속하겠다."

나머지 삼괴도 쾌히 동조했다.

도신광유는 자신을 위해 나서준 동료들이 고마웠지만 짐짓 퉁명스럽게 응수했다.

"자네들이 나설 일은 없을 것이네. 이번 도박에서는 내가 반드시 이길 테니까."

그는 주둥이가 좁은 토기를 탁자 중앙으로 옮겼다.

"도박은 아주 간단하다. 토기 안에서 금빛 묘안석을 먼저 꺼내는 사람이 이기는 거다."

"그게… 다요?"

"그렇다."

"만일 선배가 어떤 수작을 부려놓지 않았다면 이번 도박은 오로지 행운에 의한 승부로군."

"네 말대로다. 난 앞선 두 판의 대결을 깊이 연구하면서 두뇌와 심기로는 도저히 널 이길 수 없음을 자인했다. 내가 어떤 도박을 고안한다 해도 기술적인 방법으론 널 이길 수 없기에 순수한 행운으로 승부를 걸겠다는 생각을 하게 된 것이다."

위지불급은 토기를 흔들어보았다. 토기 안에서 구슬이 부딪치는 맑은 소리가 들려왔다.

"내가 운세도 아주 강한 편인데 괜찮겠소?"

"그래서 네 운세를 조금 삭감하기 위해 이번 도박에는 우리 여섯 명이 모두 참가한다."

"그럼 일 대 육의 대결이란 말이오?"

"아니다. 다섯 명은 참관인 겸 훼방꾼이 되는 거다. 이것은 네가 워낙 똑똑하기에 내가 모르는 어떤 술수를 부리는 것을 미연에 방지하기 위함이다."

"생각을 많이 하셨군?"

"당연하지 않느냐? 자신의 목숨이 걸린 승부인데… 너 같으면 소홀할 수 있겠느냐?"

도신광유는 동료들에게 도박 방식을 설명했다.

"자네들도 이번 도박에 참가해 내게 행운을 나눠주게나. 물론 금빛 묘안석은 나와 위지불급에게만 적용되며 만일 자네들이 먼저 차지한다면 귀한 보물을 선사하겠네."

불해화상이 탐욕스런 눈빛을 발했다.

"헤헷, 아미타불! 사람이 죽을 때가 되면 착해진다고 하던데 원숭이 사촌이 죽을 때가 되니 인심이 후해지는구나."

도신광유는 위지불급에게로 시선을 돌렸다.

"토기 안에는 모두 일곱 개의 묘안석이 들어 있다. 크기와 무게는 모두 동일하며 금빛 묘안석이라 해도 색깔만 다를 뿐 모두 똑같이 세공돼 있다. 순서는 네가 정해라."

위지불급은 잠시 고심하는 모습을 보이다가 의자에 편히 기대앉았다.

"내가 먼저 고르면 재미없으니 다섯 선배부터 먼저 묘안석을 골라보시오. 연후 도신 선배가 묘안석을 고르는 것이오. 만일 누구도 금빛 묘안석을 고르지 못하면 내가 이기는 것이니 난 묘안석을 고르지 않아도 될 것이오."

"불급, 넌 자신의 운세를 남의 손에 맡기겠다는 뜻이냐?"

"내가 앞서 언급하지 않았소? 내가 운세가 강하다고 말이오. 내가 먼저 묘안석을 고르면 도신 선배로서는 얼마나 맥 빠지는 일이겠소?"

"알겠다. 그럼 불급 오른편에 앉은 토끼 할멈부터 차례대로 묘안석을 골라봐라."

홍묘파파는 소매를 걷고는 토기 안으로 손을 넣었다.

"호홍, 내 운세도 아주 좋은 편이야."

그녀는 달그락달그락 소리를 내며 구슬들을 더듬다가 하나의 묘안석을 끄집어냈다.

금빛 묘안석.

그녀가 대번에 금빛을 발하는 묘안석을 끄집어내자 괴인들이 탄성을 토했다.

"우와! 할멈 손재수가 장난이 아니로군?"

"원숭이 사촌, 차라리 토끼 할멈한테 부탁하지 그랬어? 이미 승부가 끝난 거잖아?"

홍묘파파는 스스로 놀라 발갛게 상기되었다.

"이야, 내가 뽑았다니!"

도신광유는 미리 준비해 둔 선물을 건네주었다.

"약속대로 할멈에게 행운을 축하하는 상을 주겠다."

"이게 뭐지?"

보자기를 열어 본 토끼 할멈이 아이처럼 좋아했다.

"어머나, 이건 은형보의잖아?"

은형보의(隱形寶衣)는 주변의 색과 같은 색깔로 변색되는 신기한 은신의다. 과거 야천신도(夜天神盜)가 이 은형보의 덕분에 세상의 금역을 제집 드나들 듯이 다녔다는 것으로 유명한 보물이다.

은형보의를 몸에 두르자 토끼 할멈이 순식간에 모습을 감추었다.

"호홍, 어때? 내가 보여?"

도신광유가 금빛 묘안석을 다시 토기 안에 넣었다.

"토끼 할멈은 이미 행운을 차지했으니 물러나 있어라."

이제 여섯 명만 남아 금빛 묘안석 골라내기에 다시 참가하게 되었다.

투술진인, 불해화상, 금유신조가 일반적인 묘안석을 골랐고 네 번째로 손을 넣은 석축우공이 금빛 묘안석을 골라냈다.

"우헤헤! 내 손재수도 제법이야."

도신광유는 그에게 황금으로 빛나는 솥을 선물했다.

솥의 이름은 백미금정(白味金鼎).

이 솥은 물과 풀뿌리만 있어도 진귀한 요리로 변신시켜 주는 전설적인 요리도구다. 엄청난 식성을 지닌 석축우공은 백미금정을 가슴에 안고 무척 기뻐했다.

"우헤헤, 이제 한겨울에도 맛있는 음식을 먹을 수 있겠구나."

다시 시작된 금빛 묘안석 찾기에는 두 명을 제외한 다섯 명이 참가하게 되었다. 한데 투술진인, 불해화상, 금유신조는 이번에도 금빛 묘안석을 골라내지 못했다.

토기 안에 남아 있는 묘안석은 모두 네 알.

오괴는 잔뜩 긴장된 눈빛으로 도신광유를 주시했다.

도신광유는 가볍게 숨을 들이켜고는 토기 안으로 손을 넣었다. 달그락달그락 묘안석이 서로 부딪치는 소리가 들려왔다.

위지불급은 느긋하게 차를 즐기며 그를 지켜보기만 했다.

도신광유는 주먹을 꼭 쥔 채로 손을 끄집어냈다. 얼마나 긴장해 쥐었는지 손등에 푸른 힘줄이 돋아 있었다. 그는 주먹을 뒤집어 손을 폈다.

일반 묘안석.

오괴가 아쉬운 듯 혀를 차며 고개를 절레절레 저었다.

"젠장, 복도 없군."

"그러게. 재수라고는 지지리도 없는 세 마리 짐승이 묘안석 세 개를 골라준 덕분에 네 알밖에 안 남았었는데."

이제 남은 묘안석은 세 알뿐. 그중 하나가 금빛 묘안석이니 위지불급에게는 보다 유리한 입장이었다.

위지불급은 처음으로 토기 안에 손을 넣어 하나의 묘안석을 끄집어냈다. 도신광유처럼 신중한 모습이 아니라 그저 놀이를 즐기는 듯 편안한 표정이었다.

그는 구슬을 꺼내 곧바로 손을 뒤집었다.

찬란한 빛을 발하는 금빛 묘안석!

오괴의 입에서 비명 소리가 터져 나왔다.

"아압!"

"이런 염병할! 저 자식이 대번에 금빛 묘안석을 골라내다니!"

"이그, 정말이지 징그럽게 운수가 억센 놈이야."

세 번째 대결에서도 도신광유의 패배가 확정되는 순간이었다.

평소 서로를 향해 악담과 독설을 즐기는 괴인들이었지만 이번 도박은 도신광유에게 워낙 중대한 승부이기에 아무도 도신광유를 놀려대지 못했다.

도신광유의 표정이 참담하게 변했다.

이번 도박까지 세 판을 내리 패했으니 이제는 변명의 여지가 없었다. 만일 위지불급이 자결을 금한다는 조건을 제시하지 않았다면 그는 수치를 이기지 못하고 자신의 머리를 쳐서 죽음을 택했을 것이다.

바닥에 주저앉은 도신광유가 헛웃음을 터뜨렸다.

"허허… 허허헛! 이제는 내 운세마저 다했단 말인가?"

위지불급이 그를 부축해 일으켰다.

"운세가 아니라 순서상의 문제였을 뿐이오."

"뭐, 뭐라고?"

"선배는 다른 동료들을 변수로 집어넣었지만 묘안석이 여러 개일 경우 나중에 고르는 사람이 산술적으로 무조건 유리하오. 만일 두 개의 묘안석을 놓고 도박을 벌였다면 아주 공정한 시합이 되었을 거요."

도신광유가 분함을 이기지 못하고 이를 부득 갈았다.

"그렇다면 네놈은 이번 도박이 불공평하다는 것을 알면서도 응한 것이란 말이냐?"

"선배가 고심해서 제안한 도박을 내가 어떻게 바꾸자고 할 수 있겠소? 나 역시 패하고 싶은 마음은 추호도 없소. 무엇보다 이번 대결을 통해 육괴 선배들에게 청탁할 게 있어 꼭 이기고 싶었소."

위지불급은 도신광유의 어깨를 다독여 위로해 주고는 괴인들을 둘러보았다.

"선배들은 두 명의 동료가 자명궁에 감금돼 있다는 것을 알고 있소?"

금유신조가 시큰둥한 어조로 대답했다.

"물론이다. 그건 비밀도 아니다."

"그렇다면 그들이 어떻게 목숨을 연명하고 있는지 자세히 알고 있소?"

"그야… 쥐 굴에 감금돼 있는 정도로 짐작할 뿐 깊이 생각해 보지 않았다."

"난 자명궁을 탈출하면서 그들을 만난 적이 있소. 그들의 신세는 정말 비참했소."

위지불급은 자명궁 뇌옥에 감금돼 있는 포인추광과 청사독심의 끔찍한 몰골과 참담한 심정에 대해 소상하게 밝혀주었다.

괄괄할 성격의 석축우공은 분노를 견디지 못하고 거목을 끌어안고는 뿌리째 뽑아버렸다. 불해화상과 투술진인은 천자명왕의 잔혹함을 연신 성토했으며, 금유신조와 홍묘파파는 섬뜩한 살기마저 뿜어냈다. 이미 도박에서 패배해 낙담한 도신광유만 무심하게 들었을 뿐이다.

상황을 충분히 전달한 위지불급이 육괴에게 청했다.

"나와 북궁검민은 사실 포인, 청사 두 선배의 도움을 받아 자명궁을 탈출할 수 있었소. 약속대로 천자명왕을 제압해 두 선배가 갇혀 있는 뇌옥에 던져 주어야 하는데 아직 방도를 찾지 못했소. 무엇보다 나 혼자 자명궁을 상대하기는 불가능한 일이오. 육괴 선배들의 도움이 절실히 필요하오. 날 도와줄 수 있겠소?"

도신광유가 건조한 음성으로 말을 받았다.

"널 도와줄 수 없다."

"……."

"그러나 포인추광과 청사독심을 구출하는 일에는 협력할 수 있다."

도신광유가 우회적으로 자신의 심정을 밝히자 석축우공과

투술진인이 목소리를 높였다.

"그래, 이건 위지불급보다 우리가 나설 일이다. 뱀 대가리는 몰라도 털 빠진 호랑이는 반드시 구출해야 한다!"

위지불급은 분명하게 자신의 의중을 밝혔다.

"선배들은 자명궁을 자유롭게 드나들 수 있는 신분이니 상세한 정보를 알아봐 주시오. 지난번에는 탈출이 급해 미로에 대해 깊이 연구하지 못했지만 선배들이 충분한 정보를 제공해 준다면 자명궁을 궤멸시킬 방도를 찾아내겠소."

금유신조가 날카로운 손톱으로 콧등을 긁었다.

"위지불급, 천자명왕은 당대에서 가장 뛰어난 어둠의 두뇌를 지녔다. 정말 네가 감당할 수 있겠느냐?"

"장담할 수는 없소. 하지만 약조를 한 이상 지켜야 하는 것이 도리가 아니겠소? 내가 시급한 일만 해결한 후 다시 자명궁을 방문할 생각이오."

"자칫 실패하면… 너 역시 팔다리가 절단돼 버러지처럼 살게 될 것이다."

"그 정도 각오도 없이 어떻게 사도제일뇌를 쓰러뜨릴 수 있겠소?"

위지불급이 결연하게 말하자 금유신조도 마음을 굳혔다.

"알겠다. 솔직히 자명궁과 등지는 게 두렵지만 너와 적이 되는 게 더 두렵다. 어쨌거나 이제 한 배를 탄 동료가 되었으니 당분간 다툴 일도 없겠구나."

"그럼 소중한 정보를 부탁드리겠소."

위지불급은 육괴를 향해 정중히 포권을 취하고는 초옥을 나섰다.

도신광유가 무자천서를 쥐고 그를 따랐다.

"가져가라."

"관심없소."

"네가 이것을 남에게 주든 태워 버리든 일단 받아야 한다. 그것이 패자를 인정하는 예우다."

"알겠소."

위지불급은 무자천서를 받아 품속에 넣었다. 그는 가급적 도신광유와 눈길을 마주치지 않은 채 말안장에 올랐다. 그것이 승자의 신중한 처신이었다.

다각다각……!

위지불급이 대나무 숲 사이로 사라지자 도신광유가 초옥으로 들어섰다.

"모두가 나설 필요는 없다. 돼지 화상, 개뼈다귀, 소머리는 감정을 자제할 줄 몰라 공연히 천자명왕에게 발각될 수 있으니 자명궁 출입을 삼가라. 자명궁에 대한 정보는 나와 토끼 할멈, 닭대가리가 최대한 알아보겠다. 그리고 털 빠진 호랑이와 뱀 대가리를 구출할 방도도 찾아보자. 저들과 돈독한 친분은 없지만 그래도 오랜 세월 함께 지내온 동료인 이상 좌시할 수만은 없지."

불해화상이 그의 표정을 살피며 넌지시 물었다.

"원숭이 사촌… 괜찮은 거냐?"

“뭐가 말이냐?”

“기분이 아주 더러울 텐데 말이다.”

“그래, 솔직히 더럽다. 하지만 한 가지는 확실히 알게 되었다. 위지불급, 그 녀석은 내가 이길 수 없는 존재였다. 그것을 확인했으니 이제 더 이상 미련은 없다.”

도신광유는 금빛 묘안석을 집어 들었다.

“사실 녀석에게 먼저 금빛 묘안석을 고르도록 강요할 수 있었지만, 녀석이 대번에 이것을 고를까 봐 두려웠다. 도박 대결을 벌이기도 전에 두려워하고 있었으니… 어쩌면 나의 패배는 당연할 수 있었다.”

“그러면서 왜 먼저 도전을 한 것이냐?”

“그것은 네가 몰라서 하는 소리다. 모든 도박사는 패배에 대한 걱정보다 기적 같은 일 푼의 승리에 매료된다.”

도신광유는 귀한 묘안석을 움켜쥐며 가루로 만들었다.

“그것이 도박이다.”

第四十六章 감동적인 생명의 숨결

1

위지불급이 회하 상류의 마을 봉태진에 이른 때는 해가 뉘
엿뉘엿 저무는 석양 무렵이었다. 한참 농사철이라 농부들은
해가 완전히 저물어서야 각자 집으로 돌아왔다.

위지불급은 촌장 가족이 우물가에서 손발을 씻고 집으로 들
어서기를 기다렸다가 방문했다.

예전의 관리 복장은 아니었지만 촌장은 위지불급을 대번에
알아보았다.

"아니, 일전에 저희에게 양피 인형 제작을 지시했던 대인이
아니십니까요?"

"그렇소. 갑자기 급한 용무가 생겨 이제야 찾아오게 되었
소. 양피 인형을 회수한 자료를 볼 수 있겠소?"

"자료라면… 이미 제출했는뎁쇼?"

위지불급은 다소 황당하다는 표정을 지었다.

"제출했다고? 누구한테… 말이오?"

"대인과 같은 업무에 종사하는 다른 관리가 찾아오셨기에 내드렸지요."

"……."

위지불급은 순간적으로 백리빙을 의심했다. 그녀는 자신이 회하에서 양피 인형을 제작에 물에 띄운 사실을 이미 조사해 놓고 있었기에 우선적인 의심 대상이었다.

"그 관리가 혹시… 여인이었소?"

"그렇습니다요. 관리 중에서 여인은 아주 드물기에 모두들 황실이나 왕부에서 파견된 분으로 생각했습죠."

"으음, 그랬구려."

위지불급은 백리빙이 자신이 고안해 놓은 정보를 가로챘다고 확신했다.

'괘씸하군. 내게 베풀어준 호의와 고마움 때문에 천중칠보 중 두 개를 넘겨주기까지 했는데…….'

그러다 그는 잠시 생각을 달리하게 되었다.

'가만, 백리빙은 내 이런 작업이 광마와 연관돼 있다는 사실을 전혀 모른다. 당시 은향장으로 날 찾아왔을 때 내가 무엇을 하고 있는지 알지 못했다. 그리고 그녀의 성격상 나한테 직접 따져 물었으면 물었지 남의 정보를 중도에 가로채지는 않았을 것이다.'

그는 넌지시 촌장에게 물었다.

"혹시 여인 관리의 태도가 다소 건방지지 않았소? 용모는 상당한 미인이었을 테고 말이오."

"아닙니다요. 그 관리께서는 우리 무지렁이들을 아주 부드럽게 대해주셨소이다. 수고했다며 웃돈도 두둑하게 주셨습죠. 용모는… 얼굴을 면사로 가리고 있어 전혀 알 수가 없었습니다요."

"……?"

"가만, 저희가 기록해 둔 자료는 대인의 방문이 늦어지기에 자신이 잠깐 맡아두는 것이라 했습니다요. 한데… 저희가 잘못한 것입니까요?"

"아니오. 내 동료가 분명하오. 내 보고가 늦어져 상부에서 별도로 관리를 파견한 것 같소."

위지불급은 말은 그리했지만 내심 의아함을 금치 못했다.

'백리빙은 절대 아니다. 그렇다면 대체 누가……?

자료가 없다면 새로 양피 인형을 제작해 다시 회하에 띄워야 한다. 하지만 지금은 농사철이고 그동안 수량과 물 흐름이 변했기에 다시 조사하려면 상당한 시일이 소요된다.

'대체 누구일까? 어쨌거나 잠깐 맡아두겠다는 말이 사실이라면 악의는 없다고 봐야겠군.'

그는 날도 저물었기에 하룻밤 유할 수 있는 집을 청했다.

촌장은 아들 내외에게 얼마 전 이사 간 초옥을 치우도록 지시하고는 식사를 준비시켰다. 마을 사람들은 지난 춘궁기 때

큰 도움을 받았기에 함께 식사를 돕고 최대한 편안한 잠자리를 만들어주었다.

받은 고마움을 잊지 않은 마을 사람들의 정성 어린 배려 덕분에 위지불급은 하룻밤을 편히 묵을 수 있었다.

다음날 아침.

부지런한 마을 사람들은 밭일을 위해 새벽부터 출타했기에 마을 대부분은 비어 있었다. 뒤늦게 잠자리에서 일어나 마당으로 나선 위지불급은 눈이 휘둥그레졌다.

나무 대야에 세숫물이 갖춰져 있었고 마당의 탁자에는 갓지은 아침식사가 차려져 있었다. 한데 음식이 담긴 그릇이며 상아 젓가락과 은수저 등은 절대 농가의 식기가 아니었다.

"……."

위지불급은 별 의심 없이 대야의 물로 얼굴을 씻었다. 누군가의 성의인지는 몰라도 상대의 성의를 무시하고픈 생각이 없어서였다.

세면을 마치고 고개를 들자 누군가 깨끗한 수건을 건넸다.

챙이 넓은 방갓을 쓴 여인이었다. 방갓 주변으로 망사 면사가 둘러져 있어 여인의 용모는 확인하기가 쉽지 않았다. 방갓을 쓴 여인은 풍성한 옷을 걸쳐 가급적 몸매를 드러내지 않으려 했다.

위지불급은 수건을 받아 물기를 닦으며 무덤덤하게 물었다.

"소저가 내가 고안한 조사 자료를 가져갔소?"

"그렇습니다."

여인은 순순히 시인했다. 음성은 비교적 맑고 차분한 편이었다.

위지불급은 아침 식사가 차려진 식탁에 자리했다.

"식사 전이면 함께합시다."

"그래도 괜찮겠습니까?"

"음식은 혼자 먹는 것보다 둘이 먹는 게 훨씬 맛있소. 상대가 여인이라면 더욱 그렇고."

"제가 여자라서 호의를 보이시는 겁니까?"

"솔직히 그렇소. 뻣뻣한 사내보다야 나긋나긋한 여인이 훨씬 낫지 않겠소? 물론 미인이라면 금상첨화요."

"유감스럽게도 제가 추물이라 금상첨화는 되지 못하겠군요."

위지불급은 두 개의 찻잔에 차를 따랐다.

"어쨌거나 식사를 하려면 면사를 벗어야 하지 않겠소?"

"제 못난 얼굴을 보면 식사를 못하실 겁니다."

"두 벌의 식기를 갖춰놓았다는 것은 나와 함께 식사를 하겠다는 의도가 아니었소?"

위지불급은 여인에게 자리를 권했다.

"왜 어젯밤에 찾아오지 않았소? 그랬다면 술이라도 한잔 나누었을 텐데? 어서 앉으시오, 검민."

"아……!"

여인의 입에서 나직한 탄성이 흘러나왔다. 여인은 잠시 망설이다가 방갓을 벗었다.

위지불급은 일순 눈이 시원해지는 기분이었다.

그는 본래 여인의 미추에 대해 크게 개의치 않은 사람이었지만 이번만큼은 입을 다물지 못했다.

절대완미.

여인은 정녕 필설로 설명하기 힘든 완벽한 아름다움의 소유자였다.

달이 빛을 잃고 꽃이 부끄러워하는 폐월수화(閉月羞花)요, 물고기가 숨어들고 기러기가 내려앉는 침어낙안(沈魚落雁)이었다. 마치 그림 속의 옥녀가 현실 세계로 튀어나온 듯한 절세적 옥용 앞에 위지불급은 잠시 매료되고 말았다.

여인은 다소 상기된 표정으로 공손히 예를 표했다.

"다시 뵙게 되어 반갑습니다, 위지 공자."

위지불급은 자신도 모르게 자리에서 일어섰다. 그는 마주 포권을 표하면서도 그녀의 옥용에서 눈을 떼지 못했다.

"정녕… 소저가 바로 북궁검민이란 말이오?"

"예, 공자."

놀랍게도 여인은 바로 북궁세가의 소가주인 북궁검민이었다.

북궁검민은 본래 남장여인이었으며 위지불급은 어느 정도 짐작하고 있었다. 그러다 함께 자명궁을 방문하면서 그가 사내가 아니라 여인의 몸임을 확인할 수 있었다. 하지만 남장여인 북궁검민이 이렇듯 절세미녀라고는 꿈에도 생각지 못한 일이었다.

북궁검민이 부끄러운 듯 소매로 얼굴을 가리자 위지불급은 비로소 황홀경에서 깨어났다.

"미, 미안하오."

자리에 앉은 두 사람은 술 대신 차로 건배를 했다.

"북궁 형, 아니, 북궁 소저… 이거 영 어색하군."

"그냥 검민으로 불러주십시오."

"명색이 북궁세가의 소가주인데 그래도 되겠소?"

"의례적인 호칭보다는 소녀의 이름을 불러주시는 게 훨씬 듣기 좋습니다."

위지불급은 스스럼없는 웃음을 지었다.

"하하, 그럼 검민으로 부르겠소. 내가 미인의 청에는 조금 약한 편이오."

"왜 아니겠습니까? 당대의 요녀인 백리빙을 휘어잡았고, 색녀들의 소굴에서도 건재했으며, 은향장 여인들의 흠모와 존경을 한 몸에 받는 분이 아니십니까?"

"훗, 날 마치 바람둥이처럼 몰아세우는 것 같군."

위지불급은 북궁검민의 옥용을 찬찬히 뜯어보았다.

"한데 왜 그동안 예쁜 얼굴을 가리고 다닌 것이오?"

"소녀의 가문은 지혜와 학식만을 으뜸으로 생각합니다. 북궁세가의 여인에게 있어 얼굴과 몸매는 관심사가 아닙니다."

"이왕이면 슬기와 미모를 겸비한 여인이면 더 좋지 않겠소?"

"그것은 과욕입니다."

"검민, 너무 경직된 사고를 지녔구려. 그렇다면 슬기로운 여인은 모두 못나야 하고, 반대로 예쁜 여인들은 절대 슬기로울 수 없는 것이오?"

북궁검민이 가볍게 입술을 깨물었다.

"조금은 실망입니다. 공자께서 이렇듯 여인의 얼굴을 따질 줄은 몰랐습니다."

"검민, 난 성현이 아니오. 못난 것보다 아름다움에 매료되는 것은 당연하오. 그렇다고 내가 아름다움만 추구하는 골 빈 사내는 아니니 오해하지 마시오."

위지불급은 즐겁게 식사를 하며 화제를 돌렸다.

"이제 남장은 하지 않소?"

"공자에게 이미 발각되어 사내 행세를 할 수 없게 되었습니다."

"잘 생각했소. 피치 못할 상황이 아니면 태어난 모습대로 사는 게 세상에 대한 도리요."

"이제부터는 그 도리를 다할 것입니다. 한데 어떻게 소녀임을 한눈에 알아보셨습니까?"

위지불급은 빙긋 미소를 짓고는 말해주었다.

"내가 회하에서 광마의 은신처를 찾아내려는 시도를 할 수 있었던 것은 북궁세가에서 정보를 제공했기 때문이오. 따라서 그 자료를 필요로 하는 사람은 북궁세가 사람일 가능성이 높다고 판단할 수 있소. 한데 조사 자료를 가져간 사람이 여인이라 하기에 조금은 헷갈렸소. 당신이 여인의 몸임을 잠시 잊었기에 처음에는 백리빙이 아닐까 생각하기도 했소. 하지만 아침에 세숫물과 식사가 준비돼 있는 것을 보고 비로소 당신을 떠올릴 수 있게 되었소. 백리빙은 이렇듯 세심한 여인이 아니기 때문이오.”

“과연 위지 공자이십니다.”

“참, 마을 사람들이 제공한 조사 자료는 어떠했소? 그 정도면 광마의 은신처를 찾아낼 수 있겠소?”

북궁검민은 다소 낙담한 표정으로 고개를 저었다.

“자료가 너무 모호합니다. 마을 사람들은 양피 인형을 어느 장소에서 던져 넣었는지 제대로 알지 못합니다. 그저 인형을 찾아낸 수역과 개수만을 기록해 놓았을 뿐이지요.”

“그럴 것이오. 사실 이번 조사를 하면서 상당 부분은 기록으로 남기지 않고 내 머릿속에 기억해 두었소. 행여 누군가 조사 자료를 가로채도 절대 알아낼 수 없게 말이오.”

“역시 용의주도하시군요.”

“광마의 추적은 내게 아주 중대한 임무이기에 신중을 기할 수밖에 없었소.”

북궁검민이 잠시 주저하다가 어렵사리 물었다.

“광마와 위지세가 사이에… 연관이 있다는 천자명왕의 추측 때문인가요?”

위지불급은 냉정하면서도 단호하게 대꾸했다.

“전혀 아니라고는 장담하지 못하겠소. 하지만 내 눈으로 사실을 확인하기 전에는 절대 인정할 수 없소."

2

회하 상류.

한 척의 쪽배가 줄에 묶인 채 출렁이고 있었다.

"일단 자료를 분석한 대로 탐사해 봅시다. 별 소득이 없으면 새로운 방법을 고안해 다시 자료를 수집해야 할 것이오."

위지불급은 북궁검민이 메고 있는 커다란 보따리를 힐끗 보았다.

"한데 그건 다 뭐요? 설마 우리 둘이서 용궁을 찾아가 살림이라도 차리자는 것이오?"

"살림 도구가 아닙니다. 하지만 용궁을 찾으려면 단단히 준비해 둘 필요가 있지요."

북궁검민은 보따리를 내려놓고 내용물을 끄집어냈다.

물고기 가죽으로 만든 어린피수의가 두 벌. 비상식량인 벽곡단 세 병, 물건을 담을 수 있는 피수의 배낭, 그 외에도 몇 가지 소품이 준비돼 있었다.

위지불급은 손바닥 크기의 어린피수의를 집어 들었다.

"너무 작군. 이렇게 작은데 어떻게 입을 수 있겠소?"

"신축성이 뛰어나니 어른도 충분히 입을 수 있습니다. 몸에 꼭 맞아야 물이 스며들지 않아 물속의 한기에서 오래 버틸 수 있습니다."

“이건 또 뭐야?”

위지불급은 작은 상자를 열어 보았다. 안에는 진주와 유사한 두 알의 보석이 들어 있었다.

북궁검민이 한 알의 진주를 건네주었다.

“보함주(補含珠)라는 보물입니다. 피수주와 유사한 효능이 있어 입에 머금고 있으면 계속 기포가 발생돼 오랜 시간 숨을 멈출 수 있습니다.”

“흐음, 철저하게도 준비했군.”

“위치가 확실치 않은 수중동부를 탐사하기는 정말 어렵습니다. 게다가 수중 통로의 길이를 모르기에 지극히 위험하지요. 만일 수중 통로의 길이가 삼십 장을 넘으면 살아날 가능성이 희박하고 오십 장을 넘으면… 익사를 면치 못합니다.”

위지불급은 죽음에 대한 두려움이 별반 없기에 대수롭지 않게 응수했다.

“그래도 검민과 함께 있으니 조금은 위안이 되오. 머나먼 저승길을 함께 갈 수 있으니 말이오.”

북궁검민은 그처럼 대범할 수 없기에 턱을 가늘게 떨었다.

“제발 농담이라도 그런 말씀 마세요. 죽음을 생각하기에 소녀는 아직… 젊습니다.”

그녀는 어린피수의를 품에 안고 바위 뒤로 돌아갔다.

“훔쳐보시면 안 돼요.”

위지불급은 가벼운 웃음을 터뜨렸다.

“하하, 마치 훔쳐봐 달라고 사정하는 것 같군. 이미 자명궁에서 검민의 희멀건 엉덩이를……."

바위 뒤에서 북궁검민의 음성이 흘러나왔다.

"뭐라고요? 물소리 때문에 잘 안 들려요!"

"아니오! 내 엉덩이를 훔쳐보지 말라고 했소!"

위지불급은 대충 둘러대고는 어린피수의로 갈아입었다.

어린피수의는 워낙 몸에 꽉 끼는 옷이라 짧은 속바지 외에
는 아무것도 걸칠 수가 없었다. 그는 힘겹게 어린피수의를 걸
치고는 배낭에 옷과 소지품을 담았다.

달리 중요한 것은 없지만 무자천서가 마음에 조금 걸렸다.

그에게는 대단한 보물이 아닐 수 있지만 절기를 탐하는 무
림인들이라면 수천 수만 명을 죽여서라도 수중에 넣고 싶은
전설적인 무공 비급이다.

'그래, 무자천서라면 광마의 절기와 교환할 가치가 충분하
다. 검민에게 광마의 절기를 포기시키기 위해서라도 필요하겠
어.'

그는 배낭을 등에 메고는 허리띠를 채워 고정시켰다. 연후
허리띠 사이에 오금죽장을 꽂았다. 오금죽장은 가문의 물건이
기에 반드시 지켜야 했다.

잠시 후 북궁검민이 바위 뒤에서 나왔다.

몸에 꽉 끼는 어린피수의만 걸쳤기에 몸매의 굴곡이 여실히
드러났다. 위지불급이 잠시 그녀의 몸매를 감상하자 그녀는
얼굴을 붉히며 두 팔로 자신의 가슴을 안았다.

"그, 그런 눈으로 보지 마세요."

"오해 마시오. 검민이 한 마리 인어처럼 보여 신기해서 바라 보았을 뿐이오. 뭐, 생각보다 가슴은 밋밋하군."

위지불급이 자신의 약점을 지적하자 북궁검민은 매섭게 눈을 흘겼다.

"나도 알아요! 하지만 그것을 꼭 면전에 밝혀야겠어요?"

"하하, 그만큼 내가 솔직하다는 뜻이오. 이렇게 말해두어야 서로가 불편해하지 않을 수 있소."

위지불급은 배를 묶어둔 줄을 풀었다.

"자, 출항하겠소."

콰류류류……!

회하의 상류는 강폭이 좁고 여울이 많아 물 흐름이 아주 빨 랐다. 쪽배의 뱃머리와 뱃머리에 충격을 완화시키기 위해 소 가죽을 덧대놓았지만 강안을 스칠 때마다 쪽배는 금세라도 박 살날 듯 삐걱거렸다.

위지불급이 뱃머리에서 주변을 관찰하는 동안 북궁검민은 배 안으로 넘쳐 들어온 물을 퍼내느라 여념이 없었다.

위지불급은 양피 인형이 실종된 수역에 대해 이미 충분히 숙지하고 있었다.

조사 자료에 의하면 처음 실종된 양피 인형은 일곱 개였다. 그러다 시일이 흐르면서 세 개가 발견되었고 하나는 심하게 파손된 상태로 하류에서 떠올랐다.

현재까지 발견되지 않은 인형은 세 개.

인형의 실종은 두 가지로 생각할 수 있다. 소용돌이에 휘말려 물속 깊이 빨려 들어갔다가 바위 사이에 걸려 발견되지 않았을 가능성이 가장 높다. 다른 하나는 회하와 연결된 수중 통로를 거쳐 다른 곳에서 떠오를 수도 있다.

위지불급이 찾고자 하는 수역이 바로 후자다.

'십야혈루등주는 회하에 몸을 던졌다가 수중동부에서 광마의 무공을 얻었다고 했다. 그녀가 거짓말을 하지 않았다면 회하의 중상류 백 리 이내가 탐사 수역이다.'

그는 첫 번째 탐사 수역에 이르자 강안으로 밧줄을 던져 배를 고정시켰다.

북궁검민은 배멀미 때문에 벌써 기진맥진한 모습이었다.

"저… 저는 못 가겠어요."

위지불급은 심하게 소용돌이치는 여울을 가리켰다.

"이곳은 지형 상 수중 통로가 형성됐을 가능성은 많지 않소. 일단 내가 먼저 탐사해 보겠소."

"조심하세요."

"물론이오. 행여 내가 돌아오지 않으면 용궁에서 지내는 것으로 생각해 그냥 떠나시오. 당신보다 훨씬 매력적인 인어들과 지내고 싶으니까."

북궁검민은 복잡한 감정이 어린 눈빛으로 그를 바라보았다.

"시종 농담으로만 일관하는군요. 소녀를 조금만 더 진지하게 대해주셨으면 좋겠어요."

"하하, 우리 사이가 얼마나 더 진지해져야겠소?"

위지불급은 물속으로 훌쩍 뛰어들었다.

첨벙!

그를 삼킨 물살은 허연 거품을 머리에 이어 여물을 향해 몰아쳐 갔다.

"공자……."

북궁검민은 몸을 바싹 엎드린 채 뱃전을 움켜쥐었다.

콰류류류!

여울에서 맴돌던 물살은 강안의 벼랑을 스치고는 다시 급격히 휘어진 강줄기를 따라 흘러내려 갔다. 이때 수면 위로 검은 물체가 튀어 올랐다.

"공자……?"

한데 검은 물체는 바위 벼랑에 세차게 부딪치며 일부가 떨어져 나갔다.

"아앗!"

그녀는 위지불급에게 불상사가 생겼다 싶어 얼굴이 해쓱해졌다. 바위 벼랑에 부딪친 검은 물체는 몇 번 물속으로 잠겼다가 떠오르며 흘러내려 갔다.

안력을 집중해 살핀 그녀는 그것이 양피 인형임을 확인하고는 겨우 안도했다.

"아……!"

놀란 가슴을 가라앉힌 그녀는 상황을 짐작할 수 있었다.

'위지 공자가 물속에 걸려 있던 인형을 끄집어냈나 보군. 그렇다면 이곳 수역은 해당되지 않는다.'

약간의 시간이 흘렀다.

언제 물속에서 빠져나왔는지 위지불급이 강변을 따라 신법을 펼쳐 달려오고 있었다. 그는 줄을 풀고는 쪽배를 물에 띄웠다.

"우와, 물이 엄청 차가워. 만일 검민이 어린피수의를 준비하지 않았다면 심장이 마비돼 죽었을 거요."

북궁검민은 배낭에서 수건을 꺼내 위지불급의 물기 묻은 머리카락을 말려주었다.

"역시 준비해 두기를 잘했지요?"

"그렇소."

위지불급은 입에 머금고 있던 보함주를 뱉어 허리춤 주머니에 넣었다.

"보함주의 효능도 대단하오. 시험 삼아 깊이 잠영해 보았는데 오랫동안 물속에 있어도 숨이 차지 않았소."

"다행이군요."

"이제 두 개의 인형을 더 찾아봅시다. 이번처럼 두 개 모두 물속에 걸려 있다면 조사 방법이 틀렸으니 조금 머리가 아프겠어."

"좋게 생각하세요. 세 곳의 탐사 수역 중 한곳은 제외됐으니 이제 두 곳만 남았어요. 광마의 은신처를 찾아낼 가능성이 훨씬 높아진 거죠."

위지불급은 빙그레 미소를 지었다.

"검민의 표정이 한결 밝아졌군. 왜 갑자기 바뀐 것이오?"

“우리는 자명궁에서도 탈출한 사람들이잖아요? 자명궁의 미로에 비하면 물속의 수중 통로가 얼마나 복잡하겠어요? 모든 여건이 자명궁 때보다 훨씬 낫다고 생각하니 절로 마음이 편해지더군요.”

“하하, 현동의 경지로군. 이러다 나보다 더 똑똑해지면 안 되는데?”

북궁검민이 곱게 눈을 흘겼다.

“결국 공자도 남들과 다를 바 없군요? 사내들은 지나치게 똑똑한 계집을 싫어한다더군요. 사실 말도 안 되는 사내들의 우월 사상이죠.”

“그래서가 아니오. 지나치게 똑똑한 여자는 사내를 올라탄다고 하더군. 사실 난 그런 자세가 싫소.”

“머리 위에 올라타는 거야…….”

위지불급은 자신의 배를 두드렸다.

“아니, 여기 말이오.”

비로소 짓궂은 농담임을 알아들은 북궁검민의 양 볼이 잘 익은 사과처럼 붉게 물들었다.

“이… 이 저속한!”

두 번째 수역 탐사도 실패였다.

양피 인형은 바위 틈 속에 처박힌 채 물고기들의 집으로 변해 있었다.

지형 상 수중 통로가 발견되기를 은근히 기대하고 있던 북궁검민은 실망의 빛을 감추지 못했다.

“이제… 한곳만 남았군요.”

위지불급은 수건으로 머리와 얼굴에 묻은 물기를 닦아냈다.

“본래 행운은 최악의 상황에서 빛을 발하는 법이오.”

“그런가요?”

“물론이오.”

위지불급은 세찬 폭류 수역을 지나 물살이 조금은 잔잔한 수역으로 쪽배를 몰았다.

그는 주변의 지형을 가리키며 설명해 주었다.

“사실 이곳이 가장 유망한 수역이오. 하지만 이곳부터 탐사했다가 아무런 소득이 없으면 너무 실망할 것 같아 마지막 탐사 수역으로 남겨둔 것이오.”

북궁검민은 위지불급에게 조금이라도 희망을 북돋아주기 위해 애써 환한 표정을 지었다.

“위대한 천재가문의 공자께서 어련하시겠어요? 이번에는 소녀도 함께 탐사하겠어요.”

“괜찮겠소?”

“물론이죠. 제가 잠영 실력이 제법입니다.”

“좋소. 다행히 물살이 드세지 않으니 재미 삼아 물속을 감상하기에도 적합한 수역이오.”

두 사람은 배낭을 단단히 고쳐 메고는 서로를 바라보았다.

서로가 남녀로 만나기는 이번이 처음이지만 자명궁에서 상당 시간 함께 지내서인지 서로를 직시해도 크게 어색함이 느껴지지 않았다.

위지불급이 스스럼없이 그녀의 손을 쥐었다.

"내게서 너무 멀리 떨어지지 마시오."

"알았어요."

"그럼, 갑시다."

두 남녀는 보함주를 입에 머금고는 완만하게 소용돌이를 형성하고 있는 수역으로 뛰어들었다.

물은 비교적 맑아 수중을 관찰하는 데 어려움이 없었다. 하지만 물속 깊이 잠영해 들어가자 햇살이 스며들지 않아 물속이 빠르게 어두워졌다.

이때 물속 일부가 환해졌다.

위지불급이 돌아보니 빛은 북궁검민의 손에서 뿜어지고 있었다. 오리 알만큼 커다란 구슬이 발광체였다.

'물속에서도 빛을 발한다는 수광주(水光珠)로군. 검민과 함께라면 불편함이 없겠어.'

위지불급은 수광주를 건네받아 소용돌이 중심으로 잠영해 들어갔다.

입에 머금고 있는 보함주가 계속 기포를 발생시켜 숨이 가빠지는 것을 막아주었다. 하지만 사람이 물고기가 아닌 이상 마냥 물속에서 지낼 수는 없다.

그는 물이끼가 가득한 바위 벼랑 하부에 형성된 수동을 찾아내고는 수면 위로 방향을 틀었다.

"푸하!"

"후아……!"

수면으로 올라선 두 사람은 보함주를 뱉어 손에 쥐고는 깊이 심호흡을 했다.

위지불급은 강안에 형성된 약간의 모래톱을 찾아냈다.

'이곳 수역은 물살이 세지 않은 데도 상당한 흡인력을 지니고 있다. 더군다나 물 속에 이렇다 할 장애물이 없고 인형도 보이지 않는다. 그렇다면 인형이 수동 안으로 빨려 들어갔을 가능성이 높다. 철저하게 탐사해 봐야겠군.'

그는 북궁검민에게 상황을 설명해 주었다.

"수동을 하나 찾아냈소. 위험할 수 있으니 난 혼자 탐사해 보겠소."

"아니에요. 이제껏 함께 행동했으니 나도 같이 탐사하겠어요."

"공연한 헛고생일 수도 있소."

"그래도 상관없어요. 기쁨은 함께하면 배로 커지고 실망은 함께하면 절반으로 줄어드는 법이죠."

"하하, 좋은 말이군."

위지불급은 북궁검민의 볼을 어루만지며 호의적인 미소를 지었다.

"그럼 함께 용궁을 찾아봅시다."

두 사람은 다시 보함주를 입에 머금고는 물속으로 잠수해 들어갔다.

위지불급은 이미 수동의 위치를 확인해 두었기에 빠른 잠영으로 수동 입구에 이르렀다. 수동의 크기는 예닐곱 자에 달해 두 사람이 함께 잠영해 들어가기에 충분했다.

위지불급은 수동 안쪽으로 길게 손을 뻗어 수광주를 비추었지만 워낙 어두워 빛이 석 자밖에도 미치지 못했다.

'수동의 방향이 약간 위로 향해 있는데도 상당한 흡인력이 느껴지는군. 그렇다면 막혀 있지 않는 게 분명하다.'

문제는 수동의 길이였다. 보함주의 효능이 아무리 뛰어나도 반 각을 넘기면 호흡 장애로 익사할 수밖에 없다. 그러나 두려워한다면 아무것도 얻지 못한다.

'가문의 비밀을 내 스스로 밝혀낼 수 있는 상황이다.'

그는 마음을 다잡고는 북궁검민의 손을 쥐었다. 비록 말을 할 수 없는 상황이지만 그들은 눈빛으로 통해 서로의 의중을 헤아릴 수 없었다.

위지불급은 다소 두려워하면서도 결연한 눈빛을 보이는 북궁검민을 보며 가볍게 고개를 끄덕였다.

두 사람은 수동 속을 향해 과감히 뛰어들었다.

다행히 수동 안쪽에서 빨아들이는 흡인력을 지니고 있어 잠영해 들어가기는 어렵지 않았다.

칠흑 같은 어둠.

만일 희미한 빛을 발하는 수광주가 없었다면 두 사람이 느끼는 공포는 엄청났을 것이다.

갈수록 흡인력이 강해져 굳이 손발을 저어 잠영할 필요가 없었다. 최대한 행동을 자제해야 조금이라도 숨을 오래 참을 수 있기에 두 사람은 서로를 부둥켜안은 채 물살의 흐름에 몸을 맡겼다.

수중 통로의 표면은 매끈했고 물이끼가 껴 있어 몸이 스쳐도 어린피수의가 찢길 염려는 없었다.

문제는 수중 통로의 길이였다. 우려한 대로 수중 통로는 끝이 느껴지지 않았다.

잠영 시간이 반 각을 넘기면서 두 사람은 심한 답답함에 젖어야 했다. 코와 입을 통해 연신 기포가 뿜어지면서 호흡 곤란까지 느껴야 했다.

이럴수록 마음의 평정이 중요한데 본능적 공포를 이기지 못한 북궁검민이 그를 밀쳐 내고는 팔다리를 마구 놀렸다. 속히 수면 위로 올라 맑은 공기를 들이키려는 의도였지만 공연한 몸부림에 불과했다.

물 흐름에 자연스럽게 몸을 맡기는 것이 최상인데 그녀는 마구 몸부림을 치는 바람에 연신 수중 통로 벽에 부딪치기만 했다.

결국 숨을 참지 못한 그녀가 입에 머금은 보함주를 뱉어내고는 물을 들이켜고 말았다.

잠영을 하다 한 번 물을 들이켜면 식도와 기도가 동시에 열려 계속적으로 물을 들이켜게 된다. 곧바로 폐까지 물이 차며 그 순간 사망이다.

북궁검민으로서는 절대적인 위기였다.

위지불급은 그녀를 힘껏 끌어안고는 입을 맞추었다. 그는 자신의 폐부에 남아 있는 많지 않은 공기를 그녀에게 불어넣어 주고는, 자신의 입에 머금고 있던 보함주도 혀로 밀어 건네주었다.

극한의 상황에서 한 모금의 숨을 들이켠 북궁검민은 가까스로 정신을 차릴 수 있었다.

'아, 위지 공자는 내게 생명의 기운을 불어넣어 준 거야.'

자신의 목숨을 도외시한 위지불급의 헌신에 북궁검민은 눈물을 금치 못했다. 그녀는 그에게 다시 생명의 숨결을 돌려주고 싶었지만 워낙 소량의 공기였기에 이미 그녀의 폐부에서 소진되어 버렸다.

위지불급은 호흡 장애로 지독한 고통에 시달렸지만 미소를 잃지 않았다. 그 스스로도 자신이 죽어가고 있음을 알고 있었지만 북궁검민에게 슬픔을 안겨주고 싶지 않았다.

그가 생명과도 같은 숨을 그녀에게 전한 이유는 오로지 대장부로서의 도리 때문이었다.

물론 그가 그녀에 대해 남다른 호감을 갖고 있는 것이 사실이지만 애틋한 정 때문은 결코 아니다. 그는 사랑 때문에 자신을 던질 만큼 감상적인 사람은 아니었다.

북궁검민은 다시 숨이 막혀오자 너무도 두려웠다. 잠시 전거의 죽다가 살아났기에 두려움이 더 심할 수 있었다.

그녀는 간절한 심정으로 고개를 쳐들었다. 암흑 속에서 한 줄기 희망이 내려지기를 애타게 갈구했다. 한데 그녀의 바람이 통해서였을까?

머리 위쪽에서 희미한 빛이 눈에 감지되었다.

결국 착시나 환영이 아니었다. 물살이 이끌려 부상하는 동안 빛은 더욱 빠르게 확산되었다.

출구!

마침내 기나긴 수중 통로를 지나 수면에 이른 것이다.

'아아, 살았어!'

북궁검민은 위지불급의 손을 이끌고 빠르게 자맥질을 쳤다. 그녀의 입과 코를 통해 마지막 숨이 토해지고 있었다.

"푸하아!"

수면 위로 고개를 내민 북궁검민은 연신 기침을 해대며 거푸 숨을 들이켰다.

숨을 쉰다는 것이 너무도 행복하고 편안했다. 살았다는 안도감에 절로 눈물이 흘렀고 죽음의 한계를 극복했다는 사실에 스스로도 자랑스러웠다.

문득 위지불급을 떠올린 그녀는 그를 부둥켜안은 채 수면 밖으로 솟아올랐다.

어디를 통해 빛이 스며들고 있는지는 확인할 겨를이 없었다. 지하 동부는 어슴푸레했지만 사물을 겨우 식별할 정도는 되었기에 대략의 지형 파악이 가능했다.

연못 밖으로 내려선 북궁검민은 위지불급을 바닥에 눕히고 맥을 짚어보았다.

맥이 뛰지 않았다. 심장의 고동도 멈추었다. 체온은 급격하게 떨어져 벌써 냉기가 느껴졌다.

"안 돼!"

북궁검민은 안타깝게 부르짖으며 위지불급의 가슴을 압박
했다. 그러면서 위지불급의 입에 입을 맞추며 뜨거운 숨을 불
어넣어 주었다.

그녀는 심장이 정지한 사람을 되살리는 소생술을 최대한 떠
올려 가슴을 안마하고 숨을 불어넣어 주기를 반복했다.

그러나 위지불급은 여전히 숨을 쉬지 않았고 심장은 뛰지
않았다.

"흑흑, 안 돼! 제발 살아나요! 제발……!"

북궁검민은 위지불급의 목을 끌어안으며 격한 눈물을 쏟아
냈다. 한데 이때였다. 죽은 줄로만 알았던 위지불급이 심한 경
련을 일으키며 길게 한숨을 토했다.

"후우!"

이어 경직된 몸이 풀어지면서 심장이 세차게 고동쳤다.

"오, 하늘이시여, 감사합니다."

북궁검민은 그의 가슴에 얼굴을 묻으며 감격과 환희의 눈물
을 흘렸다. 자신을 구하고자 생명의 숨결을 건네준 그였기에
그의 희생이 너무도 고마웠다.

위지불급은 질식의 고통 속에서도 초인적인 의지를 발휘해
물을 들이켜지 않았기에 빠른 속도로 회복할 수 있었다.

정신을 차리자 그는 자신이 겪었던 상황을 떠올릴 수 있었
다.

참으로 끔찍했던 질식의 순간!

결국 그는 숨을 멈춘 채로 혼절하고 말았다. 그것이 죽음의 상황인데 혼백의 용케 그를 떠나지 않고 있었던 것이다.

위지불급은 자신의 가슴에 얼굴을 묻은 채 감격의 눈물을 쏟고 있는 북궁검민의 머리카락을 쓸어주었다.

"검민, 당신 눈물이… 너무 뜨겁소. 그만큼 당신의 마음도 뜨거운 게 분명하오."

"흑흑, 위지 공자."

북궁검민은 눈물 젖은 볼을 그의 얼굴에 비볐다.

"당신이 죽은 줄 알고… 얼마나 두려웠는지 몰라요."

"잠시 용궁 문턱에 이른 것은 사실이오. 한데… 당신이 필사적으로 내 머리채를 잡아끌더군."

"그래요. 절대 당신 혼자 보낼 수 없었어요."

"됐소. 이제 살아났으니 눈물을 그치시오."

위지불급은 그녀를 안아 곁에 눕혔다.

북궁검민은 그의 품에 안기며 나른한 눈빛을 지었다.

"이곳이 어디인지 몰라도… 공자와 함께 있어 행복해요."

"나 역시 마찬가지요."

"너무 피곤해요. 힘들고… 어지럽고……."

"잠시 눈을 붙입시다. 한잠 자고 나면 다시 기운이 회복될 거요."

"나 버리고 가면… 안 돼요. 알겠죠?"

"물론이오. 약속하겠소. 당신을 업어서라도 북궁세가에 데려다 줄 것이오."

"당신의 약속… 믿어요."

북궁검민은 안도의 미소를 짓고는 스르르 잠에 빠져들었다.

그녀에게 기나긴 수중 통로는 지옥 순례와도 같은 고통이었다. 그러다 위지불급이 죽은 것으로만 알았으니 충격과 두려움으로 심신이 탈진될 정도였다. 다행히 위지불급은 깨어났고 그녀는 감격과 안도감에 젖어 맥이 풀리고 만 것이다.

위지불급도 워낙 힘겨운 과정을 겪었기에 전신이 나른했다.

마음 같아서는 그도 눈을 감고 깊은 잠에 빠져들고 싶었다. 그러나 가문의 사명을 수행해야 한다는 의지는 그의 휴식을 용인하지 않았다.

그는 북궁검민이 깊이 잠든 것을 확인하고는 그녀의 볼에 가볍게 입을 맞추었다.

"미안하오, 검민."

그는 북궁검민의 수혈을 점했다. 그가 수혈을 점한 것은 최소 한 시진 이내에 북궁검민이 저절로 깨어나는 상황을 막기 위함이었다.

몸을 일으킨 그는 오금죽장을 손에 쥐고는 빠르게 동부 전체를 살폈다.

아직은 이곳이 어디인지 확신할 수 없다. 그러나 그들이 광마의 은신처를 제대로 찾아왔다면 이제 중대한 비밀이 밝혀질 것이다.

광마와 위지세가!

위지불급은 행여 밝혀진 가문의 엄청난 비밀을 차마 북궁검민에게 알리고 싶지 않았다. 그가 북궁검민의 수혈을 점한 것도 그녀가 잠들어 있는 사이에 비밀스런 흔적을 제거하기 위함이었다.

그는 잠시 눈을 감으며 마음을 진정시켰다.

'불급아, 넌 어떤 비밀을 접하더라도 분노하거나 좌절해선 안 된다. 위지 가문의 장손으로서 네가 알아야 할 가문의 비밀을 조금 빨리 알았을 뿐이다. 냉정하고… 보다 의연하게 대처해야 한다.'

그는 세상과 격리된 낯선 곳에 발을 들여놓았지만 이미 육감을 통해 자신이 원하던 곳에 이르렀음을 짐작했다. 단순한 추측이나 막연한 기대감이 아니라, 무도를 통해 심안으로 지하 동부를 정체를 대번에 통찰한 것이다.

이곳이 광마의 은신처다!

第四十七章 충격의 연속, 그리고 의혹

1

처음 위지불급이 찾아낸 것은 양피 인형이었다.

그와 북궁검민이 수중 통로를 거쳐 지하 동부에 당도한 것
처럼 양피 인형 역시 흡입력에 이끌려 지하 동부 이르렀음에
틀림없다.

위지불급은 수광주의 광채를 등불 삼아 비추며 한쪽에 널브
러져 있는 인형 쪽으로 다가섰다.

"수중 통로의 흡인력에 비하면 아주 멀리 날아왔군. 마치 인
형이 살아서 이동했거나 누군가 끄집어 올린 것처럼 말이야."

물론 인형이 살아 움직였다는 것은 불가능한 일이다. 하지
만 누군가 인형을 끄집어 올렸다면 십야혈루등주밖에 없다.

'만일 이 인형을 움직인 자가 십야혈루등주라면 이곳이 광

마의 은신처임은 확실하다.'

그는 양피 인형에다 사람처럼 옷을 입혀두었는데 옷은 대부분 찢겨 있었다. 한데 가슴 부위에 해당되는 가죽에서 그는 생각지도 못한 글자를 발견하게 되었다.

亞痴(아치).

위지불급은 순간적으로 얼굴이 화끈 달아올랐다.

아(亞)는 버금간다는 의미이니 아치라는 뜻은 바보 천지와 같은 짓이라는 뜻이다. 다시 말해 양피 인형을 이용해 광마의 은신처를 찾으려는 자신의 방식에 대한 조롱이었다.

"아치… 단 두 글자이지만 기분은 아주 더럽군."

위지불급은 가문 내에서 줄곧 게으른 둔재로 질책을 받았고 특히 그의 동생 위지문현은 나이가 들면서 형인 그를 무시하다시피 했다. 조롱이 가득 담긴 글자를 대하는 순간 위지불급은 자신도 모르게 동생을 떠올리게 되었다.

"어째 문현, 그 자식이 새겨놓은 것처럼 보이는군."

그는 오금죽장으로 글자를 지워 버리려 하다가 자신의 눈을 의심했다.

필체가 아주 눈에 익었다. 단 두 글자뿐이지만 해서체 필체는 신필에 가까웠고 한껏 멋을 부렸다.

일순 위지불급은 등줄기가 서늘해졌다. 머리카락이 쭈뼛 솟았으며 심장이 덜컥 내려앉았다. 숨이 턱 막혔고 전신의 피가 싸늘하게 식는 심정이었다.

"무… 문현?"

그러했다. 신운이 느껴지는 필체는 믿을 수 없게도 바로 그의 동생인 위지문현의 것이었다. 동생의 필체는 어렸을 적부터 줄곧 보아왔기에 그는 단 하나의 글자만으로도 확신할 수 있다.

위지불급은 마른침을 꿀꺽 삼켰다.

"문현… 그 녀석이 나보다 앞서 이곳을 찾아왔단 말인가?"

그는 반가움과 놀라움, 그리고 두려움을 동시에 느끼며 빠르게 주변을 둘러보았다.

어둠 때문에 지하 동부의 규모는 정확히 측정하기 힘들었다. 하지만 누군가의 기척은 전혀 감지되지 않았다. 물론 지하 동부가 아주 넓다면 아직 서로의 존재를 파악하지 못할 수도 있는 일이었다.

위지불급은 몸을 낮춰 앉아 인형의 가슴 부위에 새겨진 글자를 세심하게 살폈다.

틀림없었다. 동생의 필체를 헷갈려 할 그가 아니었다. 그렇다면 위지문현이 이곳에 이른 것은 부인할 수 없었다.

"문현도 광마의 은신처를 찾아 이곳에 이르렀다고 봐야겠군. 한데 연남건을 추적해야 할 녀석이 여기는 어쩐 일일까?"

그는 순간적으로 연남건과 광마의 연관성을 생각해 보았지만 지나친 비약이기에 머릿속에서 지웠다.

"문현이가 이곳을 찾은 것은 연남건과 무관한 이유에서다.

어쩌면… 녀석은 우리 가문과 광마의 연관성에 대해 이미 알고 있었는지 모른다. 그래서 녀석도 나처럼 가문의 비밀을 알아내기 위해 찾아온 것이다.”

위지불급은 세차게 요동치는 가슴을 진정시켰다.

“문헌을 찾아내는 것도 내 세 가지 사명 중 하나다. 어쩌면 단서를 찾아낼지도 모르겠군.”

그는 오금죽장으로 인형에 새겨진 글자를 지워 버렸다.

북궁검민은 지혜로운 여인이기에 위지문현이 남긴 글자를 통해 많은 것을 알아낼 것이 우려되었다.

‘내 동생이 이곳에 이르렀음을 알게 된다면 우리 가문이 전설적인 천재가문임을 인정하는 것과 다를 바 없다. 아직 공개돼서는 안 될 일이야.’

그는 인형을 끌어다 연못 가까이 던져 놓았다.

수혈이 찍힌 북궁검민은 곤히 잠들어 있었다. 위지불급은 그녀를 바라보며 내심 가슴을 쓸었다.

‘검민이 보았다면 정말 곤란할 뻔했어.’

그는 안도의 한숨을 내쉬고는 지하 동부 안쪽으로 걸음을 옮겼다.

동부의 표면은 오랜 세월 동안 물에 의해 깎였는지 기괴한 형상을 이루고 있었다. 사람의 손에 의해 손질된 흔적은 찾아보기 힘들었다.

동부가 아주 어둡지 않은 것은 좁은 통로 안에서 흘러나오는 희미한 빛 덕분이었다.

"……."

위지불급은 본능적으로 긴장하며 오금죽장을 불끈 쥐었다.

통로 주변은 비교적 잘 다듬어져 있어 사람의 손길이 닿았음을 시사해 주었다. 통로는 완만하게 두 번 굽어졌고 통로를 나서자 원형 동부가 모습을 드러냈다.

석실은 사발을 엎어놓은 듯한 형상으로 중앙 천장은 아주 높았고 가장자리는 머리를 숙여야 할 만큼 낮았다.

천장 대부분은 수정으로 덮여 있는데 곳곳에 박혀 있는 몇 개의 야명주 빛을 받아 동부 안을 밝히고 있었다. 밝은 빛은 아니어도 눈이 적응된다면 살기에 불편함은 없을 정도였다.

위지불급은 주변을 살피다가 벽을 따라 빼곡하게 새겨진 글을 발견할 수 있었다.

다소 무딘 필체로 본다면 손끝에 진기를 모아 금강지(金剛指)로 새긴 듯했다. 금강지를 구사하려면 상당한 공력이 필요하기에 벽에 새겨진 수천 자의 글자를 감안하면 글을 남긴 사람의 심후한 공력을 능히 짐작케 해주었다.

위지불급은 벽에 새겨진 몇 줄을 글을 읽는 것으로 그것이 무공 구결임을 파악했다. 그는 벽을 따라 이동하다가 하나의 구결을 발견하고는 걸음을 멈추었다.

혈황파멸광(血荒破滅光).

바로 삼대악마지공 중 하나의 구결이었다.

위지불급은 힘차게 고개를 끄덕였다.

"틀림없구나! 십야혈루등주가 구사했던 악마지공의 구결이다. 이곳은 분명 광마의 은신처다!"

오랜 세월 절전되었던 악마지공은 광마의 의해 재현되었고 당대에서는 오직 십야혈루등주만 혈환파멸광을 구사했다. 이로써 반구형 동부가 광마의 은신처임이 확인된 셈이다.

무공을 탐하는 자라면 벽에 새겨진 수십 가지의 절기에 눈물을 흘리며 감복했겠지만, 위지불급은 무공 절기보다 광마가 남겼을 글을 찾는 게 급선무였다.

잠시 후 그는 동부에 딸린 천장이 낮은 석실로 들어서게 되었다.

석관(石棺).

돌을 깎아 만든 관은 제대로 손질이 돼 있지 않아 영 볼품이 없었다. 관 뚜껑은 반쯤 밀린 상태라 관 속이 훤히 들여다보였다.

관 속의 시체는 이미 해골로 변해 있어 살아생전의 모습은 짐작하기 어려웠다. 해골의 상당 부분도 가루로 변해 있어 인생의 무상함을 느끼게 해주었다.

"이 사람이 광마인가? 백 년 동안 가장 끔찍한 악명을 떨친 살인마왕이지만 결국 죽어서는 한줌 가루에 불과하군."

그는 관 뚜껑을 닫아주었다. 본래 망자에게 애도라도 표해주어야 했지만 상대가 전대의 살인마왕이기에 그럴 마음은 추호도 없었다.

"관 뚜껑의 먼지가 쓸린 것으로 보아 문현이가 관 뚜껑을 열고 광마의 시신을 확인했나 보군."

위지불급은 동생의 또 다른 흔적을 찾기 위해 다른 석실로 이동했다. 그러다 그는 놀라운 광경을 발견하게 되었다.

한 구의 시체.

시체가 거의 부패되지 않은 것을 감안하면 죽은 지 얼마 되지 않은 게 확실했다. 다행히 시체는 여인이기에 혹시 동생일 수 있다는 우려는 생각지 않아도 되었다.

"대체 누굴까?"

위지불급은 몸을 낮추어 시체를 자세히 살폈다.

긴 머리카락이 어지럽게 헝클어져 있어 용모를 확인하기가 쉽지 않았다. 머리카락을 헤치자 피가 검게 굳어 달라붙어 있는 여인의 얼굴이 드러났다.

피는 여인의 두 눈과 입으로 흘러나온 것으로 짐작되었고 표정이 몹시 고통스러웠다. 마치 혹독한 형벌을 당하면서 죽은 것으로 생각되었다.

"두 눈이 터졌군. 투살공에 당한 것일까?"

문득 위지불급은 여인의 얼굴이 낯설지 않다는 사실에 스스로 놀라워했다.

"가만, 어디서 본 모습인데?"

잠시 여인의 얼굴을 주시하던 위지불급의 입에서 신음과도 같은 탄성이 터져 나왔다.

"으음, 이럴 수가! 십야혈루등주?"

그러했다. 믿을 수 없게도 죽은 여인은 그가 오련암에서 찾아낸 십야혈루등주였다. 당시 십야혈루등주는 무연이라는 비구니로 행세하고 있었기에 지금과도 다소 모습이 달랐다.

그러나 그사이 죽은 여인이 머리를 길게 길렀고 두 눈이 터져 얼굴이 얼룩졌지만 위지불급은 예리한 안목으로 십야혈루등주임을 확신할 수 있었다.

참으로 충격적인 발견이 아닐 수 없었다.

십야혈루등주의 죽음!

그녀의 활동 기간이 오래되지 않았지만 그녀가 벌인 살인 행각은 끔찍한 공포였다. 그녀의 살인 방식을 모방한 가짜 십야혈루등주가 곳곳에서 설칠 만큼 열흘 밤의 공포는 악마적 매력을 지녔던 것이다.

그런 살인마녀가 죽었다. 그것도 두 눈이 터진 상태에서 고통스럽게 죽었으니 사필귀정일 수 있었다.

위지불급은 한순간 수백 가지 의혹에 사로잡혔지만 깊이 숨을 들이켜며 냉정을 유지했다. 그는 억측과 비약을 자제한 채 확실한 근거를 찾아내기로 마음먹었다.

그는 시체가 안치된 천장이 낮은 석실을 둘러보다가 벽에 새겨진 문양을 발견하고는 눈을 번쩍 떴다.

언뜻 보기에는 제대로 형태를 갖추지 못한 문양이지만 그것은 바로 위지세가 일족만이 알고 있는 암호였다.

"이건… 가문의 암호문이다!"

위지불급은 충격적인 의혹을 해소하기 위해 빠른 속도로 앞부분부터 해독했다.

베짱이 형.

내가 입수한 정보에 의하면 석산향에서 내가 남긴 글을 보았더군. 그렇다면 사천성 외곽을 중점적으로 수색해 연남건을 찾아야 하는 것 아냐? 대체 무슨 연유로 광마의 은신처를 수색하려 하는지 모르겠군.

위지불급은 한껏 참았던 숨을 길게 내쉬었다.

"아, 역시 문현이가 들어왔었구나!"

이로써 가장 중요한 의혹은 해소되었다. 그러나 여전히 숱한 의혹이 포진해 있었다. 위지불급은 일단 암호문을 해독하는 데 주력했다.

이미 짐작했겠지만 죽은 계집은 십야혈루등주야. 물론 내가 죽였지.

광마가 벽에 새겨놓은 절기 중에 투살파심공이 있더군. 그것을 수련한 후 시험 삼아 계집에게 발출했는데 눈알이 터지기만 했지 쉽게 죽지 않더군. 그래서 분근착골을 펼쳐 아주 고통스럽게 죽였지.

위지불급은 오싹한 한기를 느꼈다.

죽은 자가 희대의 살인마녀였으니 죽어 마땅한 존재다. 그러나 아무리 악녀라 해도 위지문현이 그녀를 고통스럽게 살해할 자격은 없다. 무엇보다 십야혈루등주를 끔찍한 수법으로 죽여놓고 이를 자랑스럽게 거론한 동생의 악마적 심성에 그는 가슴이 무거워지지 않을 수 없었다.

"이 녀석이 왜 이렇듯 잔혹하게 변했단 말인가? 지식에 대한 자부심만 강한 문사가 아니었단 말인가?"

누이의 갑작스런 피살은 그들 형제에게 모두 충격이었다.

특히 동생인 위지문현은 한동안 정신적인 공황 상태에 빠져 있었다고 했으니 심성에 커다란 변화가 생겼을 가능성이 높았다.

위지문현은 동생이 행여 마성에 젖을까 두려웠다.

"녀석이 누이에 대한 복수심 때문에 상승무공을 수련했다면 단기간 내에 절정 급 고수로 성장할 수 있다. 워낙 뛰어난 오성을 지닌 녀석이니까. 하지만 마공을 함부로 수련하면 마성에 물들게 되는데……."

그는 착잡한 심정으로 암호문을 계속 해독했다.

세상을 다니다 보니 형에 대한 칭찬이 대단하더군. 그깟 연쇄 살인마를 찾아냈다는 것 때문에 말이야. 하지만 형이 살인마녀를 제압하지 못하고 오히려 죽을 뻔했는데도 과연 그런 찬사를 받을 자격이 있는 걸까?

난 은근히 비위가 틀리더군. 더불어 형과 비교하고픈 생각에 십야혈루등주를 추적했어. 뭐, 그렇게 어렵지 않더군. 계집이 이미 심한 내상을 입은 상태라 제압하는 것도 간단했고 말이야.

난 십야혈루등주를 심문해 광마의 절기를 얻었다는 사실을 밝혀냈지. 하지만 이곳 광마의 은신처는 내 힘으로 찾아낸 거야.

명칭이 번거로우니 이곳을 광마 동부라고 하자고.

살인마녀는 물에 몸을 던진 상태에서 우연히 광마 동부에 이르렀기에 이곳으로 들어오는 통로를 전혀 모르고 있었어.

그 이유는 형 스스로 찾아봐.

형도 이미 눈치 챘겠지만 우리 가문은 전설적 천재가문인 위지세가야.

한데 왜 그 사실을 비밀로 숨긴 것일까. 왜 우리가 사천성 궁벽한 산골에서 신분도 제대로 밝히지 못한 채 지내야 했던 걸까. 왜 가문의 현판조차 걸지 못하는 것일까…….

만일 그런 의혹을 한 번도 품어보지 않았다면 형은 위지세가의 장손이 될 자격이 없어.

내가 살인마녀를 이끌고 광마 동부를 찾아온 이유는 우리 가문과의 연관성을 확인하기 위해서였어.

위지불급은 냉정함을 유지하기 위해 잠시 해독을 멈추고 정신을 가다듬었다. 공교롭게도 그의 동생 역시 자신과 같은 생각을 지니고 있었음을 분명히 알게 되었다.

광마와 위지세가!

마침내 그 의문스런 비밀이 풀리는 순간이기에 그답지 않게 흥분을 가라앉히기가 쉽지 않았다.

그는 행여 북궁검민이 잠에서 깨어나지 않았는지 원형 동부의 통로를 힐끗 살펴보고는 다시 암호문을 해독했다.

광마는 자신이 숱한 무공을 수련하기 위해 양심신공을 터득하면서 주화입마에 들었다고 밝혔어. 주화입마를 당하면 통상 신체의 일부가 훼손되거나 무공이 폐쇄되는데 광마는 정신 착란을 일으킨 것이지.

결국 그는 광증에 젖어 엄청난 만행을 저지르게 되었다고 적어놓았어.

물론 그가 왜 살인마왕이 되었느냐는 중요하지 않지. 형이 정말 알고 싶은 것은 광마가 대체 우리 가문과 어떤 연관이 있느냐일 테니까.

그 흔적을 난 찾아냈어. 하지만 내가 확인한 후 지웠으니 형은 절대 그 비밀을 알아낼 수 없을 거야.

물론 죽은 십야혈루등주도 알지 못해. 그것이 조금 이해가 안 될 거야. 십야혈루등주가 왜 광마의 내력에 대해 전혀 알지 못했을까?

이유는 간단해. 광마는 자신의 내력에 대해서는 암호문으로 남겨놓았어. 바로 우리 위지세가 일족만이 아는 전문 암호로 말이야.

충격과 경악!

위지불급은 순간적으로 머릿속이 하얘지며 공황 상태에 빠져 버렸다. 심장이 정지했고 몸은 석상처럼 굳어버렸다.

광마가 위지세가 일족만이 아는 암호문을 남겨놓았다!

그것은 광마가 위지세가 일족이어야 가능한 일이다. 천자명왕이 언급한 대로 광마는 위지세가 일족이었던 것이다.

위지불급은 한참이 흘러서야 제정신을 차릴 수 있었다.

"이, 이럴 수가! 어떻게… 어떻게 이런 일이……."

너무도 참담한 고통에 그는 암호문을 보고 있는 자신의 눈을 뽑고 싶은 심정이었다. 약간의 의혹은 품고 있었지만 절대적으로 인정하고 싶은 일이 사실로 밝혀진 셈이다.

크게 낙담한 위지불급은 이를 악물고 동생의 암호문을 다시 해독했다.

베짱이 형.

너무 상심하지 마. 내가 받은 충격이 너무 억울해 형에게도 같은 충격을 주려고 내가 잠시 형을 놀려준 거야.

결론부터 말하자면 광마는 우리 위지세가의 일족이 아니야. 그러니 가문의 선조가 지은 악업 때문에 죄책감에 젖지 않아도 돼.

설사 광마가 우리 형제의 직계 조상이면 어때?

이미 백 년이나 흐른 아득한 과거사야. 그래서 우리 가문이 현판도 걸지 못한 채 숨죽이며 살아왔으니 충분히 죄를 씻었다고 생각하면 돼.

그렇다면 대체 광마는 누구일까? 어떻게 우리 일족만이 아는 암호문을 알고 있었던 것일까?

말해주지 않겠어.

형이 정말 알고 싶어하는 비밀을 나 혼자 간직하고 있다는 생각을 하니 너무 즐겁군.

형은 갖은 의혹과 추측으로 많은 세월 괴로워해야 할 거야. 가문의 규칙상 형이 원로 급 나이가 되어야 확실히 알게 될 비밀이니 할아버님과 아버님도 미리 말씀해 주시지는 않을 테니까.

본래 형과는 다시 연락을 취하고 싶지 않았는데 광마의 내력을 알게 되면서 본의 아니게 글을 남기게 되었군.

위지불급은 겨우 가슴을 내리쓸었다. 한순간 지옥과 천당을 오간 심정이었다.

광마는 위지세가의 일족이 아니다!

위지문현이 언급한 한 줄의 글은 그에게 크나큰 안도와 감격을 가져다주었다. 만일 동생이 눈앞에 있었다면 잠시 자신을 놀린 죄를 물어 흠씬 패주고 싶은 심정이었다.

"고약한 자식! 형을 이렇듯 놀리다니……."

그는 비교적 홀가분한 심정으로 암호문을 마저 해독했다.

베짱이 형.

이 글을 보게 된 것을 축하하는 의미로 그동안 내가 추적해 온 연남건에 대한 단서를 하나 알려주지. 연남건은 귀주(貴州) 서부 지역 산중에 숨어 있을 가능성이 높아.

귀주는 사천성과 인접해 있지만 중원의 변경이라 아주 먼 곳처럼 생각되는 곳이지. 하지만 거리를 따져 보면 우리 가문에서 천리 이내야. 일전에 내가 형한테 언급한 대로 연남건은 아주 먼 곳으로 도주한 게 아니었어.

믿지 못하겠다면 형 방식대로 추적해 보라고.

어쨌거나 내가 먼저 찾아내 그 원수 놈을 갈기갈기 찢어버릴 테니까.

끝으로 형에게 한 가지 생존 문제를 남겨두었어.

광마 동부와 연결된 수중 통로는 두 곳이야. 한곳은 형이 찾아낸 입구이고 다른 한곳은 출구야. 내가 굳이 입구와 출구로 구분한 이유는 강력한 물살 때문에 입구를 통해서는 절대 기나긴 수중 통로를 거슬러 나갈 수 없기 때문이지.

결국 형은 출구를 통해서만 나갈 수 있는데 내가 광마 동부를 나가면서 출구를 폐쇄시켜 둘 거야. 다시 말해 형은 세상으로 나가고 싶으면 입구를 통해야만 가능하다는 뜻이지.

하지만 시도해 보면 알겠지만 정말 힘겨울 거야. 십중팔구 도중에 익사할 것이라고 내가 장담할 수 있지.

베짱이 형.

너무 상심 마. 그래도 우리는 피를 나눈 형제잖아? 설마 내가 형을 죽이려 하겠어? 다만 형의 능력을 시험해 보려는 거지. 아주 어려운 문제가 아니니 형이라면 능히 해결할 수 있을 거야.

불행히도 문제를 해결하지 못하면… 형은 광마 동부에서 뼈를 묻어야겠지.

그럼 이승에서 다시 만나자고.

서명도 없이 암호문은 그렇게 끝났다.

위지불급은 석벽에 기대앉은 채 한동안 생각에 잠겼다.

구절구절 자신을 조롱하고 놀려대는 글에는 오만함과 자부심이 가득했다. 일전에 석산향에서 남겼던 글보다 훨씬 괘씸함이 느껴지는 내용이었다.

'문현이 녀석은 확실히 나보다 똑똑해. 나보다 많은 것을 알고 있고 나보다 많은 비밀을 접했다. 덕분에 몇 가지 의혹을 해소할 수 있었지만… 왠지 예전보다 신뢰가 떨어진다. 녀석이 남긴 글을 무조건 신뢰하기에는 문제가 있어.'

위지불급은 생각해야 할 사안이 아주 많았지만 시간이 너무 지체되었다는 생각에 몸을 일으켰다.

'어차피 쉽게 탈출할 수 없는 상황이다. 시일을 두고 차분하게 분석하자.'

시간이 경과하면서 자연스럽게 혈도가 풀린 북궁검민이 잠에서 깨어났다. 기진맥진한 상태에서 숙면을 취해서인지 전신가득 기력이 충만했다.

"아, 모처럼 단잠을 잔 것 같아."

그녀는 길게 기지개를 펴다가 비로소 자신이 누군가의 품에 안겨 있음을 깨닫게 되었다. 고개를 돌려보니 위지불급이 자신을 향해 빙그레 미소를 짓고 있었다.

"잘 잤소?"

"어마……."

북궁검민은 가볍게 놀라다가 잠들기 직전의 상황을 기억해

내고는 다정한 미소를 지었다.

"내가 너무 오래 잤나요?"

"나도 잠시 전에 깨어났소."

"진작 깨우시지 않고요."

몸을 일으켜 앉은 북궁검민은 자신이 몸매가 여실히 드러나는 어린피수의 차림이라는 사실에 얼른 두 팔로 가슴을 감싸 안았다.

위지불급은 팔이 저린 듯 팔뚝을 매만지며 몸을 일으켜 앉았다.

그로서는 자신이 앞서 광마 동부를 수색했다는 의심을 피하기 위해 여태 함께 자고 있었던 것처럼 행동했다. 북궁검민은 당대의 재녀로 추앙받은 현명한 여인이기에 사소한 단서만으로 많은 것을 알아낼 수 있음을 염두에 두어야 했다.

물론 그녀를 믿지 못해서가 아니다. 신뢰할 수 없는 것은 그녀의 가문이었다.

또한 아직 자신이 위지세가의 장손임을 공식적으로 밝힐 수 없으며, 가문의 비밀이 드러나는 것을 차단해야 하는 것은 그의 의무였던 것이다.

북궁검민은 배낭에서 옷을 꺼내 어깨 위에 걸쳤다.

"이곳이 과연 광마의 은신처일까요?"

"가능성은 아주 높소."

"소녀도 그런 생각이 들어요. 어서 수색해 봐요."

"일단 옷부터 갈아입어야겠소. 너무 꽉 껴서 숨이 막힐 지경이오.”

위지불급은 배낭을 걸머메고 연못가를 따라 걸음을 옮겼다.

“그다지 밝은 곳이 아니니 조금만 떨어져 있어도 당신의 알몸을 볼 수 없으니 안심하고 갈아입으시오.”

“저는 괜찮은데…….”

“뭐요? 그럼 마음껏 당신의 알몸을 감상해도 괜찮단 말이오?”

“그게 아니라 그냥 잠시 돌아서 계시면 돼요.”

위지불급은 걸음을 멈추고 그녀를 돌아보았다.

“날 믿소?”

“자명궁을 탈출할 때부터 공자를 믿었어요. 만일 공자를 불신했다면 어떻게 함께 행동했겠어요? 게다가… 아니에요. 우선 옷부터 갈아입어요.”

“그럽시다.”

두 사람은 등을 돌린 채 어린피수의를 벗고 옷을 갈아입었다. 고개만 돌리면 서로의 알몸을 볼 수 있지만 그들은 양심을 지켰다.

사실 굳이 훔쳐볼 이유는 없었다. 서로가 마음을 먹는다면 한 몸이 되는 것도 마다하지 않을 그들이었던 것이다.

북궁검민은 수광주를 높이 쳐들어 주변 상황을 살폈다.

“바람이 전혀 느껴지지 않는 것을 보니 밀폐된 공간인 것 같아요.”

“그런 것 같소.”

“어마, 이것 좀 봐요!”

양피 인형을 찾아낸 북궁검민이 위지불급을 불렀다. 그녀는 심하게 찢긴 양피 인형을 살피며 가볍게 고개를 끄덕였다.

“공자가 고안한 탐사 방법이 적중했어요. 인형 역시 수중 통로를 거쳐 이곳에 이르렀고 우리도 같은 통로로 찾아들어 왔으니 말이에요.”

“사실 굉장한 행운이오.”

“겸손해하지 마세요. 저로서는 미처 생각할 수 없는 기발한 방법이지만 천재인 공자에게는 대단한 일이 아닐 겁니다.”

“그런 얘기는 그만 합시다.”

위지불급은 희미한 빛이 흘러나오는 통로 쪽을 가리켰다.

“일단 빛이 흘러나오는 곳부터 수색해 봅시다.”

“그래요. 조금은 두렵지만… 몹시 기대가 커요.”

북궁검민은 위지불급과 바싹 붙어 섰다.

“위험은 없겠죠?”

“장담할 수 없소. 아직 광마가 생존해 있을 수 있으니까.”

“말도 안 돼요! 그는 이미 백 년 전 사람이라고요.”

“귀식대법으로 생명을 유지한다면 전혀 불가능하지만은 않소. 물론 그렇게 살아야 아무런 의미도 없겠지만.”

위지불급은 목소리를 낮추며 슬며시 놀려주었다.

“사람이 없다면 혹시 귀신이라도…….”

“꺄악!”

기겁을 한 북궁검민이 그의 품으로 파고들었다.

위지불급은 그녀의 등을 가볍게 다독여 주었다.

"하하, 농담이오."

북궁검민은 자신의 가슴을 누르며 예쁘게 눈을 흘겼다.

"공자는… 정말 짓궂어요."

"검민이 너무 긴장하는 것 같아서 잠시 분위기를 환기시켜 준 것뿐이오. 자, 들어갑시다."

두 사람은 좁은 통로를 거쳐 반구형 동부 안으로 들어섰다.

바싹 긴장하고 있던 북궁검민은 천장 가득히 돋아 있는 수정과 희미한 빛을 발하는 야명주를 둘러보았다.

"야명주가 칠성 방위에 따라 배치됐군요."

"아, 그런 거요?"

"인공적인 손질이 많지 않은데도 이런 동부가 형성된 것을 보면 정말 자연의 조화는 놀랍군요."

그러다 벽에 새겨진 글을 발견한 북궁검민이 가까이 다가섰다.

"아, 광마가 금강지로 절기를 남겨두었군요. 십야혈루등주는 이 절기를 보고 무공을 배웠을 겁니다."

"그랬을 거요."

"제 아버님은 광마의 절기가 천중칠보와 버금갈 수 있다고 하셨어요. 다행히 이런 절기가 절전되지 않게 되었군요."

북궁검민은 볼이 발갛게 달아오를 정도로 흥분하였다. 그러나 글자가 훼손된 부위를 발견하고는 크게 낙담했다.

"아, 정말 아쉽군요. 이 무공은 소수마공인데 중요한 구결이 지워졌어요."

"흐음, 그렇군. 십야혈루등주가 지운 걸까?"

"당연하지요. 아마 누군가 광마의 은신처를 찾아낼 경우를 대비해 중요한 무공 절기를 지운 것 같아요."

북궁검민은 벽을 따라 이동하면 구결을 살피다가 무거운 침음을 발했다.

"으음, 여기는 절반이나 훼손됐어요. 가만, 이 절기는 혈환파멸광이에요."

그녀가 지적한 대로 혈환파멸광의 구결이 새겨진 부분은 절반 넘게 훼손돼 있었다.

위지불급은 구결을 검토해 보고는 고개를 끄덕였다.

"악마지공이라는 혈환파멸광이 틀림없군. 차라리 잘된 일이오. 만일 예전에 태양무후께서 악마지공을 파훼시켜 주지 않았다면 난 이 악마지공에 의해 진작 죽었을 거요. 이런 사악한 마공은 세상에 존재할 가치가 없소."

북궁검민은 연신 아쉬워했다.

"제가 악마지공에 관심이 있어서 안타까워하는 게 아닙니다. 만일 정확한 구결을 알고 있다면 이에 대항할 항마공(降魔功)을 창안할 수 있는데 그것이 어렵게 되어 하는 소리입니다."

위지불급은 그녀의 어깨를 다독이며 위로해 주었다.

"악마지공이 없다면 항마공이 무슨 소용 있겠소? 광마는 마정의 절기를 모두 터득했다고 했으니 다른 절기를 더 찾아보시오.”

“예, 공자.”

북궁검민은 쓴웃음을 짓고는 벽을 따라 이동했다.

위지불급은 다소 미안한 심정으로 천천히 그녀의 뒤를 따랐다.

광마가 새겨놓은 절기를 훼손한 사람은 물론 그였다. 그는 사악한 마공과 구대문파의 절기 중 일부를 지워 유출되는 것을 막아두었다.

본의 아니게 북궁검민을 속이게 되어 양심의 가책을 받았지만 그에 따른 보상을 마련해 두었다.

‘미안하오, 검민. 내 고충을 이해해 주시오.’

북궁검민은 해박한 지식의 소유자라 웬만한 절기에는 관심을 두지 않았다. 그녀는 벽을 따라 절반쯤 이동하다가 위지불급을 돌아보았다.

“공자, 혹시 양심신공에 관한 구결을 못 보았나요?”

“못 보았소.”

“아! 그게 꼭 필요한데.”

“양심신공이라면 전설적인 신공인데 광마가 그것을 터득했단 말이오?”

“제 아버님께서 판단하기로 거의 확실하다고 하셨어요. 당시 광마는 마정의 절기를 모두 터득했는데 양심신공을 수련하지 않았다면 불가능하다고 했어요. 같은 마공이라도 진기의 흐름이 상충되는 경우가 많거든요.”

"천기무현의 말씀이라면 틀리지 않겠지. 그렇다면 어디 있지 않겠소?"

위지불급은 주변 벽과 천장을 둘러보았다.

'이상하군. 동부 어디에도 양심신공에 관한 구결은 없었다. 그렇다고 십야혈루등주나 문현이가 지운 흔적도 없었다.'

그는 앞서 광마의 절기를 모두 살펴보았기에 양심신공이 남겨져 있지 않음을 확신할 수 있었다.

'양심신공은 광마의 절기 중 최고라 할 수 있는 절세적인 무공이다. 한데 왜 그것을 새겨놓지 않았을까? 혹시 내가 모르는 곳에 새겨진 것일까?'

양심신공에 대한 구결은 그에게 새로운 의혹이 되었다.

이때 천장이 낮은 석실로 들어선 북궁검민이 자지러진 비명을 질렀다.

"아앗! 시, 시체가 있어요!"

위지불급은 모든 상황을 알고 있었지만 얼른 달려갔다.

"시체라고? 광마의 시체요?"

북궁검민은 잔뜩 두려운 표정을 지으며 그에게 바싹 붙어 섰다.

"아, 아닌 것 같아요. 여인의 시체예요."

"여인……?"

위지불급은 몸을 낮춰 여인을 살피는 흉내를 냈다.

"으음, 두 눈이 터졌군. 입에서 뿜어진 피로 미루어 내상을 입어 죽은 것 같소."

북궁검민은 눈알을 또르르 굴리다가 나직이 외쳤다.

"아! 혹시… 십야혈루등주가 아닐까요?"

"십야혈루등주?"

"그래요. 군웅들에 의해 추적을 당하면서 상당한 부상을 입었다고 하더군요. 결국 그녀는 자신의 사문과 다름없는 이곳 광마의 은신처로 돌아와 최후를 마감했을 가능성이 높아요."

"일리는 있지만 부상당한 몸으로 이곳까지 이르렀다고 보기는 어렵군."

북궁검민은 다소 실망스런 표정을 지었다.

"그렇군요… 이런 몸으로 기나긴 수중 통로를 거쳐 당도할 수는 없지요."

"하지만 검민의 추측한 대로 이 여인은 십야혈루등주가 분명하오."

"예에?"

"난 강호에서 십야혈루등주의 얼굴을 가장 정확히 알고 있는 사람이오. 그녀의 진면목을 직접 보았고 두 번에 걸쳐 대화도 나누었지. 당시 십야혈루등주는 비구니 모습이었기에 내가 곧바로 알아보지 못했는데 검민이 십야혈루등주일 가능성을 추측하는 바람에 알아볼 수 있었소."

경위에 어쨌거나 북궁검민은 여인의 신분을 대번에 알아맞히었다는 데 다소 고무되었다.

"아, 역시 십야혈루등주였군요. 한데… 피살되었다면 다른 사람과 함께 이곳에 들어왔다는 얘기인데……."

위지불급은 그녀에게 달리 생각할 겨를을 주지 않기 위해 심하게 훼손된 벽을 가리켰다.

"검민, 이쪽 벽의 글씨는 완전히 지워진 것 같소."

위지불급이 가리킨 벽에는 본래 위지문현의 암호문이 새겨져 있었다. 북궁검민이라면 한 줄의 문양만 보고도 그것이 비밀스런 암호임을 간파할 수 있기에 위지불급은 확실하게 지워 두었던 것이다.

북궁검민은 아미를 찌푸리며 훼손된 벽을 손끝으로 더듬었다.

"정말 그렇군요. 어떤 내용의 글이 새겨져 있는지 흔적조차 남기지 않았어요. 아마도… 남에게 밝힐 수 없는 중요한 내용인 것 같아요."

"중요한 내용이라면 혹시 광마의 내력이거나… 특별한 무공이 아니었을까?"

위지불급이 슬며시 단서를 던져 주자 북궁검민이 곧바로 말을 받았다.

"맞아요. 아마 양심신공이 새겨져 있었을 겁니다. 양심신공은 광마의 무공 중 가장 뛰어난 절기이기에 십야혈루등주가 자신만 수련하기 위해 지웠을 가능성이 높아요."

"검민, 십야혈루등주는 피살된 것이오."

"아닙니다. 소녀가 바닥의 먼지를 살펴보았는데 다른 흔적은 전혀 발견할 수 없었어요."

"흐음, 언제 그런 것까지 살펴보았소?"

위지불급은 그녀의 예리한 관찰력을 기쁜 마음으로 칭찬해주었다.

사실 바닥의 흔적을 조작한 사람은 바로 그였다. 여느 사람이라면 간과할 사안이지만 그는 북궁검민의 안목과 두뇌를 높이 평가하고 있었기에 상당한 주의를 기울여야 했다.

십야혈루등주 외에 누군가 들어온 흔적이 없다면 십야혈루등주의 죽음은 피살이 아니라 자살이거나 사고사로 추측할 수밖에 없다. 그 연결 고리를 꿰맞추는 것은 북궁검민의 몫이었다.

북궁검민은 십야혈루등주의 앞자락까지 열어 시신을 세심하게 살폈다. 같은 여인의 몸이기에 그녀는 십야혈루등주의 몸을 구석구석 검시하는 데 주저함이 없었다.

검시를 마친 북궁검민이 아주 지혜로운 결과를 내놓았다.

"피살이 아니라 주화입마에 의한 사고사로 생각됩니다."

"주화입마?"

"그래요. 십야혈루등주가 광마의 은신처로 돌아와 더 강력한 절기를 수련하고자 했을 겁니다. 군웅들에게 당한 복수심 때문이겠죠. 한데 투살파심공은 수련이 아주 까다로운 절기라고 알고 있습니다. 십야혈루등주는 그 절기를 터득할 자질이 미흡했거나 내상을 당한 상태에서 과도하게 수련을 하다 두 눈이 터지고 피를 쏟으며 죽었을 겁니다. 지금으로서는 그렇게밖에 생각할 수 없어요."

위지불급은 내심 탄복하고 말았다.

'대단해! 내가 원했던 답을 정확히 찾아냈다. 역시 당대 최고의 수재 가문의 소가주답군. 여인으로서 이렇듯 영특한 두뇌를 지니기도 드문 일이다. 검민은 당장 우리 가문의 일족이 된다 해도 전혀 부족함이 없어.'

잠시 감상에 젖어 있던 그는 북궁검민의 의아한 눈빛을 의식하고는 얼른 표정을 바꾸었다.

"흐음, 가능성이 아주 높아. 정말 놀라운 발상이야!"

북궁검민은 그의 찬사를 받았다는 사실에 어깨를 으쓱해 보였다.

"솔직히 공자가 출현하기 전만 해도 소녀의 두뇌가 최고인 줄 알았다고요."

"하하, 지금도 최고 아닌가? 이제 남장을 벗어던졌으니 병치서생이 아니라 중원지화라는 별호를 받아야지."

"중원지화라니 당치 않아요. 내가 그렇게 불리는 순간 백리빙 언니가 득달같이 달려와 날 죽이려 할 겁니다."

"하기는 백리태보가 존재하는 한 검민이 중원지화로 불리기는 어렵겠어."

위지불급은 광마 동부를 다녀간 동생의 존재를 완전하게 지웠다는 사실에 홀가분한 심정이 되었다. 이제 그녀를 위해 준비해 둔 선물을 그녀가 찾아내기만을 즐거운 심정으로 기다릴 수 있었다.

'검민, 내 고충을 해소시켜 준 네 영특함에 감사한다.'

북궁검민은 계속 반구형 동부를 수색하다가 광마의 유해가 안치된 석관도 찾아냈다. 하지만 그녀는 광마의 악명 때문인지 석실 주변만 살필 뿐 관에는 접근하지 않았다.

위지불급은 잠시 고민에 젖었다.

'이거 생각보다 긴 보물찾기가 되겠군.'

2

북궁검민은 크게 낙담해 연못가에 주저앉았다.

"정말… 탈출로가 없는 거예요?"

위지불급은 입에 머금은 보함주를 뱉어 손에 쥐었다.

"구조를 보면 물을 끌어들이는 입구와 연못의 물이 빠져나가는 출구가 있어야 마땅하오. 연못 한쪽에 출구로 생각되는 수중 통로가 있었던 것 같은데 어찌 된 일인지 막혀 있소."

북궁검민은 관자놀이를 짚으며 미간을 찌푸렸다.

"뭔가 이상하군요. 십야혈루등주가 이미 자신이 죽을 것을 예상해 출구를 막아놓았다는 얘기인데……."

"자연적인 현상일 수도 있고 애초에 사람이 빠져나갈 만큼의 출구가 없었을 수도 있소."

"그렇다면 우리가 들어왔던 그 끔찍한 수중 통로를 통해 다시 탈출해야 한단 말이에요?"

"현재로서는 달리 방법이 없소."

"오, 맙소사!"

북궁검민은 기나긴 수중 통로를 거치는 동안 겪은 지옥 같은 고통을 떠올리며 진저리를 쳤다.

"저, 저는 포기할래요. 다시는 그런 고통을 겪고 싶지 않아요. 익사해 죽느니 차라리 이곳에서 살다가 죽겠어요."

"진심이오?"

"아니에요. 이렇게 죽을 수는 없어요."

북궁검민은 그를 부둥켜안으며 가슴에 얼굴을 묻었다.

"부탁이에요, 공자. 제발 세상 밖으로 나가게 해주세요. 공자는 위대한 천재가문의 후예이잖아요? 무슨 방법이 있을 거예요."

"검민……."

"알았어요. 철없는 아이처럼 몸 달아하지 않을래요. 우리는 천하제일의 미로라는 자명궁에서 탈출한 사람들이잖아요? 반드시 해법이 있을 겁니다."

위지불급은 그녀의 머리카락을 부드럽게 쓸어주었다.

"그렇소. 차분히 생각해 봅시다. 생존 여건은 자명궁에 비해 훨씬 좋소. 물은 신선하고 석균과 이끼가 풍부하니 당분간 굶어 죽을 일은 없을 거요. 게다가 많지는 않아도 연못에 물고기가 살고 있으니 별식으로 즐길 만하오. 무엇보다 당신이 그토록 두려워하는 쥐가 없지 않소?"

"맞아요. 자명궁에 비하면 이곳은 천당이죠. 게다가 공자와 함께 있으니 두렵지 않아요. 설사 탈출할 수 없다 해도… 혼자가 아니라 우리 둘이잖아요?"

위지불급은 그녀와 눈을 가까이 마주쳤다.

"정말 다행이오. 솔직히 자명궁에서 헤맬 때는 당신이 사내의 신분이어서 아쉬웠는데 지금은 여인의 몸이 아니오? 만일 당신이 진짜 사내였다면 정말 고약할 뻔했소."

"왜요……?"

"생각해 보시오. 폐쇄된 공간에 사내 둘만 있게 된다면 얼마나 재미없겠소? 두 사람 중 한 사람은 여자 구실을 해야 그나마 욕정을……."

"그만 해요!"

북궁검민은 손가락을 세워 그의 입술을 막았다.

"공자의 신분상 소녀를 책임질 수도 없잖아요? 위대한 가문에서 저 같은 계집을 받아주기나 하겠어요?"

"검민……."

"미안해요. 공자에게 부담을 드리고 싶은 마음은 추호도 없었는데 바보같이……."

북궁검민은 그의 품에서 벗어나 동부를 향해 뛰어갔다.

"……."

위지불급은 물끄러미 그녀를 바라보다가 연못을 향해 돌아앉았다.

'문현, 이 괘씸한 녀석!'

그는 동생에 대해 심한 반감을 느꼈다.

석산향에서도 위지문현은 한 가지 문제를 내걸어 자신을 시험했다. 당시 문제는 그저 자신의 기지를 시험하기 위함이었기에 설사 틀렸다 해도 신상에 위험은 없었다.

그러나 이번에 내건 문제에는 그의 생사가 걸려 있었다. 만일 그가 답이 찾아내지 못하면 광마 동부에서 뼈를 묻어야 한다.

그 혼자라면 스스로의 부족함을 한탄하는 것으로 그칠 수 있겠지만 북궁검민이 아무런 죄도 없이 자신 때문에 함께 죽어야 한다는 것은 지독한 아픔이었다. 아마 죽어서도 죄책감을 떨치지 못할 것이다.

'오냐, 반드시 문제를 해결하겠다. 네가 답을 만들어놓지 않았다면 모를까 답이 있다면 반드시 해결할 수 있다. 너와 나는 다같이 위지가문의 형제이니까!'

1

외부와 차단된 세상의 남과 여.

북궁검민은 광마 동부 전체를 세심하게 탐사했다. 외부로 빠져나갈 수 있는 가능성이 조금이라도 있다면 어떻게든 시도해 보려는 의욕이 강했다.

그녀의 소지품 중 예리한 비수가 한 자루 있었는데 그녀는 한동안 비수로 동부의 벽을 판 적이 있었다. 그러다 금속이 함유된 암석층을 만나 포기하고 말았다.

사실 그녀가 굴을 파다 포기한 것은 암석층 때문이 아니라 자신에 대한 회의 때문이었다. 자칫 영원히 땅굴만 파다가 생을 마감할 수 있다는 우려에 무기력해진 것이다.

결국 그녀는 탈출 방법은 위지불급에 맡긴 채 자신은 광마의 절기를 기록하면서 시간을 보냈다.

광마의 절기 중 일부는 북궁세가에서 이미 입수한 무공이기에 그녀는 나머지 절기에만 주력했다.

중요한 절기는 대부분 글자가 훼손되거나 몇 구절이 통째로 지워지기도 했지만 그것이 오히려 그녀의 의욕을 북돋아주었다.

그녀는 마치 유학자들이 어려운 문구 풀이를 하듯 훼손된 글자를 채우는 데 하루 대부분을 보냈다. 폐쇄된 공간에서 그녀가 용케도 자괴감에 빠지지 않고 정상적인 사고를 지닐 수 있었던 것도 강렬한 탐구욕 덕분일 수 있었다.

"푸후……!"

연못 수면을 떠오른 위지불급은 한껏 참았던 숨을 내쉬며 맑은 공기를 폐부 가득히 들이켰다.

그는 연못가로 올라앉아 잠시 휴식을 취했다.

지하 동부의 연못은 이미 모든 탐사를 마쳤다. 그는 몇 가지 실험을 통해 물이 빠져나가는 출구를 몇 군데 발견했다. 하지만 대부분의 공간은 극히 협소해 사람이 들어갈 수 없는 틈새에 불과했다.

출구로 가능한 수중 통로가 한 군데 있었지만 철저하게 봉쇄돼 있어 작은 물고기만이 오갈 수 있을 정도였다.

결국 탈출로는 그들 둘이 들어온 수중 통로가 유일했다.

문제는 어떻게 역류하는 물을 헤집고 그 기나긴 수중 통로를 벗어날 수 있느냐에 있었다. 어린피수의 덕분에 체온은 유지할 수 있으니 숨만 유지할 수 있으면 가능한 일이다.

그러나 수중 통로를 거쳐 광마 동부에 이르렀던 고통스런 기억을 감안하면 도전하기도 전에 절로 몸서리가 쳐진다.

북궁검민도 확신없는 도전은 절대 감행하지 않겠다는 분명한 뜻을 밝혔다. 차라리 목숨이 다하는 날까지 광마 동부에서 지내겠다는 것이 그녀의 의지였다.

"통로에 작은 공동(空洞)이라도 형성돼 있다면 한번 도전해 보겠는데……."

수중 동부 중에서는 미처 물에 의해 채워지지 않은 공동이 형성돼 있는 경우가 있다. 갑작스럽게 물이 채워지면서 미처 공기가 빠져나가지 못해 형성된 공간을 공동이라 하는데, 잠시 숨을 돌릴 수 있는 구명처가 될 수 있는 곳이다.

그동안 그는 수중 통로를 탐사하면서 공동을 찾아보았지만 아직 발견하지 못했다.

그는 배낭을 뒤져 몇 가지 용품을 찾아냈다.

북궁검민은 광마 동부 수색을 위해 필수품을 준비해 두었는데 한 꾸러미의 천잠사가 들어 있었다. 일전에 자명궁에서 미로를 헤매느라 너무 혼이 났기에 미리 준비해 둔 것으로 생각되었다.

위지불급은 천잠사 꾸러미를 손에 쥐고 잠시 생각에 잠겼다.

'과연 내가 어느 정도까지 잠영할 수 있는지부터 확인해 봐

야겠다. 그리고 거리를 측정할 수 있는 표식이 필요해.'

그는 나름대로 계획을 세우고는 배낭을 뒤져 진주 목걸이를 찾아냈다. 수광주로 비춰보니 진주마다 영롱한 빛을 발했다.

"꽤 비싼 패물 같지만 지금 가격이 문제겠어?"

그는 천잠사를 바위 한쪽에 단단히 동여매고는 오 장 거리마다 매듭을 묶어 길이를 표시해 두었다. 만반의 준비를 갖춘 그는 깊이 숨을 들이켜고는 보함주를 입에 머금었다.

첨벙!

그는 수광주 광휘를 불빛 삼아 쳐들고 수중 통로 안으로 헤엄쳐 들어갔다.

수중 통로는 상승하는 물살 때문에 팔다리를 힘껏 놀려도 앞으로 나아가기가 쉽지 않았다. 그나마 그는 물을 거스르는 새로운 자맥질을 연구해 예전보다는 수월하게 잠영할 수가 있었다.

허리춤에서 풀리는 천잠사로 거리 측정이 가능했다.

위지불급은 일정한 간격을 두고 수중 통로 벽에 진주를 박아 표식으로 삼았다. 그는 최대한 숨을 참을 수 있는 곳까지 잠영을 펼쳐 진주로 표식을 박고는 몸을 돌렸다.

광마 동부까지는 물살을 타고 오를 수 있기에 힘을 들이지 않아도 되었다.

어둡기만 한 수중 통로에서 수광주의 빛을 받아 영롱함을 발하는 진주가 마치 암흑 하늘의 별처럼 안도감을 주었다.

'훨씬 낫군. 조금씩 잠영 시간을 늘이면서 공동을 찾아보

자. 만일 없다면 인공적으로 공동을 만들 수 있는 방법을 고안해 보아야겠어.'

위지세가 사람들은 하나같이 기발한 발상과 뛰어난 손재주를 지녀 현 세상에서 볼 수 없는 다양한 물건들을 지니고 있었다.

위지불급은 자신이 직접 발명한 것은 별로 없지만 집안에서 무수한 발명품을 보아왔기에 상상력이 풍부했다. 소재만 갖춰져 있다면 그는 물 속에서 숨을 쉴 수 있는 공기주머니 제작도 연구해 보았을 것이다.

"푸후……!"

수면으로 올라선 그는 연못가로 이동해 편안히 누웠다.

여태까지와 달리 이번의 잠영에서 약간의 성과가 있었기에 답답함이 다소 해소되었다. 잠영 거리를 조금씩 늘리면 희망이 있을 것도 같았다.

'커다란 항아리를 하나 제작해 인공적인 공동을 만들어보자. 한두 번 숨을 쉴 수 있을 정도만 충분하니까.'

항아리를 뒤집어 기울이지 않고 물에 넣으면 항아리 밑바닥 일부는 비게 된다. 공기가 미처 빠져나가지 못하고 보관돼 있기 때문이다. 위지불급은 그런 원리를 생각하였다.

이때 미세한 발걸음 소리가 들려왔다.

위지불급은 일부러 눈을 감은 채 자는 체했다. 간간이 북궁검민을 놀려주는 것은 단조로운 생활에 조금은 활력이 될 수 있기에 그는 짓궂은 장난도 마다하지 않았었다.

한데 이번에는 그가 장난을 치기도 전에 예기치 않은 일이 벌어졌다.

북궁검민이 그의 품으로 안겨들며 입을 맞춰온 것이다.

"……?"

위지불급은 본능적으로 그녀를 감싸 안다가 깜짝 놀랐다.

손끝에 와 닿는 감촉이 비단결처럼 부드러웠다. 그는 다소 주저하다가 그녀의 허리와 엉덩이 쪽을 더듬어보았다. 손끝 어디에도 걸림이 없었다.

그녀는 알몸이었던 것이다.

위지불급은 그녀를 안은 채 옆으로 눕혔다. 천천히 입술을 뗀 북궁검민의 양 볼이 발갛게 상기돼 있었다.

"불급… 당신은 정말 나쁜 사람이에요."

"내 입술을 당신 마음대로 훔쳐가 놓고 지금 누구를 탓하는 거요?"

"그래요. 난 당신 입술을 훔쳤어요. 하지만 당신은 제 마음을 훔쳐갔잖아요?"

위지불급은 그녀의 볼을 어루만지며 나직이 한숨을 내쉬었다.

"검민, 난 책임지지 못할 행동으로 당신 가슴에 아픔을 남겨 주고 싶지 않소. 아니, 절대 그래서는 안 되오."

"그게 걸림돌이라면… 지워 버리세요. 당신 가문에서 저를 며느리도 받아줄 수 없듯이, 우리 가문 역시 당신을 북궁세가의 사위로 인정하기 어려울 겁니다. 북궁세가도 위지가문처럼 비밀이 많으니까요."

"우리에게 그렇듯 장애물이 많으니 내가 어찌 당신을 안을 수 있겠소?"

"소녀를 좋아하지 않나요?"

"아니오. 당신을 사랑하오. 당신의 아름다움을 사랑하고 당신의 지혜를 사랑하며, 무엇보다 당신 가슴속의 뜨거운 열정을 사랑하오. 그리고 당신의 몸도."

북궁검민은 그의 목에 팔을 둘렀다.

"어차피 우리는 이곳에서 평생을 살아야 할지도 몰라요. 그렇다면 서로가 가문에 누가 될 일은 없을 겁니다. 이곳에서만큼은 가문의 법규와 사명은 생각하고 싶지 않아요."

"만일 탈출에 성공하면……."

"그냥 좋은 연인으로 지내면 돼요. 당신이 백리빙 언니와 연인으로 지내는 것처럼 말이에요."

위지불급은 자신의 열정을 우회적으로 토로했다.

"검민, 당신을 얻을 수 없다면… 차라리 탈출을 포기하겠소."

"불급……."

북궁검민은 진한 감동에 젖어 눈시울을 붉혔다.

위지불급은 그녀와 가까이 눈을 마주쳤다.

"내 행동에는 반드시 책임을 질 것이오. 하지만 지금은 아무것도 생각하고 싶지 않소. 그저 당신을 소유하고 싶은 욕망뿐이오."

그는 그녀의 볼을 감싸 쥐고는 격정적으로 입을 맞추었다.

사랑의 굴레.

위지불급은 난생처음 사랑이라는 감정에 사로잡히게 되었다. 물론 그가 느낀 최초의 이성은 설화였지만 그것은 사랑이라기보다 연민과 친밀감에 가까웠다.

혈환마궁이 와해된 후 설화가 먼저 발길을 돌렸을 때 그가 진정으로 그녀를 사랑했다면 세상 끝까지 쫓아갔을 것이다.

결국 그가 설화를 포기할 수밖에 없었던 것은 애정이 아니라 의무감만 품고 있어서였다.

백리빙한테는 이런 의무감조차 없었다.

그녀 자체가 자유분방한 이유도 있었지만 두 남녀는 아예 혼사는 염두에 두지도 않았다. 그저 좋은 감정으로 서로의 살을 섞었을 뿐이다.

그러나 위지불급이 북궁검민에게 느낀 감정은 설화나 백리빙과는 비교가 될 수 없었다.

어쩌면 이런 감정은 함께 자명궁을 탈출할 때부터 싹텄다고 할 수 있었다. 그와 같은 감정은 북궁검민 역시 마찬가지였다.

두 남녀에게 있어 서로는 운명이었던 것이다.

2

외부와 단절된 세상이 반드시 고통만은 아니다.

　서로의 가슴속에 깃든 열정을 몸으로 확인한 두 남녀는 광마 동부에서 신혼의 단꿈을 마음껏 만끽할 수 있었다. 누구도 훔쳐보는 사람이 없으니 때로는 알몸으로 지내기도 했고, 어떨 때는 과도할 만큼 정사를 벌이기도 했다.

　그러나 그런 꿈결 같은 시간이 영원히 지속될 수는 없는 일이었다.

　위지불급의 수중 통로 탐사가 한계점에 이르자 북궁검민은 조금씩 초조한 빛을 띠기 시작했다.

　위지불급은 최대한 멀리까지 잠영을 해서 진주를 박아 표식을 해둔 이후 호흡의 한계 때문에 더는 전진할 수가 없었다. 또한 아래로 급격하게 기울어져 있는 통로의 형태상 인공적인 공동을 만들기도 어려웠다.

　본래 낙관적인 성격의 소유자인 위지불급은 여유를 가질 수 있었지만 북궁검민이 가끔씩 무기력증에 빠지곤 했다.

　태앵……!

　천잠사로 낚싯줄을 만든 위지불급은 손끝에 전해지는 감촉으로 모처럼 대어가 걸렸음을 직감했다.

　"이야, 손맛 죽이는군."

　위지불급은 연줄을 감듯이 천잠사를 팔뚝에 감았다. 수면 위로 펄떡거리며 끌려오는 물고기는 두 자가 넘을 만큼 대어였다.

　"좋았어. 모처럼 별식을 먹게 되었군."

물고기를 끄집어 올린 위지불급은 어깨에 둘러메고는 동부로 달려갔다. 너무도 단조롭고 조용한 환경에 지쳐 있는 북궁검민에게 보여주면 신선한 자극이 될 것 같았다.

"검민, 이것 좀 봐!"

위지불급은 그들이 침실로 사용하고 있는 석실로 향했다. 한데 북궁검민은 보이지 않고 다른 곳에서 돌이 무너지는 소리가 들려왔다.

"……?"

위지불급은 물고기를 팽개치고 석실을 나섰다.

그들은 십야혈루등주의 시체는 동부 밖으로 옮겨 바닥을 파고 묻어주었다. 하지만 광마의 유해가 든 석관은 옮기지 않고 석실을 돌멩이로 막아두기만 했었다.

와르륵……!

북궁검민은 광마의 무덤이 된 석실 입구를 허물고 있었다. 표정은 진지해 정신적인 이상 징후로는 보이지 않았다.

위지불급이 그녀 뒤로 섰다.

"뭐 하는 거야, 검민?"

북궁검민은 그를 돌아보며 환한 표정을 지었다. 모처럼 보여주는 활달한 모습이었다.

"잘 왔어요. 제가 놀라운 것을 보여주겠어요."

"놀라운 거라니?"

"일단 돌부터 치우고요."

"좋아. 당신의 모습을 보니 기대가 되는걸?"

위지불급은 북궁검민을 도와 그동안 봉쇄해 두었던 돌을 치웠다. 담처럼 쌓아둔 돌을 허물자 석관이 보였다.

북궁검민은 석관을 가리키며 확신에 찬 어조로 말했다.

"분명 저 안에 숨겨져 있을 겁니다."

"뭐가?"

"양심신공의 구결 말이에요."

"왜… 그런 생각을 한 거야?"

"생각해 보세요. 우리가 광마 동부를 샅샅이 수색했지만 광마의 관만은 열어보지도 않았어요. 과연 저 안에 유해가 들어 있는지도 확실치 않고요."

위지불급은 연유야 어찌 됐든 북궁검민이 보물찾기에 바싹 다가섰다는 사실에 내심 즐거워했다.

"물론 의혹을 품을 수 있지만 시체가 든 관을 연다는 게 조금은 께름칙하잖아? 혹시 광마의 귀신이 나올 수도 있고 말이야."

"치이, 세상에 귀신이 어디 있어요?"

북궁검민은 가볍게 눈을 흘기고는 말을 이었다.

"그동안 광마가 새겨놓은 절기를 필사하면서 몇 가지 새로운 의혹을 품게 되었어요. 왜 십야혈루등주가 죽은 석실의 벽에 새겨진 글씨만은 한 글자도 남아 있지 않았을까? 설사 그곳에 양신신공의 구결이 새겨져 있다 해도 그렇듯 철저하게 훼손할 이유가 있었을까? 과연 우리 예상대로 그곳에 양심신공의 구결이 새겨져 있었을까 하는 의혹이 뇌리를 떠나지 않았어요.”

위지불급은 나직한 탄성을 토했다.

“대단해! 검민의 추리는 역시 날카롭군.”

“당신도 그렇게 생각하죠?”

“충분히 가능해. 어쩌면 관속에 숨겨져 있을 수도 있어.”

위지불급은 관 뚜껑 위에 손을 얹었다.

“위험할 수 있으니 잠시 뒤로 물러서 있어.”

“왜요?”

“시체가 부패하면서 생기는 장독(葬毒)은 무서운 극독이야. 숨을 멈추고 있어.”

한데 북궁검민은 정감 어린 눈빛으로 그를 바라보다가 그의 등을 감싸 안았다.

“고마워요, 불급. 저를 이처럼 아껴주셔서.”

“무슨 소리. 지극히 당연한 일이지.”

“하지만 장독은 걱정하지 않아도 될 것 같아요. 십야혈루등 주가 관을 한 번도 열어보지 않았다고는 생각하고 싶지 않아요. 장독은 없을 겁니다.”

“맞아. 당신은 역시 지혜로운 여인이야.”

위지불급은 싱긋 미소를 지으며 육중한 관 뚜껑을 한쪽으로 밀쳤다.

그르릉!

매큼한 곰팡내가 조금 풍겼을 뿐 역시 장독은 없었다. 물론 위지불급은 이미 알고 있는 사실이다.

북궁검민은 위지불급의 팔을 부여 쥔 채 조심스럽게 관 앞
으로 다가섰다.

관 속의 유해는 거의 삭아 해골과 일부 뼈만 남은 상태였다.
한데 유해 옆으로 한 권의 책자가 보였다.

"아……!"

북궁검민은 대단한 것을 발견한 듯 책자를 끄집어냈다.

"이것 봐요! 광마가 죽어서까지 간직하려 했던 비급이에
요!"

그녀는 급히 책장을 넘겼다. 하지만 책장 어디에도 글자 하
나 쓰여 있지 않았다. 다시 앞쪽으로 돌려보았지만 목차는 물
론이고 표지에도 제목 한 글자 쓰여 있지 않았다.

"이게 어떻게 된 거지? 아무 글자도 없는 빈 책자네……?"

"글자가 없다고?"

"예, 한 글자도 없는 빈 책자예요."

일순 그녀의 보석 같은 눈망울이 놀랍도록 부풀어 올랐다.
그녀는 세찬 바람을 맞은 듯 몸서리를 쳤다.

"아아, 맙소사!"

위지불급은 시치미를 뚝 떼고 물었다.

"검민, 왜 그러는 거야?"

"이럴 수가! 이건… 무자천서예요!"

"무자천서라면 천중칠보에 해당되는 보물을 말하는 거야?"

"그래요! 무자천서는 전설적인 고수인 개천마존과 절대무
존을 탄생시킨 신비의 무서입니다. 아, 이것을 내가 얻게 되

다니!"

위지불급은 장난스럽게 포권을 표했다.

"축하해, 검민. 당신이 무자천서의 비밀을 알아내면 태양무후와 버금갈 여류고수로 성장할 수 있을 거야."

북궁검민은 흥분을 가라앉히며 그의 손에 무자천서를 쥐어 주었다.

"천서가 어디 저 혼자만의 것이겠습니까? 우리의 물건이니 함께 수련할 수 있어요."

"검민, 난 무공에는 취미가 없소. 여의신주와 만상지존도를 마다한 내가 무자천서에 욕심을 내겠소?"

"하지만……."

"정말 괜찮소. 정 부담이 된다면 내가 주는 예물로 생각하시오."

"예물이라고요……?"

일순 북궁검민은 무언가를 파악한 듯 빠르게 눈알을 굴렸다. 그녀는 관 속의 유해를 살피고는 다시 무자천서를 꼼꼼하게 검토했다.

위지불급은 짐짓 딴청을 피웠다.

"흐음, 광마의 무공이 바로 무자천서에서 기인했었군? 그래서 그렇듯 강력한 고수일 수 있었나 봐."

일순 북궁검민의 황홀한 옥용이 얼음 조각상처럼 차갑게 변했다.

"불급, 우리 가문에서 파악한 바로 무자천서는 삼십 년 전

팔대가문 중 하나인 황사당이 보유했어요. 저들은 극구 부인했지만 우리 가문이 입수한 정보에 의하면 틀림없어요. 한데 세상에 하나뿐인 무자천서가 어떻게 백 년 전에 죽은 광마의 관 속에 들어 있는 거죠? 게다가 광마의 무공은 개천마존이나 절세무존의 절기와는 완전히 달라요. 광마와 무자천서는 무관합니다. 불급도 그것을 알고 있었을 텐데 왜 무자천서와 연관이 있는 것처럼 말하는 거죠?"

"검민, 제발 표정을 풀어. 그리고 눈빛이 너무 무서워."

"그, 그렇군요. 날 속였어요. 이 무자천서는 당신이 광마의 관 속에 집어넣은 거예요. 어떻게… 날 이렇듯 농락할 수 있는 거예요?"

북궁검민이 곡해하고 발작하려 하자 위지불급이 얼른 그녀를 품에 안았다.

"오해 마, 검민. 난 애초부터 무자천서를 당신에게 줄 생각이었어. 다만 순순히 건네면 너무 싱거울 것 같아 당신에게 보물을 발견한 기쁨을 안겨주고 나중에 사실대로 실토할 생각이었어. 한데 당신이 워낙 똑똑해 너무 빨리 알아버린 거야. 맹세코 당신을 우롱할 마음은 추호도 없었어."

"이… 이거 놔요!"

북궁검민이 설움에 겨워 몸부림을 치자 위지불급이 그녀의 등을 다독이며 다시 사과했다.

"검민, 무자천서는 안휘성으로 오던 중 도신광유와 또다시 도박을 벌여 손에 넣은 거야. 연후 당신을 만났지. 마음 같아서는 곧바로 당신에게 무자천서를 선물하고 싶었지만 마땅한 구실이 없었어. 한데 함께 광마 동부로 들어선 후 탈출이 어렵게 되자 재미 삼아 숨겨놓은 거야."

"만일 소녀가 못 찾았으면 어쩔 뻔했어요?"

"그러면 내가 먼저 광마의 유해를 확인해 보자는 얘기를 해서 보물을 찾게 해줄 생각이었어."

위지불급은 그녀와 코를 맞댔다.

"검민, 내 예물을 받아주겠어?"

북궁검민은 오해를 해소했지만 짐짓 토라진 표정을 지었다.

"받지 않겠어요."

"그럼 내가 직접 장인어른을 찾아뵙고 드려야겠군."

"예에……?"

"내가 얘기했잖아? 내가 한 행동에는 책임을 진다고. 우리 가문에서 용납지 않겠다면 난 가문을 떠날 생각까지 하고 있어. 어쩌면… 검민한테도 그런 괴로움을 요구할지도 몰라."

뭉클한 감동에 젖은 북궁검민이 눈물을 흘리며 그의 뺨에 볼을 비볐다.

"불급, 저 역시 당신을 따르겠습니다."

두 남녀는 서로의 입술을 찾아 입을 맞추었다. 한순간의 오해는 서로의 열정에 봄눈 녹듯이 녹아버렸다.

북궁검민은 무자천서를 가슴에 안고 석실을 나갔다.

"당분간 무자천서를 연구해 보아야겠어요. 한동안 외부 세상에 대한 그리움을 잊고 지낼 수 있을 것 같아요. 혹시 알아

요, 이 안에 양심신공의 구결이 적혀 있을지?'

"그래, 열심히 연구해 봐. 오랜 시간 숨을 쉬지 않고 버티는 무공이 기재돼 있기를 바라야지."

위지불급은 관 뚜껑을 끌어 본래대로 관을 닫아두었다. 아무리 전대의 악인이라 해도 유해가 든 관을 열어놓는 것은 도리가 아니었다.

일순 그는 전혀 생각지 못한 새로운 사실을 발견했다.

'가만, 관 뚜껑의 색깔이 조금 다르군.'

유해가 든 석관과 관 뚜껑은 같은 돌로 제작되었기에 색깔이 다를 수는 없다. 그렇다고 관에다 특별히 색깔을 입힌 것도 아니었다.

물론 관 뚜껑의 색깔이 확연하게 다른 것이 아니기에 어지간한 사람은 전혀 눈치 챌 수 없다. 비교적 세심한 안목을 지닌 북궁검민도 관 뚜껑에 대해서는 전혀 의심하지 않았을 만큼 그 차이가 미세했다.

그러나 하나의 의혹을 발견하는 순간 위지불급의 뇌리 속으로 무수한 영상이 주마등처럼 스쳐 지나갔다.

최초에 그가 관을 발견했을 때 관 뚜껑이 열려 있었다. 십야혈루등주가 죽어 있는 석실에서 위지문현의 암호문이 발견되었다. 위지문현은 출구를 폐쇄했으니 문제를 해결해야 탈출할 수 있다고 밝혀두었다…….

위지불급은 숱한 영상 속에서 자신의 원했던 몇 가지 사실을 찾아냈다.

'그래, 수중 통로의 물살을 헤치고 오랜 동안 잠영을 하려면 양심신공이 절대적으로 필요하다. 문현도 그것을 잘 알고 있다. 한데 광마의 최대 절기인 양심신공은 어디에도 발견되지 않았다. 문현이 녀석이 지워둔 게 틀림없어. 하지만 양심신공을 터득하지 못하면 광마 동부를 탈출할 수 없으니 어딘가에 달리 적어두었을 것이다.'

위지불급은 육중한 관 뚜껑을 들춰보았다.

유려한 필체로 새겨진 이십팔절의 구결. 관 뚜껑에 새겨진 글자, 분명 위지문현의 필체였다.

위지불급은 내용을 읽어보지 않고도 그것이 양심신공의 구결임을 확신할 수 있었다.

'괘씸한 녀석! 언제고 네 녀석을 가둬 이 형이 문제를 내겠다. 너도 당해봐야 하니까!'

위지불급은 관 뚜껑 안쪽에 새겨진 이십팔 절의 구결을 단 한 번 읽은 것으로 모두 기억하고는 손끝에 공력을 주입시켜 구결을 지워 버렸다. 다행히 글자는 희미하게 새겨져 있어 이십팔 절의 구결을 지우는 데는 오래 걸리지 않았다.

그는 관 뚜껑을 닫고 물러섰다.

관 뚜껑의 색깔이 다른 이유는 관 뚜껑이 뒤집져 있기 때문이다. 위지문현은 관 뚜껑 위에 양심신공의 구결을 새긴 후 뒤집어놓았다. 오랜 세월 닫혀 있었던 관 뚜껑이 뒤집혔으니 색깔이 다를 수밖에 없었을 것이다.

위지불급은 이런 중대한 비밀을 자신 혼자 발견한 것을 다행으로 생각했다. 만일 북궁검민이 양심신공 구결을 먼저 발견했다면 한바탕 혼란을 금치 못했을 것이다.

그녀의 두뇌라면 광마와 다른 필체를 보고 누군가 앞서 잠입했다고 확신할 것이며, 십야혈루등주가 잠입자에 의해 피살된 것으로 생각을 바꿀 것이다. 잠입자의 존재를 놓고 자신을 추궁할 경우 위지불급으로서는 진실을 숨기기가 쉽지 않다.

석실을 나선 위지불급은 돌멩이를 쌓아 광마의 유해가 안치된 석실을 봉쇄했다.

그는 양심신공을 북궁검민에게 알려주어야 하느냐를 놓고 갈등했다.

'검민은 이미 내 여인이 되었으며 믿을 수 있다. 문제는 어두운 야심을 품고 있는 북궁세가다. 만일 북궁세가 일족이 양심신공을 수련하면 마정의 모든 무공을 터득하게 될 것이고, 이는 강호에 중대한 위협이 될 수 있다.'

그는 잠시 갈등한 끝에 양심신공에 대해서는 당분간 입을 다물기로 결정했다. 북궁검민이 그 출처를 캐물을 경우 둘러대기도 마땅치 않았기 때문이다.

그는 원형 동부의 벽을 따라 걸음을 옮기면서 광마가 새겨놓은 절기를 다시 둘러보았다.

'양심신공이 아니라 다른 무공으로 둘러대야 한다. 한동안 숨을 멈출 수 있거나 잠시 동안 마음을 둘로 나눌 수 있는 분심술(分心術) 같은 무공을 찾아냈다고 하면 될 거야.'

그는 나름대로 긴장을 하고 그들만의 석실로 들어섰는데 북궁검민은 무자천서를 연구하는 데만 몰두했다.

위지불급은 팽개쳐 두었던 물고기를 집어 들었다.

'잘됐군. 검민이 무자천서에 빠져 있는 동안 난 양심신공을 수련하고 있으면 되겠다.'

그는 석실을 나가면서 자신의 머리를 툭툭 쳤다.

'젠장, 골치 아프게 됐군. 이십팔절의 구결이 하나같이 난해하던데 탈출을 위해서라도 수련하지 않을 수가 없으니 말이야.'

무림 사상 가장 뛰어난 절기 중 하나인 양심신공.

강호인이라면 꿈에서라도 얻고 싶어하는 절기이지만 위지불급에게 있어서는 그저 탈출을 위해 방편일 뿐이었다.

3

"어마, 왜 이래요?"

위지불급이 뒤에서 어깨를 감싸자 북궁검민이 가볍게 놀라며 돌아보았다. 위지불급은 그녀가 쥐고 있는 무자천서를 빼앗아 들었다.

"대체 언제까지 이따위 책만 바라보고 있을 거야? 닷새 동안 검민을 안아보지 못했어."

"불급도 참. 이곳에는 해도 없는데 닷새가 지났는지 고작 몇 시진이 지났는지 어떻게 알겠어요?"

"내가 당신을 품고 싶은 마음이 다섯 번이나 들었으니 닷새가 지난 게 확실하지.”

위지불급이 터무니없이 우기자 북궁검민은 몸을 돌려 그의 가슴에 안겼다.

“알았어요.”

위지불급은 보기만 해도 사랑스런 여인의 볼을 어루만지고 콧등을 쓸어주었다.

“기뻐해, 검민. 마침내 광마 동부를 나갈 수 있게 되었어.”

“예에?”

깜짝 놀라 북궁검민이 그를 주시했다.

“정말… 이에요? 또 저를 놀리려는 것은 아니죠?”

“물론 아니야. 우리는 분명히 탈출해. 다시 말해 지금 나누는 사랑이 광마 동부에서 보내는 마지막이야.”

“대체 어떤 방법으로… 아니에요, 당신이 자신한다면 무조건 믿겠어요.”

북궁검민의 절대적인 믿음에 위지불급은 그녀의 볼을 감싸며 코와 입술에 가볍게 입을 맞추었다.

“고마워. 검민을 절대 실망시키지 않을 거야.”

탈출을 위한 준비는 모두 끝났다.

북궁검민은 광마가 남긴 절기와 옮겨 적은 필본을 일일이 대조해 잘못된 글자를 바로 잡았다. 연후 필본을 배낭에 단단히 보관하고 어린피수의로 갈아입었다.

위지불급은 그녀의 허리에 팔을 둘렀다.

“내가 터득한 분심술이면 검민을 안전하게 세상 밖으로 데려갈 수 있어. 먼저 검민의 혼혈을 찍을 테니 놀라지 마.”

“알았어요. 혼절한 상태에서는 기도로 물이 들어가지 않는다고 하더군요.”

“그래, 보함주까지 입에 물고 있으면 안전할 거야.”

“내 걱정 말고 보함주는 당신이 사용하세요. 역류하는 물을 헤치려면 숨이 몹시 가쁠 겁니다.”

“내가 그럼 내가 사용할게.”

“그럼 세상 밖에서 봐요.”

북궁검민은 그의 목에 팔을 두르며 입을 맞추었다.

위지불급은 그녀와 뜨거운 숨결을 교환하다가 혼혈을 찍었다.

“으음!”

위지불급은 곧바로 혼절한 북궁검민을 안아 바닥에 눕혔다.

그는 북궁검민의 입을 벌리고 보함주를 머금게 하고는 아혈을 점해 입이 벌어지지 않도록 조치했다. 연후 코와 입을 천조각으로 막아 행여 폐부로 물이 스며들 것을 방지했다. 그 자신보다 그녀의 안위가 더 중요했기에 일 푼의 위험에도 노출시키고 싶지 않았다.

만반의 조치를 마친 후 그는 그녀를 업고 천으로 단단히 동여맸다.

그는 희미한 빛이 흘러나오는 통로를 돌아보았다.

“광마, 당신으로 인해 또 다른 십야혈루등주가 탄생되는 것을 원치 않소. 또한 당신의 동부가 외부의 침입을 받지 않고 영면할 수 있도록 이곳을 폐쇄하겠소. 이곳은 광마의 무덤으로 그저 전설로만 남을 것이오.”

그는 연못 위 천장을 향해 일장을 내질렀다.

“차앗!”

그의 장심에서 뿜어지는 은은한 자색의 강기는 바로 혼천마왕의 대표적 절기 중 하나인 자전강기였다.

콰아아앙!

엄청난 폭음과 함께 천장이 거미줄처럼 균열을 일으켰다. 돌덩이가 떨어져 내리기 시작하자 위지불급은 연못 속으로 뛰어들었다.

퍼— 퍼펑—!

천장이 붕괴되며 크고 작은 바윗덩이가 연못의 바닥으로 가라앉았다.

위지불급은 바윗덩이를 피해 수중 통로로 헤엄쳐 들어갔다. 바윗덩이는 수중 통로 안으로 흘러들어 왔다. 수중 통로가 요동치는 것으로 미루어 광마 동부가 예상보다 심하게 붕괴되는 것 같았다.

위지불급은 치솟는 물살이 급속도로 약해지는 것을 피부로 느낄 수 있었다.

‘그렇구나. 수중 통로 입구가 막히면서 물 흐름이 차단되었다. 덕분에 잠영이 훨씬 수월해졌어.’

그로서는 이런 현상까지는 미처 생각지 못했지만 외부로의 탈출이 보다 수월해졌다는 점은 고무적이다. 그러나 다시 되돌아갈 수 없다는 사실을 감안한다면 최악의 상황일 수도 있다. 어쨌거나 이제는 전진만 있을 뿐이다.

잠영 반 각을 넘어서자 수중 통로에 박아놓은 진주의 영롱한 광채는 이제 더 이상 찾아볼 수 없었다. 이제부터는 그가 광마 동부에서부터 이르지 못했던 통로이기에 오로지 수광주의 빛에 의존해야 한다.

잠영이 길어지자 위지불급은 호흡의 한계에 이르게 되었다.

'이제 잠시 숨을 돌려야겠군.'

그는 연못으로 뛰어드는 순간부터 양심신공을 운기해 심신을 둘로 나누어 두었다. 덕분에 그의 반신은 귀식대법에 의해 가면 상태에 빠져 있어 폐에 충분한 공기가 담겨 있었다.

잠영은 절반만 깨어 있어도 가능하기에 그는 귀식대법을 취하고 있던 좌반신을 깨어나게 한 후 우반신을 귀식대법에 들게 했다.

이로써 그는 갓 잠영한 사람처럼 숨을 참을 수 있었다.

수중 통로는 예상보다 훨씬 길었다. 만일 그와 북궁검민이 광마 동부로 향할 때 물살의 도움을 받지 못했다면 중도에 익사를 피할 수 없었을 정도였다.

'대체 얼마나 더 가야 외부에 이를 수 있는 거지?

수중 통로는 완만하게 몇 번 꺾었기에 그는 자신이 지금 물속을 내려가고 있는지 아니면 오르고 있는지 판단하기가 힘들었다.

약간의 시간이 더 흘렀다.

위지불급은 다시 호흡 장애를 느끼게 되었다. 좌우 폐부의 숨을 모두 소진했기에 그가 아무리 양심신공을 지녔다 해도 이제부터는 숨을 참을 방법은 없었다.

그의 폐부에는 이제 한 모금의 숨밖에 없다. 그것을 내뿜는 순간 그는 물을 들이켜게 될 것이며 그것으로 끝이다.

그는 이를 악물며 절로 뿜어지려는 숨을 참아냈다.

'검민을 살려야 한다. 절대적으로 나를 믿은 검민에게 못난 인간이 될 수는 없어.'

그는 수중 통로의 벽을 긁으며 마지막으로 사력을 다했다.

일순 물이 차갑게 느껴졌다. 이어 어둠뿐이던 수중 통로 저 편으로 희미한 빛이 보였다.

'아, 출구다!'

위지불급은 비로소 안도할 수 있었다. 그는 한껏 참았던 숨을 뿜으며 물을 헤쳤다. 마침내 수중 통로를 벗어난 그는 몇 모금의 물을 마시면서 수면으로 솟아올랐다.

"푸하아!"

물 밖으로 고개를 내민 위지불급은 들이켰던 물이 갑작스럽게 기도를 타고 들어가자 연신 기침을 해댔다. 몇 번의 호흡으로 겨우 안정을 찾은 그는 빠르게 주변을 둘러보았다.

주변으로 우거진 녹음을 감안하면 벌써 여름에 이른 듯했다. 그들이 광마 동부로 들어선 때가 봄이었으니 최소 두세 달 은 지난 것 같았다.

"가만, 검민이 괜찮을까?"

위지불급은 급히 수면 위로 솟구쳐 강안의 모래톱으로 내려섰다.

그는 허리띠를 끌러 북궁검민을 바닥에 눕혔다. 혼혈을 짚은 상태라 해도 오랜 시간 물속에 있게 되면 호흡 장애로 죽을 수밖에 없다.

그는 북궁검민의 혼혈을 풀어주고는 맥을 짚어보았다. 희미하지만 아직 맥은 뛰고 있었다.

"됐어. 회생에는 문제가 없겠다."

그는 그녀의 가슴을 압박해 호흡을 도와주고는 그녀의 입에 머금은 보함주를 빼내주었다. 그녀와는 이미 부부지연을 맺었기에 그녀의 전신을 안마해 주는 데 주저할 이유가 없었다.

잠시 후 긴 한숨과 함께 북궁검민이 깨어났다.

"검민!"

위지불급은 그녀를 뜨겁게 포옹했다.

"세상 밖이야! 마침내 광마 동부를 벗어났어!"

눈을 깜빡이던 북궁검민은 몇 번 숨을 들이켜고는 감격의 눈물을 글썽거렸다.

"아, 공기가 너무 상쾌해요. 눈도 너무 부시고요."

위지불급은 그녀를 포옹한 채 기쁨과 감동을 함께했다.

"당신과는 두 번이나 지옥을 다녀온 기분이야."

"그래요. 그래서인지 이처럼 밝은 세상이 고맙기만 해요."

북궁검민은 그의 목에 팔을 두르며 달콤한 음성으로 속삭였다.

"고마워요, 불급. 저는 당신이 꼭 해낼 줄 알았어요."

"검민 덕분이야. 난 그냥 용궁에서 살고 싶었는데 검민이 싫어할 것 같아서."

"그래요. 난 용궁이 싫어요. 이 밝은 세상에서 당신과 함께 오래도록 행복을 누리고 싶어요. 그게… 과한 욕심은 아니겠죠?"

위지불급은 다정한 미소를 지으며 말을 받았다.

"물론이지. 검민의 소박한 바람은 모든 사람들이 추구하는 당연한 꿈이야."

第四十九章 그를 사랑하는 여인들

1

팔대가문 중 하나인 은향장.

혈환마궁의 오랜 압박에서 벗어난 은향장은 새롭게 변모하였다. 은향장의 관리와 운영은 여태껏 행해왔던 것처럼 여인들이 담당했지만 경계와 호위는 은향장 사내들이 담당했다.

예전에는 무공이 약한 사내들은 허드렛일이나 하면서 가사를 도왔지만 이제는 무공 수련이 의무가 되었다. 가문의 운명을 용병에게만 맡길 수 없다는 것이 이번 사태의 교훈이었던 것이다.

은향장주 은주란은 한 통의 첩지를 보고는 애써 흥분을 자제했다.

“어서 별채로 모셔 오세요. 신중을 기해야 하니 총관이 직접 모셔 오되 은밀함을 유지하세요.”

“알겠습니다.”

총관은 의아한 표정을 지었지만 장주의 엄명이기에 복명을 하고 은비각을 나갔다.

은주란은 동경 앞에 서며 자신의 얼굴을 살펴보았다.

과거 그녀는 일족의 어른들이 인질이 된 상황이라 가슴에 천 근 납을 달고 살아야 했지만 지금은 더 이상 차디찬 얼음조각상과 같은 용모가 아니었다. 생기가 감도는 그녀의 옥용은 모란처럼 화사했다.

그녀는 적당히 화장을 고치고 화려하지 않은 패물로 치장한 후 별채로 향했다.

화려한 꽃나무로 조성된 별채는 주변과 동떨어져 있어 마치 호젓한 숲 속의 별장처럼 보인다. 날씨가 화사한 탓에 커다란 월창을 활짝 열어두었기에, 싱그러운 꽃향기와 지저귀는 새 울음소리가 별채 안까지 고스란히 스며들었다.

은주란이 별채 안으로 들어서자 죽립을 쓴 사람과 면사여인이 자리에서 일어나 그녀를 맞이했다. 그녀의 나이가 많지 않아도 명색이 팔대가문의 수장이기에 예우를 갖춰야 하는 것은 당연한 도리였다.

은주란은 한 사람만을 생각했다가 두 명, 그것도 여인을 대동한 상태이기에 눈을 동그랗게 떴다.

“공자……?”

죽립을 쓴 사내가 죽립을 벗으며 예를 표했다.

"오랜만이오, 장주. 생기가 감도는 모습이 정말 아름답소."

사내는 다름 아닌 위지불급이었다.

그는 본래 공치사를 싫어하는 성격이라 은향장을 방문하고 싶지 않았지만 맡겨두었던 애마 절영을 찾아야 했기에 어쩔 수 없이 들르게 되었다.

그가 대동한 면사여인은 물론 북궁검민이다.

북궁검민은 아직 남장여인임이 세상에 공개되지 않았기에 가급적 진면목을 드러내지 않으려 했다.

위지불급을 대면한 은주란은 정중히 절을 올렸다.

"죄인이 은공을 뵈옵니다."

"일어나시오, 장주."

위지불급은 은주란의 손을 이끌어 일으켜 세웠다.

은주란은 힐끗 북궁검민을 보고는 조심스럽게 물었다.

"이분 소저께서는…….."

"아, 내 정혼녀요."

"예에? 정혼녀… 시라고요?"

"그렇소. 사정이 있어 아직 신분을 공개할 수 없으니 이해하시오."

"예… 알겠습니다."

은주란은 가슴 한 자락이 베어지는 허전감에 젖어 힘없이 자리를 권했다.

"앉으세요."

"그럽시다."

좌정한 세 사람은 찻잔을 들어 가볍게 건배를 나누었다.

위지불급은 그녀가 자신에게 몸을 바치면서까지 일족을 구하려 했던 지난 일을 기억하고 있기에 그녀와의 대면이 조금은 어색했다.

그는 가급적 용무를 빨리 끝내기 위해 본론을 거론했다.

"절영을 너무 오래 맡긴 것 같아 미안하오."

"당치 않으십니다. 공자께서 엄청난 은혜를 베풀고서 한 번도 찾아주지 않아 너무 야속했습니다. 이제야 은혜를 갚을 수 있어 감격할 따름입니다."

"은혜라고 생각지 마시오. 내가 혈환마궁으로 침투한 데에는 반드시 확인해야 할 일이 있어서였소. 다행히 내가 바라던 사실을 확인했으니 오히려 은 장주에게 고마워해야 당연하오. 그리고 혈환마궁은 군천세가의 의기에 의해 와해된 것이니 정 보답을 하려면 군천세가에게 하시오."

"군천세가 역시 모든 공을 공자께 돌렸습니다."

위지불급은 얘기가 길어질 것 같아 화제를 돌렸다.

"정 보답을 하시겠다면 사양치 않겠소. 조만간 무리할 만큼 많은 요구를 하게 될지 모르니 양해해 주시오."

보상을 받겠다는 답변에 은주란은 한결 짐을 던 듯 안도의 표정을 지었다.

"고맙습니다. 저희 은향장에서 할 수 있을 만큼 성의를 베풀겠습니다."

"장주, 지금 서둘러 길을 떠나야 하기에 오래도록 담소를 나누지 못해 유감이오. 속히 절영을 찾아가야겠소."

"알겠습니다."

은주란은 그를 붙잡을 수 없다는 아쉬움과 안타까움을 가슴에 묻고 자리에서 일어섰다.

"절영에게 암말을 한 마리 붙여주었는데 금실이 아주 좋습니다. 약소하나마 공자의 정혼녀께 선물로 드리겠습니다."

이히히힝……!

모처럼 주인을 만난 절영은 마구간을 나서자마자 팔짝팔짝 뛰며 알은체를 했다.

"하하. 녀석, 날 잊지 않았구나."

위지불급은 자신의 어깨에 대고 턱을 비비는 절영의 갈기를 쓰다듬어 주었다.

북궁검민에게 선사된 말은 머리서부터 꼬리까지 잡티 하나 없이 붉은 빛을 띤 대완산 명마였다. 기름이 반지르르 흐르는 적토마는 새하얀 절영과 절묘한 대조를 이루었다.

은주란이 적토마의 고삐를 받아 북궁검민에게 넘겨주었다.

"말 이름은 홍예(紅霓)입니다, 소저."

"아, 정말 훌륭한 말이군요. 이름 그대로 몸에서 붉은 무지개가 피어나는 것 같아요."

"홍예가 절영과는 이미 짝이 되었으니 두 분께 잘 어울릴 것 같군요."

“귀한 선물에 감사드립니다.”

북궁검민이 공손히 예를 표하자 은주란이 마주 답례를 표하며 조심스럽게 청했다.

“결례가 되지 않는다면 소저의 잠시 옥용을 뵐 수 있을까요?”

“…….”

북궁검민은 영특한 여인이기에 상대의 의도를 대번에 헤아렸다. 그녀는 면사를 벗어 자신의 용모를 드러내고는 신분까지 밝혀주었다.

“장주, 소녀는 북궁검민이라 합니다. 짐작하시는 대로 과거 북궁세가의 소가주인 병치서생이 바로 소녀였습니다.”

2

다각다각……!

희고 붉은 두 필의 준마가 동성(桐城)을 향해 달려가고 있었다. 절영과 홍예는 마치 경주라도 하듯 앞서거니 뒤서거니 하며 빠르게 질주했다.

두 마리 말의 속도가 워낙 빨라 위지불급과 북궁검민은 가끔씩 고삐를 당겨 속도를 조절해야 했다.

두 필의 말은 하천을 따라 형성된 습지에 이르자 겨우 달리던 속도를 늦추었다.

위지불급은 북궁검민과 말머리를 나란히 하며 물었다.

"검민, 왜 갑자기 면사를 벗어 얼굴을 보이고 신분까지 밝힌 거야?"

"왜요? 제가 잘못했나요?"

"잘못은 아니지만… 공연한 과시인 것 같아서 말이야. 여자들도 서로의 용모를 비교하는지 처음 알았어."

북궁검민은 눈을 곱게 흘겼다.

"모두 당신 때문이에요."

"나… 때문이라고? 왜 갑자가 날 걸고넘어지는 거야?"

"처신을 확실히 했어야죠. 당신을 바라보는 은 장주의 눈빛이 남달랐어요. 제가 당신의 정혼녀라는 말을 듣고는 정말 실망하더군요. 아마 당신을 연모하고 있었던 게 분명해요."

위지불급은 쓴웃음을 지었다.

"말도 안 돼. 나에 대한 호의를 당신이 잘못 읽었어."

"당신이 아무리 똑똑해도 여자들의 속내까지는 알지 못해요. 난 여자의 직감으로 분명히 느낄 수 있었어요. 은 장주와는 어떤 관계였어요?"

"아무 관계도 아니었어."

"그래요. 깊은 관계는 아니었지만 서로 몸을 맞댄 적은 있었던 것 같군요."

"그걸 어떻게……?"

"은 장주가 절을 올리자 당신이 장주의 손을 쥐고 일으켜 세워주었는데 은 장주는 전혀 당혹해하지 않았어요. 그런 반응은 이전에 몸을 가까이 맞댄 적이 있어야 가능합니다."

북궁검민의 예리한 지적에 위지불급은 사실대로 실토했다.

"그래, 혈환마궁으로 침투하기 위해 만났을 때 그녀를 안은 적이 있었어. 나를 위험에 빠뜨려 송구하다며 자신의 몸을 바치고 자결하겠다고 하였지. 그게 전부였어."

북궁검민은 그가 기분 상해할 것을 우려해 부드럽게 응수했다.

"불급, 제가 질투심에 이러는 게 아니에요. 제 신분과 얼굴을 밝힌 것은 제가 공연히 신비로운 척하는 모습을 보이기 싫어서였어요. 다행히 장주가 수긍하는 눈빛을 보이더군요."

"흐음, 그처럼 짧은 순간에 두 여인이 많은 것을 생각하고 심중까지 교환했군. 역시 여자의 마음은 헤아리기가 싶지 않아."

북궁검민은 그가 타고 있는 말을 힐끗 보았다.

"한데 꼭 절영을 고집하는 이유는 뭐예요?"

"아직도 백리빙을 잊지 못하냐고 묻고 싶은 건가?"

"남의 심정을 함부로 헤아리는 것은 결례입니다."

"하하, 검민이 어디 남인가?"

위지불급은 가벼운 웃음을 터뜨리고는 절영의 하얀 갈기를 쓸어주었다.

"절영은 날 구해줄 최강의 방패요."

"누구한테서요?"

"누구겠어, 백리빙이지. 내가 절영을 타고 있어야만 그녀를 설득할 수 있어. 절영이 없으면 그녀는 내 어떤 변명도 믿지 않으려 할 거야."

북궁검민도 백리빙의 드센 기질을 잘 알기에 조금은 걱정스러웠다.

"백리빙 언니를… 설득할 수 있겠어요?"

"쉽지는 않겠지. 반쯤 죽는다고 봐야 할 거야."

"예에?"

"하하, 농담이야. 사실 백리빙은 세상에 알려진 것만큼 잔혹한 혈향요희가 아니야. 사내로 태어났다면 세상을 호령했을 영웅의 기질을 지닌 여인이지."

"솔직히… 당신도 그녀를 좋아하죠?"

위지불급은 그녀에게 시선을 돌리며 직답을 피했다.

"백리빙에 대해서는 거론치 말자고. 내가 도리를 벗어나는 일은 없을 거야."

"알았어요."

북궁검민은 지혜로운 여인이라 더는 그를 난처하게 만들지 않았다. 그에게 성인군자의 행실을 강요하는 것이 자신만의 욕심임을 잘 알고 있었던 것이다.

다각다각……!

습지를 벗어난 두 필의 말은 다시 호북성을 향해 내달렸다.

한데 두 사람이 다소 가파른 고갯길에 이르렀을 때였다. 갑자기 한 필의 말이 고갯마루 뒤편에서 뛰쳐나오며 두 사람을 향해 득달같이 달려왔다.

마상의 인물은 여인으로 놀랍도록 빼어난 매력의 소유자였
다. 이목구비가 또렷하고 꾹 다문 입술에서 높은 도도함이 풍
겨졌다.

놀라운 것은 여인의 복장이었다.

상의는 터질 듯 팽팽한 풍만한 젖가슴만 가려 하얀 어깨며
군살 한 점 없는 배가 그대로 드러났고, 하의도 짧은 가죽치마
만 달랑 걸쳐 희멀건 허벅지를 드러내고 있었다.

붉은 옷에 붉은 신발, 붉은 수술이 달린 검.

여인은 다름 아닌 백리태보의 공녀 백리빙이었다.

위지불급은 그녀의 싸늘한 눈빛을 대하는 순간 가슴이 덜컥
내려앉았다.

'이거 일났군.'

그는 앞서 말을 몰아 나서며 빠르게 외쳤다.

"먼저 집으로 돌아가 있어!"

"하지만……."

"어서! 당신이 있으면 상황이 더 안 좋아!"

그는 백리빙 앞으로 다가서며 크게 손을 흔들어 보였다.

"미빙, 반갑소! 정말 오랜만이오!"

한데 백리빙은 그를 무시한 채 마상에서 몸을 날리며 북궁
검민을 향해 날아갔다.

"죽엇!"

쐐애액—!

예리한 검기가 북궁검민의 목을 향해 뻗어나갔다.

다행히 위지불급이 날아들며 오금죽장으로 백리빙의 검기를 받아냈다.

"진정하시오, 미빙!"

백리빙은 섬뜩한 한기를 피워내며 그를 쏘아보았다.

"오냐, 너도 죽여줄 것이다. 먼저 저 화냥년부터 죽이겠다!"

"오해 마시오. 내가 설명하겠소."

"네놈의 더러운 주둥이는 믿지 않겠다. 너는 나와 우리 가문을 모욕했다. 위대한 백리태보가 왜 너 같은 놈 때문에 수모를 당해야 한단 말이냐?"

"그렇다면 날 죽이시오. 왜 죄없는 여인을 해치려 한단 말이오?"

백리빙은 싸늘한 살기를 피워내며 표독스럽게 대꾸했다.

"저 계집이 너무 예뻐. 네가 날 배신했다면 필시 저 여우 같은 계집 때문일 거야. 저 계집부터 죽이겠다!"

위지불급은 정색을 지으며 그녀 앞을 막아섰다.

"만일 저 여인을 해치면 백리 소저를 더 이상 미빙으로 부르지 않겠소. 뿐만 아니라 나와도 원수가 될 거요."

"흥, 이미 원수가 됐는데 무엇이 두렵겠냐? 그리고 네놈 따위가 감히 우리 백리태보와 맞서겠다고?"

백리빙이 워낙 강경하게 나오자 북궁검민이 마상에서 내려서며 그녀에게 공손히 예를 표했다.

"언니, 제발 진정하세요."

백리빙의 눈매가 샐쭉해졌다.

“뭐, 언니……?”

“예, 언니. 몇 번이나 만난 적이 있는데 소매를 기억하지 못하시겠어요?”

“이년아, 네 잘난 상판대기를 처음 보는데 우리가 언제 만났다는 거냐?”

백리빙이 여전히 냉랭하게 응수하자 위지불급이 넌지시 일러주었다.

“미빙, 그녀가 바로 병치서생으로 행세했던 북궁검민이오.”

“……!”

상당한 충격에 백리빙은 입을 딱 벌린 채 북궁검민을 직시했다. 그녀의 두 눈이 의혹으로 물들었다.

“네가… 네가… 북궁검민이었다고? 절름발이 병자 행세를 한… 그 북궁검민이란 말이냐?”

“네, 언니. 소매는 아버님의 엄한 지시 때문에 사내 행세를 할 수밖에 없었어요.”

“…….”

백리빙은 치켜들었던 검을 내리고는 그녀와 위지불급을 번갈아 쏘아보았다.

“너희들… 어떤 관계냐?”

위지불급이 북궁검민을 막아서며 대신 말해주었다.

“검민과는 정혼한 사이요. 아직 양가의 허락을 받지 못했지만 검민과는 약조를 맺었소.”

그는 북궁검민을 돌아보았다.

"어서 가. 조만간 북궁세가로 찾아갈 테니까."

"정말… 괜찮으시겠어요?"

"그래. 아무 문제도 없을 거야."

북궁검민은 자신이 있어봤자 오히려 상황만 악화시키게 될 것을 충분히 인식했기에 위지불급의 지시에 따랐다.

"알았어요."

그녀는 백리빙에게 공손히 예를 표했다.

"언니, 그럼 다음에 뵙겠어요."

그녀가 홍예에 올라 고갯마루를 넘어가자 비로소 충격과 혼란에서 깨어난 백리빙이 발작을 하며 펄펄 뛰었다.

"야, 누가 멋대로 가라고 했어? 거기 서지 못해!"

위지불급이 그녀를 막아서며 진정시켰다.

"미빙, 얘기할 게 너무 많소. 우리 모처럼 술이나 한잔합시다."

"홍, 술이라고?"

백리빙은 그를 향해 냅다 검을 내려쳤다.

"피나 처먹어라!"

차앙……!

위지불급이 오금죽장으로 가볍게 쳐내자 백리빙의 눈빛이 더욱 사나워졌다.

"호오, 제법 무공이 세졌군. 어쩐지 예전 같지 않게 건방을 떤다고 했어."

백리빙은 오기가 치밀었는지 백리태보의 절기 중 하나인 영자팔검(永字八劍)을 구사했다.

쐐애액―!

글씨를 배우는 사람들이 필수적으로 익히는 영(永) 자는 여덟 가지 필법을 담고 있다. 글씨와 그림에 두루 능한 천왜필왕은 이 필법에서 독창적인 검법을 창안했는데 그것이 바로 영자팔검이다.

영자팔검은 붓으로 글씨를 쓰듯 유려한 검법이라 깨끗하면서도 예리했다.

땅, 땅, 땅……!

위지불급은 백리빙의 심기를 상하지 않기 위해 슬슬 물러서면서 그녀의 검법을 상대했다.

그동안 그는 우여곡절을 거치면서 전설적인 절기를 두루 터득했기에 내공이 다소 미흡한 점을 제외한다면 초절정고수로서 손색이 없을 정도였다. 또한 무도의 경지도 중급으로 상승돼 백리빙이 펼치는 영자팔검의 허실을 대번에 간파할 수 있었다.

그러나 지금 상황에서 그녀를 무공으로 제압했다가는 돌이킬 수 없는 상황이 되기에 최대한 엄살을 부렸다.

"미빙! 제발 검을 거두시오. 이러다 내가 죽겠소!"

백리빙은 영자팔검의 정수인 패궐식(覇丨式)을 구사하며 매섭게 내려쳤다.

"오냐, 네놈을 반드시 죽일 생각이다!"

위지불급은 일부러 뒤늦게 오금죽장을 휘둘러 그녀의 패궐식을 막아갔다.

촤아악!

오금죽장을 비낀 검이 위지불급의 볼을 스치며 가슴까지 길게 그었다.

"크윽!"

위지불급이 고통스런 신음을 토하며 나가동그라졌다. 깊은 상처는 아니었지만 긴 자상으로 인해 얼굴이며 가슴이 온통 피범벅이 됐다.

"아앗!"

스스로 놀란 백리빙이 검을 떨어뜨렸다.

위지불급은 오금죽장을 짚으며 힘겹게 몸을 일으켰다.

"과연 혈향요희답게… 손속이 매섭구려."

"불급… 괜찮은 거야?"

"물론이오. 이 정도로 죽을 내가 아니오."

위지불급은 오금죽장을 다시 곧추세웠다.

"다시… 겨뤄봅시다."

하지만 그의 몸에서 흐르는 피를 본 백리빙은 이미 전의를 상실했다. 부친에서 심한 꾸지람을 들었을 때는 당장이라도 그를 때려죽이고 싶었지만 막상 그를 대하자 그녀는 원한보다는 안타까움이, 분노보다는 야속함이 앞섰던 것이다.

백리빙이 안쓰러운 표정을 지으며 다가섰다.

"불급, 왜… 왜 나를 배신한 거야?"

"왜 자꾸 배신이라고 말하는 거요? 내가 미빙을 배신했다면 여태 미빙이 선물한 절영을 타고 다니겠소? 난 절영을 찾아오기 위해 은향장을 다시 방문하는 번거로움도 마다하지 않은 사람이오. 이래도 내 심정을 모르겠소?"

위지불급의 말 몇 마디에 백리빙은 눈시울을 붉히며 그를 와락 안았다.

"알아. 하지만 너무 화가 났었어."

"어서 물러서시오. 이미 소저가 한 번 내 몸에 검을 댔는데 이제 목이라도 베지 않겠소?"

"미안해, 정말 미안해."

백리빙은 손등으로 그의 볼에 흐르는 피를 닦아주었다.

"어서 상처부터 치료해야겠어."

"소저……."

"다시 미빙으로 불러줘. 어서!"

"미빙……."

백리빙은 뜨거운 입술을 그의 얼굴에 비볐다.

"그래, 불급. 다시는 날 마음 아프게 하지 마. 부탁이야."

3

객잔 별채.

평소 돈을 아끼지 않는 백리빙은 호화객잔의 별채를 통째로 빌렸다. 그녀는 귀한 약재로 조제된 금창약을 구해 위지불급의 상처에 발라주고 직접 붕대로 처매주었다.

위지불급은 그녀의 간호를 받는 게 처음이 아니기에 그녀가 하는 대로 내버려 두었다.

백리빙은 위지불급이 달리 다친 곳은 없는지 확인하고는 나란히 앉았다.

"불급, 얘기해 봐. 대체 무슨 연유로 우리 가문을 무시한 거였어?"

"숨 좀 돌립시다."

위지불급이 찻잔을 집어 들자 백리빙이 그의 손을 막았다.

"생각 굴리지 말고 솔직하게 말해봐. 앞서 널 죽이지 못했는데 이제 널 죽이겠어?"

"날 탓하지 말고 미빙 자신부터 생각해 보시오."

"뭐야? 왜 나한테 책임을 전가하는 거야?"

"왜 남의 뒷조사를 하는 거요? 남에게 신뢰받지 못하는 게 얼마나 기분 나쁜 줄 아시오?"

"뒷조사라니? 내가 언제?"

백리빙이 발끈하자 위지불급이 그녀의 기억을 상기시켜 주었다.

"회하 상류에서 내가 양피 인형을 제작해 강에 띄운 일 말이오. 미빙이 내 뒤를 조사하지 않았다면 그 사실을 어떻게 알았단 말이오?"

"그건……."

백리빙이 당혹스런 표정을 짓자 위지불급은 한층 더 강하게 밀어붙였다.

"솔직히 실망이 아주 컸소. 무슨 연유로 내 뒤를 캐려 했는지 몰라도 난 미빙에 대해 달리 생각하게 되었소. 또한 백리태보 역시 믿을 수 없는 가문임을 알게 되었소."

"그래, 네 행적을 조사한 것은 사실이야. 그것은 네가 워낙 기이한 일을 잘 꾸미고 워낙 신비해 조금 더 알고 싶은 호기심 때문이었어. 그래도 그만한 일 때문에 나를 불신하고 우리 가문을 무시했다는 것은 억지야. 솔직히 너도 내게 거짓말을 했잖아?"

"내가 무슨 거짓말을 했다는 거요?"

"뭐, 사룡을 추적하기 위함이라고? 내가 그런 터무니없는 변명에 속을 것 같아? 다만 네가 진실을 숨기려는 것 같아 캐묻지 않았던 거라고. 나도 그만큼 너를 배려하고 믿고 있었단 말이야."

백리빙의 반박에 위지불급은 싱긋 미소를 지었다.

"훗, 알고 있었단 말이오?"

"그래, 이 사기꾼아!"

백리빙은 위지불급의 코를 가볍게 비틀었다.

위지불급은 그녀의 손을 감싸 쥐며 자신의 볼에 댔다.

"미빙, 만일 내가 백리태보에 지원을 요청했다면 어떤 방법으로 날 구원했겠소?"

"그야 아버님과 내가 가문의 최정예를 모두 이끌고 출동하는 거지. 우리 가문이 출동했다면 혈환마궁 따위는 궤멸되었을 거야. 사실 군천세가는 혈환마궁의 수뇌 급들 대부분 놓쳐

버렸다면서?”

“그렇소. 사실 세상에 알려진 것에 비해 군천세가의 공은 대단치 않소. 그러나 한 가지 사실만은 알아야 하오.”

“그게 뭔데?”

“군천세가는 혈환마궁의 궤멸보다 나의 안전을 최우선으로 삼았소. 다시 말해 혈환마궁을 궤멸시켜 얻을 공적보다 내가 위험에 처하지 않도록 최대한 조심하고 신중을 기한 것이오. 백리태보에서도 역시 같은 방법을 취했을까?”

“…….”

백리빙은 곧바로 답변하지 못하고 물끄러미 그를 바라보기만 했다.

위지불급은 다소 가라앉은 어조로 말을 이었다.

“당시 난 혈환마궁의 정확한 위치조차 몰랐소. 다만 색녀들의 소굴이 형산에 위치한다고만 알았을 뿐이오. 그런 상황에서 백리태보가 가문의 정예들을 동원해 총출동했다면 혈환마궁에서는 즉시 낌새를 눈치 채고 날 죽였을 거요. 또한 은향장의 인질들도 모두 죽이고 잠적했을 가능성이 높소. 한데 군천세가에서는 십야혈루등을 추적한다는 구실을 내세워 저들의 의심을 피해 은밀하게 정예들을 결집시켰소.”

백리빙은 다소 토라진 표정으로 고개를 돌렸다.

“우리 가문에서도 그 정도 신중을 기했을 거야. 백리태보가 아무렴 군천세가보다 생각이 부족하겠어?”

“미빙, 백리태보를 무시할 생각은 추호도 없소. 보다 분명히 말하면 내가 죽을 경우 백리태보는 엄청난 비난을 면치 못하기 때문에 차마 지원을 요청하지 못한 거였소.”

“엄청난 비난? 그것은 또 무슨 소리야?”

“내가 미빙에 대한 고마움 때문에 천중칠보 중 두 개의 보물을 백리태보에 맡긴 것은 알 만한 사람은 모두 알고 있소. 한데 백리태보가 나서 혈환마궁을 토벌할 때 만일 내가 죽게 되면 세상 사람들이 그것을 어떻게 해석하겠소?”

백리빙이 표정이 묘하게 일그러졌다.

“무슨 소리야? 설마……?”

“그렇소. 백리태보에서 두 개의 보물을 확실히 차지하기 위해 내가 죽도록 의도적으로 강압적인 토벌을 감행했다고 떠들어 댈 것이오. 내가 장담하건대 천왜필왕은 그런 구설수에서 절대 자유로울 수 없소. 아직 가치도 가늠하기 힘든 보물 때문에 과연 백리태보가 그런 비난을 받아야 하겠소?”

“…….”

백리빙은 내심 가슴이 뜨끔해졌다.

‘불급, 너한테 미안한 얘기지만 아마 아버님이 출동했다면 분명 그런 상황이 야기됐을 거다. 색녀들 손에 널 죽게 만들고 혈환마궁을 궤멸시키면 일석이조이니 아버님 성격상 적극적인 토벌을 감행했을 거야.’

그녀의 부친이 추진한다면 그녀도 어쩔 수 없이 따를 수밖에 없다. 결국 그녀 역시 그가 피살되는 상황에 동참하는 격이 되고 만다.

'그래, 불급이 그 정도를 생각지 못할 사람이 아니지.'

백리빙은 양심의 가책 때문이라도 더 이상 그를 추궁할 수가 없었다. 백리태보를 위해서라는 구실이 입바른 얘기인지 알면서도 수용해야만 했다.

백리빙은 사르르 눈웃음을 치며 그와 얼굴을 가까이 했다.

"알았어, 불급. 이번 상황에 대해서는 내가 아버님께 잘 말씀드릴게."

"그럼 오해를 해소한 것으로 알겠소."

"하지만 너한테 몹시 실망했던 것은 사실이야."

"미빙, 비 온 뒤 굳은 땅이 더 단단해지는 법이오. 내가 단언하건대 절대 내가 먼저 미빙을 저버리는 일은 없을 거요."

"뭐야? 그럼 내가 먼저 너를 배신한다는 거야?"

"하하, 알 수 없는 게 여자의 마음이라 하지 않았소? 하여간 나라는 사람은 믿어도 좋소."

"그래, 널 믿을게."

백리빙은 완전히 감정이 풀려 그의 목을 끌어안고 격정적으로 입을 맞추었다.

입맞춤이 오래도록 계속되자 위지불급은 그녀가 마음 상하지 않도록 가만히 입술을 떼고는 볼을 토닥여 주었다.

"미빙, 이제 건배를 합시다."

"그전에 한 가지 확인할 게 있어. 그 계집이 정말 북궁검민이고… 정혼한 사이야?"

"얘기가 아주 깁니다."

위지불급은 창 쪽으로 힐끗 시선을 돌리고는 목소리를 낮추었다.

"미빙에게 아주 중대한 비밀을 얘기해 주겠소. 한데 이 별채가 안전한 곳인지 모르겠군."

중대한 비밀이라는 말에 백리빙은 귀가 솔깃해졌다.

평생토록 하나를 얻기도 힘들다는 천중칠보를 두 개씩이나 선사받은 그녀였기에 이번에도 커다란 소득을 얻게 되리라 기대한 것이다.

"내가 살펴볼게."

백리빙은 커다란 월창 앞에 서서 정원을 살피고는 돌아보았다.

"창문을 닫을까?"

"아니오. 이런 여름날에 문을 닫고 있으면 오히려 의심을 사기 싫소."

"평범한 객잔이니 안심해도 될 거야. 내 귀가 예민할 편이니 외부에서 엿듣는 쥐새끼가 있다면 알아챌 수 있어."

백리빙은 한번 정원 구석구석을 확인하고는 탁자로 돌아왔다.

"그럼 건배부터 할까?"

그녀는 의자를 옮겨 탁자를 사이에 두고 마주 앉았다.

"네가 부상을 입어 약한 술로 준비시켰어."

그녀는 술잔에 보랏빛 술을 반쯤 채웠다.

"포도주야."

"아, 이게 포도주요? 포도 한 송이 먹기도 힘들 만큼 귀한데 포도주를 다 마셔보는군."

위지불급은 포도주의 향기를 음미하고는 진심으로 즐거워했다. 두 사람은 거푸 석 잔의 술을 비웠다.

백리빙은 탁자에 바싹 다가앉으며 눈빛을 반짝였다.

"어서 얘기해 봐. 불급은 만날 때마다 진귀한 얘깃거리를 지니고 있어 정말 기대가 커."

"얘기를 듣기 전에 약속을 해주어야겠소."

"무슨 약속?"

"당분간 천왜필왕을 제외한 누구한테도 발설해서는 안 되오."

"좋아, 약속할게."

위지불급은 사안의 중대성을 의식해 목소리를 낮추었다.

"나와 검민은 함께 광마 동부를 다녀왔소. 또 한 가지 놀라운 사실은 십야혈루등주의 사망이오. 당대의 살인마녀가 동부 안에서 죽어 있었소."

너무도 엄청난 비밀에 백리빙은 입을 다물지 못했다.

위지불급은 일단 가장 중대한 요점을 먼저 밝히고는 광마 동부를 찾아낸 경위를 간추려 얘기해 주었다. 다만 자신의 가문의 조금과 연루되었다는 인상을 주지 않기 위해 많은 정보를 십야혈루등주와 북궁검민한테 얻었다고 밝혔다.

그는 이야기를 늘어놓으면서 숨겨야 할 것과 밝혀야 할 것을 빠르게 가려냈다. 특히 동생 위지문현의 앞서 입동은 절대적으로 숨겨야 할 사안이었다.

가장 고민스런 사안은 무자천서의 존재였다.

그는 북궁세가에 예물로 선물했음을 강조해 백리빙이 크게 실망하지 않도록 배려했다.

간추려 얘기해도 워낙 긴 사연이다 보니 얘기가 끝났을 때는 실내가 어둑어둑하게 변해 있었다.

백리빙은 상당한 충격과 흥분에 젖어 있다가 비로소 정신을 차리고는 등잔을 밝혔다. 그녀 나름대로 생각을 하느라 표정이 시시각각으로 변했다.

위지불급은 그녀의 표정을 통해 자신에 대한 서운함과 원망이 완전히 스러졌음을 확신할 수 있었다.

'다행이군. 적당한 선물만 하나 만들어주면 예전처럼 지낼 수 있게 될 거야.'

그에게 있어 백리빙은 소중한 존재다. 그녀에게 목숨을 구함받아서가 아니라 여자로서 정말 강렬한 매력의 소유자이기 때문이다.

아내로는 부적합하지만 연인으로는 잘 어울리는 여인.

만일 북궁검민이 묵인해 준다면 백리빙과는 평생의 연인으로 지내고 싶은 게 그의 솔직한 심정이었다.

아주 오랜만에 백리빙이 입을 열었다.

"그렇다면 최근 다시 밝혀진 십야혈루등은 확실히 가짜로군?"

"언제 또 십야혈루등이 밝혀졌소?"

"얼마 전 영하에서 밝혀졌어. 영하는 중원에서 변방이기에 이번에 밝혀진 십야혈루등에 대해서는 대다수가 크게 우려하지 않더군."

"영하……."

위지불급은 회족 소년 혁련필 집에서 지낸 며칠을 떠올리는 조심스럽게 물었다.

"영하에까지 십야혈루등이 밝혀졌단 말이오?"

"응. 조금 의외이기는 하지만 꼭 중원에서만 십야혈루등이 밝혀져야 하는 이유도 없지. 사실 이번 십야혈루등은 과거의 십야혈루등과 아주 유사하기에 나는 십야혈루등주가 다시 활동을 재개한 것으로만 알고 있었어. 하지만 십야혈루등주가 이미 죽었으니 가짜일 수밖에."

"지금 과거의 십야혈루등주와 유사하다 하였소?"

"그래, 다양한 살인수법이며 정교한 혈등, 그리고 하루에 수백 리를 이동하는 살인 행보가 과거의 십야혈루등주와 너무 똑같았어."

위지불급은 잠시 생각하다가 뜻밖의 말을 던졌다.

"그 십야혈루등주는 가짜가 아니오."

"가짜가 아니라고? 진짜는 죽었다면서?"

"아마 두 번째 십야혈루등주일 것이오. 제이의 십야혈루등주라고 해야 하나?"

백리빙은 눈을 동그랗게 떴다.

"제이의 십야혈루등주?"

“여태까지 십야혈루등주를 흉내 낸 가짜가 많았지만 그들은 모두 사이비였소. 한데 이번의 살인자가 과거의 십야혈루등주와 아주 유사하다면 가짜가 아니라 제이의 십야혈루등주라 해야 맞을 것이오.”

백리빙은 자신으로서는 전혀 짐작치 못한 분석에 혀를 내둘렀다.

“아! 역시 불급은 생각하는 단계가 달라.”

“과찬이오. 내가 누구보다 십야혈루등주를 잘 알기에 가능한 추리일 뿐이오. 한데 뭔가 다른 점은 없었소?”

“가짜… 아니, 제이의 십야혈루등주는 고수들만 살해했어. 그 바람에 영하와 관외 일대가 난리가 났지. 죽은 자들은 하나같이 대막과 새황에서 명성을 떨친 절정 급 고수들이었거든.”

백리빙이 술잔을 입으로 가져가며 넌지시 물었다.

“불급, 첫 번째 십야혈루등주를 찾아낸 것처럼 그자도 찾아낼 수 있겠지?”

“내가 그래야 할 이유가 없지 않소?”

“네게는 대수롭지 않을지 몰라도 우리 가문에게는 중요한 일이야. 만일 우리 가문이 제이의 십야혈루등주를 찾아내 제거한다면 혈환마궁을 와해시킨 군천세가를 능가하는 명성을 얻을 수 있어.”

위지불급은 백리태보의 야심을 익히 알기에 에둘러 변명을 했다.

“내가 귀주에서 처리해야 할 일이 있어 당장은 어렵소. 뭐,

중원에서 다시 십야혈루등이 밝혀지면 그때 다시 생각해 보기
로 합시다."

"좋아. 그때 분명 우리 가문과 합작하는 거야. 약속하는 거
지?"

"알겠소."

"아, 기대가 커. 아버님께 이런 말씀을 올리면 너에 대한 반
감을 접으실 거야."

백리빙의 얼굴은 술기운으로 발갛게 상기되었다. 본래 살인
적인 매력의 소유자라 그녀의 이런 모습이 장미처럼 보였다.

백리빙은 자리를 옮겨 위지불급 옆으로 앉았다.

"불급, 북궁검민과 정말 혼례를 올릴 생각은 아니지?"

"마음이야 간절하지만 우리 집안이나 북궁세가에서 반대할
가능성이 높아 걱정이오."

"뭐가 걱정이야? 그냥 우리 사이처럼 만나면 되지."

"미빙은 시집가고 싶지 않소?"

"시집? 호호, 사양하겠어. 난 애 낳는 것도 두렵고 차분하게
살림할 계집도 못 돼. 하지만 불급이 간절히 청혼한다면 생각
해 볼 수는 있어."

백리빙은 매혹적인 추파를 던지며 슬며시 몸을 기대왔다.

"아, 포도주가 은근히 취하네?"

위지불급은 그녀의 속내를 파악하고는 넌지시 그녀를 밀어
냈다.

"미빙, 천중칠보는 하나같이 허황된 전설이오. 차라리 전대

고수의 절기가 현실적이오. 내가 미빙에게 두 가지 절기를 알려주겠소."

"어떤 절기인데? 광마 동부에서 본 절기 말이야?"

"광마 동부의 절기는 대부분 훼손되어 있어 의미가 없소."

"그럼?"

"혼천마왕의 두 가지 절기요. 자전강기와 투살마안. 이 정도면 관심이 있소?"

"오오!"

백리빙은 흥분과 감동에 젖어 그를 감싸 안았다.

"불급, 넌 정말 보물 단지야. 이러니 내가 너를 사랑하지 않을 수 있겠어?"

"실망이군. 나를 좋아하는 게 아니라 내가 알고 있는 절기 때문에 좋아한단 말이오?"

"바보, 여자는 선물에 약해. 한데 넌 만날 때마다 정말 근사한 선물을 안겨주잖아?"

백리빙은 거침없이 그의 허리춤 속으로 손을 넣었다.

위지불급은 움찔하며 그녀의 손을 쥐었다.

"오, 오늘은 사양하겠소. 난 지금 환자요."

"알아. 넌 꼼짝하지 않아도 돼. 내가 다 알아서 해줄 테니까."

백리빙은 그의 귓가에 대고 뜨거운 숨결을 뿜어냈다.

"대신… 광마 동부의 절기도 몇 가지 더 알려줘."

第五十章
실낱같은 단서.

1

강호 제일의 수재 가문 북궁세가.

딸의 귀환을 보고받은 가주 북궁휘는 딸을 비밀 회의실로 호출했다. 중대사안의 경우 통상 일월성신으로 호명되는 북궁 사현을 대동해야 하지만 그는 혼자 회의실로 향했다.

그는 가문의 놀라운 정보력을 통해 이미 딸에 대한 모든 정보를 입수한 상태였다.

북궁검민이 사내라 아니라 여인이며, 회하에서 위지불급과 함께 실종된 것에 대해 항간에서는 밀월여행이라는 말까지 나돌고 있었다.

가장 최근 입수한 정보는 그것이 터무니없는 낭설이 아님을 입증해 주었다.

　두 달 넘게 종적을 감추었던 위지불급이 은향장을 방문해 애마 절영을 찾아갔다. 위지불급은 한 여인을 정혼녀로 동행하고 있었는데 그 여인이 바로 북궁검민임이 확인된 것이다.

　회의실 문은 기관에 의해 자동으로 닫힌다.

　북궁휘가 들어서자 회의실 중앙에 서 있던 북궁검민이 공손히 예를 올렸다.

　집으로 돌아온 그녀는 즉시 진회색 옷으로 갈아입었다. 가문의 복색이기에 북궁세가 일족은 가문 내에서 모두 회색 옷을 입어야 한다.

　"아버님께 문안 인사 올립니다."

　북궁휘가 회의실 전면에 좌정하자 북궁검민은 정중하게 절을 올리고는 꿇어앉았다.

　여간해서는 감정을 드러내지 않은 북궁휘가 무심한 눈빛으로 딸을 응시했다.

　"네가 이제 아비와 가문까지 무시하더구나. 감히 네 멋대로 혼사를 약조해? 더군다나 우리 가문의 최대 숙적인 위지세가의 자식 놈과 말이다."

　북궁검민은 가문의 매서운 질책을 예상하고 있었기에 차분하게 답변을 올렸다.

　"아버님, 위지 공자는 수차례나 소녀의 목숨을 구해준 은인입니다. 물론 단순한 고마움 때문은 아닙니다. 그와 함께 자명궁으로 입궁했다가 탈출한 이후 소녀는 한시도 그를 잊은 적이 없었습니다. 소녀가 남장을 벗어던지고 여인의 몸으로 그를 만난 것도 더 이상 소녀의 감정을 숨길 수 없었기 때문입니다."

"아비는 분명 네게 경고했었다. 다른 세력과는 세상을 나눌 수 있지만 위지세가만큼은 용인할 수 없다고 말이다. 네가 그런 가문의 며느리가 될 수 없음은 당연하고, 위지불급 또한 우리 가문의 사위로 받아들일 수 없다. 네가 이미 그자의 여인이 되었다 해도 아비의 결정은 바뀌지 않는다."

"아버님, 위지가문은 순수합니다. 또한 항간에 나도는 광마가 위지세가 일족이라는 소문은 낭설에 불과합니다. 소녀가 광마 동부를 샅샅이 수색했지만 그런 흔적은 어디에도 발견되지 않았습니다."

북궁휘는 딸의 변론을 대번에 일축했다.

"아비는 너의 미흡한 안목은 크게 신뢰하지 않는다. 한낱 사랑 따위에 눈먼 계집이 과연 진실을 똑바로 볼 수 있었겠느냐?"

그는 좌탁 위에 올려진 두 권 책자로 시선을 내렸다.

"이건 뭐냐?"

"한 권은 광마 동부에 대한 보고서이며 다른 하나는 위지 공자가 아버님께 올리라는 예물입니다."

"예물……?"

북궁휘는 먼저 아무런 표제도 써 있지 않은 양피지 책자를 집어 들었다.

목차도 없고 어디에도 글자 하나 적혀 있지 않은 빈 책자.

그것이 무엇인지 북궁휘는 대번에 간파했다.

“무자천서로구나?”

“맞습니다.”

“…….”

북궁휘는 무심하게 책장을 넘겼다.

무자천서는 천중칠보의 하나로 개천마존와 절대무존을 탄생시킨 위대한 무서다. 전설적인 내력을 지닌 여의신주나 만상지존도에 비하면 보다 현실적이라 할 수 있다.

그것을 누구보다 잘 아는 북궁휘였지만 절세적 보물을 대하는 그의 태도는 지나칠 만큼 냉정했다.

북궁검민은 위지불급에 대한 부친의 반감을 누그러뜨리기 위해 조금 더 부언했다.

“위지 공자는 도신광유와의 도박에서 다시 이겨 무자천서를 차지했습니다. 하지만 조금도 욕심내지 않고 소녀에게 건네 예물로 올리라고 했습니다. 아버님, 이런 가문이 어떻게 우리 북궁세가와 세상을 위협할 수 있겠습니까? 저들은 그저 세상을 관조하는 은자(隱者)들일 뿐입니다.”

“어리석은 것. 저들이 과연 세상을 관조하는 은자들이라면 광마 이전에 행해졌던 어둠의 술수는 과연 누구의 소행이란 말이냐? 저들은 이백여 년 전부터 백 년 동안 천하를 막후에서 좌지우지해 왔던 무서운 가문이다. 누구든 저들의 심중과 맞지 않으면 순식간에 와해되고 만다.”

북궁검민은 간절한 심정으로 위지세가를 변론했다.

"하지만 위지세가는 단 한 번도 세상 위에 군림한 적이 없었습니다."

"말 잘했다. 네 말대로 저들은 군림한 적이 없지만 실체를 드러내지 않은 지배자들이다. 하기에 세상은 저들을 모른다."

"아버님, 세상 사람들이 알지 못하고 또한 해를 끼친 적이 없다면 그만큼 순수한 존재가 아니겠습니까? 제발 적개심을 해소해 주십시오."

"닥쳐라. 네가 감히 아비한테 훈계를 하는 것이냐? 우리 가문이 뭐가 부족해서 저들의 지배를 받아야 한단 말이냐? 그것이 과연 북궁세가의 딸로서 할 수 있는 말이더냐?"

부친의 엄한 추궁에 북궁검민은 입을 다물며 눈물을 글썽였다.

어려운 상황인지 예상하고 있었지만 부친의 반응은 훨씬 차갑고 강경했다. 원로들인 북궁사현 역시 같은 의중이라면 그녀의 처신은 아주 곤란해진다.

북궁휘는 무자천서를 딸에게 던져 주었다.

"이따위 예물은 받지 않겠다."

북궁검민은 무자천서마저 마다하는 부친의 태도에 눈앞이 아득해졌다. 거의 절망적인 상황이었다.

그는 딸이 작성한 보고서를 집어 들었다.

"아비한테는 무자천서보다 광마에 대한 정보가 훨씬 더 소중하다. 만일 네가 소임을 제대로 수행했다면 너에 대한 징계를 보류할 수도 있다."

그는 두툼한 보고서를 빠른 속도로 검토했다.

놀라운 관찰력과 두뇌를 지닌 그로서는 책장을 넘기는 것만으로 모든 상황을 이해하고 분석할 수 있었다. 보고서 말미에는 북궁검민이 광마 동부에서 옮겨 적은 광마의 절기 수십 종이 기재돼 있었다.

북궁휘는 광마 절기를 대충 살펴보고는 보고서를 내려놓았다.

"검민아, 너는 위지불급을 믿느냐?"

"예, 아버님."

"안타깝게도 그는 진실하지 않다. 네가 광마 동부에서 본 것은 껍데기일 뿐이다. 중대한 흔적은 이미 놈에 의해 삭제되었다. 너는 녀석 앞에서 눈뜬장님이었을 뿐이다."

"예에……?"

"네 보고서가 사실이라면 너는 중대한 판단착오를 저질렀다."

북궁검민은 이해할 수 없는 눈빛으로 부친을 바라보았다.

"소녀가… 무엇을 실수했단 말씀이십니까?"

"위지불급에게 있어 너는 그저 희롱의 대상일 뿐 아무런 존재도 아니다. 너와의 정혼은 그저 결코 맺어지지 않을 혼사이기에 그저 장난삼아 한 약속에 불과하다."

"그, 그럴 리가 없습니다. 위지 공자와 소녀는 서로를 진심으로 사랑합니다."

"그렇다면 그가 위지세가에 대해 사실대로 털어놓았느냐?"

“그것은… 소녀가 묻지 않았습니다. 또한 정황을 살펴보면 위지 공자도 아직 자신의 가문에 대해 잘 모른 것 같았습니다. 그가 제게 말하지 않은 것은 숨기기 위함이 아니라 몰라서 얘기하지 못할 것으로 사료됩니다.”

“허어!”

북궁휘가 드물게 분노를 드러내며 좌탁을 내려쳤다.

“이런 우매한 계집을 보았나? 네가 정녕 북궁세가의 혈족이란 말이냐? 당대 최고의 재녀라는 자긍심은 대체 어디에 묻어둔 것이냐?”

“……”

“아비가 너를 미워해서 하는 말이 아니다. 네가 얼마나 철저하게 농락당했는지 아비가 모두 밝혀주겠다.”

북궁휘는 딸이 기록한 보고서 책자를 집어 들었다.

“넌 위지불급과 함께 처음부터 광마 동부를 수색했다고 했지만 그것은 사실이 아니다. 네가 동부에 이르러 잠시 잠이 든 사이에 놈은 앞서 동부를 수색해 중요한 흔적과 절기를 모두 삭제했다. 연후 본래대로 자리에 누워 있다가 마치 너와 함께 잠에서 깨어난 것처럼 위장한 것이다.”

“예에? 그… 그럴 리가 없습니다.”

“검민아, 십야혈루등주는 무뢰배들에 능욕당해 자결을 선택할 만큼 평범한 계집이었다. 그런 계집이 광마 동부에서 절기를 수련했지만 강호 실정도 모르는데 어떤 절기가 중요한지 알고 주요 구결을 삭제했단 말이냐? 삭제된 구결은 절대 십야혈루등주의 소행이 아니다. 교활한 위지불급의 소행이다. 이것이 널 농락한 첫 번째 증거다.”

북궁휘는 딸에게 반론할 기회도 주지 않고 계속 자신의 분석을 설파했다.

“네가 제출한 보고서에는 십야혈루등주가 죽어 있었다고 했다. 십야혈루등주가 주화입마에 의한 사고사로 추정된다고 적혀 있지만 그것은 사실이 아니다.”

“아버님, 사고사에 대한 추정은 소녀가 먼저 제기했습니다.”

북궁검민이 황급히 변명하자 북궁휘가 안쓰러운 듯 탄식을 지었다.

“네가 이렇듯 어리석다니! 위지불급은 네가 잘못 진단했음을 알면서도 굳이 사실을 밝히지 않았다. 그 이유가 뭔지 짐작이라도 하겠느냐?”

“모, 모르겠습니다.”

“십야혈루등주는 사고로 죽은 게 아니라 살해된 것이다. 다시 말해 십야혈루등주는 누군가에 의해 강제로 끌려와 광마동부에서 죽은 게 확실하다. 이것이 놈이 너를 희롱한 두 번째 증거다.”

“아……!”

부친의 한마디 한마디가 천둥이며 벼락이다.

북궁검민 역시 아둔한 여인이 아니기에 의혹을 하나씩 밝혀내는 부친의 경이적인 분석으로 인해 조금씩 자신의 과오를 깨닫게 되었다.

북궁휘는 마치 옆에서 지켜본 듯 모든 상황을 면밀하게 분석했다.

"십야혈루등주가 투살공을 수련하다가 눈알이 터지고 내상을 입어 죽었을 것이라는 너의 예단은 아주 잘못됐다. 충분히 가능성이 있지만 이번 경우는 앞뒤가 맞지 않는다."

"……."

"너의 탈출 경로를 보면 수중 통로가 하나뿐이라고 했다. 그렇다면 과거 십야혈루등주는 어떻게 그 험난한 수중 통로를 통과해 세상 밖으로 나설 수 있었겠느냐? 너의 보고서를 놓고 판단한다면 탈출이 보다 수월한 출구를 있었음에 틀림없다. 한데 누군가 그것을 막아버린 것이다. 위지불급은 그런 사실을 알고 있으면서 너한테는 끝까지 숨겼다. 그것이 놈이 너를 희롱한 세 번째 증거다."

북궁검민은 세상이 무너지는 심정이었다.

심한 배신감과 모멸감에 절로 눈물이 쏟아져 앞이 보이지 않았다. 그러나 감히 울음소리도 크게 낼 수 없기에 그녀는 소리없는 눈물을 뿌리며 귀를 열어두어야 했다.

북궁휘는 표정을 굳히며 말을 이었다.

"광마의 최대 절기라는 양심신공 구결은 어디에도 없었다. 한데 놈은 너를 업고 기나긴 수중 통로를 무난히 통과했다. 과연 어떻게 그것이 가능하다고 생각하느냐? 광마 동부 내에 분명 양심신공 구결이 새겨져 있었다. 위지불급은 앞서 그것을 찾아내 혼자만 암기한 후 완전히 삭제한 것이다. 이것이 놈이 너를 희롱한 네 번째 증거다."

북궁검민은 바닥에 엎드린 채 어깨를 들먹이며 하염없는 눈물을 쏟았다.

그녀는 이미 부친의 분석을 수용했다.

마음 한구석으로는 위지불급에 대한 애정 때문에 애써 부인하고 싶었지만 부친의 분석은 너무도 예리했고 논리적으로도 타당했다.

그녀는 비통한 심정에 젖어 위지불급을 원망했다.

'불급, 어찌 소녀를 이리도 감쪽같이 속였단 말입니까? 그렇듯 저를 믿지 못하신 겁니까? 제가 가문을 위해 의도적으로 당신한테 접근한 것이라고 생각한 것입니까? 제 모든 것을 바친 열정의 대가가… 고작 희롱이었단 말입니까?'

북궁휘는 물끄러미 딸을 내려다보다가 보고서를 좌탁 위에 내려놓았다.

"검민아, 네 심정을 충분히 이해한다. 위지불급은 네가 난생처음 사랑한 사내인데 얼마나 배신감이 크겠느냐? 하지만 이겨내야 한다. 이로써 너는 강해질 수 있다."

단상에서 내려선 그는 태극팔괘가 그려진 바닥을 따라 천천히 걸음을 옮겼다.

"검민아, 아비는 이번 보고서를 통해 새로운 비밀을 짐작하게 되었다. 정황을 감안하면 너와 위지불급이 광마 동부에 이르기 전 누군가 앞서 들어왔음이 분명하다. 십야혈루등주는 그자에 의해 피살된 것이지. 하지만 이런 사실을 네가 전혀 눈치 채지 못하도록 감쪽같이 지웠다면, 정체를 알 수 없는 침입자는 위지불급과 연관된 자일 가능성이 아주 높다."

눈물을 그친 북궁검민이 처연한 음성으로 말을 받았다.

"소녀는 전혀 짐작하지 못하겠습니다."

"당연히 그렇겠지. 존재조차 모르는 침입자를 어떻게 짐작할 수 있겠느냐? 하지만 강호 전반의 상황을 꼼꼼히 검토했다면 약간의 추리가 가능하다."

북궁휘는 미지근한 차를 한 모금 마시고는 세상에 묻혀질 하나의 사건을 끄집어냈다.

"지난해 겨울 산서성 석산향이라는 외진 부락에 한 명의 신비서생이 지나갔다. 신비서생은 하룻밤 묵는 대가로 무려 백 권에 달하는 서책을 써주었다고 했다. 소문에 의하면 필체는 왕희지요 공맹에 대한 주해는 주자라 하였다. 아비는 지나친 과장으로 판단해 대수롭지 않게 여겼는데 비찰부에서 신비서생이 기술했다는 책을 한 권 입수해 보내왔다."

북궁검민은 부친이 갑자기 왜 별개의 얘기를 거론하는지 이유를 알 수 없어 묵묵히 듣기만 했다.

"그 책은 장자의 주해서였다. 비록 장자 삼십삼편 중 내편에 해당되는 일곱 편만 기술돼 있었지만 그 필체며 주해는 진정 경이적이었다. 석산향 일대 문인들이 신비서생을 문창성의 현신이라 칭송한다는 말이 결코 지나친 평가가 아님을 깨닫게 되었다. 아비는 신비서생을 한번 만나 담론이라고 나누고 싶었지만 이후 그의 행방은 묘연했다. 검민아, 아비가 왜 이런 얘기를 하는지 짐작하겠느냐?"

북궁검민은 눈을 깜빡이다가 조용히 대답했다.

"아버님은 그 신비서생이라는 사람이 혹시 위지세가의 일족이 아닐까 의심하시는 것 같습니다."

"오냐, 너의 짐작이 틀리지 않았다. 위지불급이 석산향에 들러 하룻밤 묵었다면 그런 의혹이 전혀 잘못된 것은 아니겠지?"

"하오면……."

"신비서생은 약관에도 미치지 못한 앳된 용모의 소유자라 하였다. 위지불급보다는 어리다고 봐야겠지. 아비가 아직 위지불급의 학식이 어느 정도인지 모르지만 신비선생의 수준에는 미치지 못할 것으로 판단된다. 그러나 위지불급은 이미 당대의 천재라는 평판을 받고 있다. 그자가 애써 몸을 낮추며 공로를 드러내지 않으려 했는데도 말이다."

북궁휘는 다시 한 잔의 차를 마셔 마른입을 적시고는 말을 계속했다.

"신비서생은 위지불급과 같은 일족으로 판단된다. 그들이 형제일 가능성도 있으며 최소한 가까운 혈족이라는 데에는 북궁사현께서도 동의하셨다."

북궁검민은 비로소 부친이 왜 신비서생에 대한 얘기를 거론했는지 이해할 수 있었다.

"아버님께서는 광마 동부의 침입자가 그 선비서생으로 짐작하시는 거로군요?"

"그렇다."

"입증할 수 있는 게 하나도 없지만 아버님의 말씀에 따르면 모든 상황이 정확히 맞아떨어집니다. 신비서생이거나 혹은 위지세가와 연관된 누군가가 앞서 침입한 것이 확실하다고 사료됩니다. 또한 십야혈루등주는 사고사가 아니라 앞선 침입자에 의해 살해된 것이 분명합니다."

딸의 차분한 어조에 북궁휘는 어느 정도 마음을 놓았다. 극도의 혼란과 상심 속에서 벗어나 안정을 되찾았다고 판단한 것이다.

그는 딸을 부축해 일으켜 세웠다.

"검민아, 위지불급은 그런 녀석이다. 또한 그 가문은 신비서생과 같은 현자를 보유하고 있다. 아마 그런 존재가 한둘이 아니겠지. 이런 상황이니 아비가 어찌 위지세가를 경계하지 않을 수 있겠느냐? 우리 가문을 보존하기 위해 위지세가는 다시 세상에 나와서는 안 된다. 그러니 너도 녀석을 잊어라."

"아버님……."

"만일 아비가 천왜필왕이었다면 너를 이용해 위지세가의 비밀과 내력을 파악하려 하겠지만, 아비는 딸을 팔아서까지 목적을 이루려는 비열한 사람은 아니다. 이제 위지불급의 실체를 알았으니 녀석을 잊고 아비와 함께 가문을 위해 노력하자꾸나."

북궁휘는 딸의 어깨를 다독이며 드물게 미소까지 머금었다. 한데 딸의 반응은 너무도 의외였다.

"아버님, 놀라운 지혜로 소녀의 우매함을 밝혀주셔서 고맙습니다. 과연 아버님께서는 당대 최고의 현자이십니다. 하오나 소녀는 여전히 위지 공자를 사랑합니다. 그가 결코 악의로 소녀를 속였다고는 생각지 않습니다. 잠시 원망한 것은 사실이지만… 그가 소녀를 희롱했다는 말씀에는 동의할 수 없습니다."

일순 북궁휘의 표정이 싸늘하게 굳어졌다.

북궁검민은 부친 앞에 무릎을 꿇으며 간곡하게 청했다.

"아버님, 차라리 못난 딸년을 가문에서 축출해 주십시오."

"……."

차가운 눈빛으로 딸을 직시하던 북궁휘가 홱 돌아섰다.

"따라오너라."

북궁세가 내에서는 금역이 많다. 워낙 비밀이 많은 가문이다 보니 신분과 직위에 따라 들어갈 수 있는 곳과 그러지 못하는 곳의 구분이 확연하다.

금천절림(禁天絶林).

수백 년 수령의 삼나무가 우거진 수림은 북궁세가 내에서도 접근이 제안돼 있는 금역 중 금역이다. 그 연유에 대해서는 북궁세가 최고 수뇌들만이 알고 있다.

북궁휘는 딸을 대동해 금천절림 앞에 이르렀다.

"검민, 넌 금천절림에 대해 알고 있느냐?"

"들어갈 수는 있지만 나올 수는 없는 곳이 바로 금천절림으로 알고 있습니다."

"그렇다. 금천절림은 자연적으로 형성된 절진이다. 그것이 누군가에 의해 보다 강력한 진세로 바뀌었는데 그 고인에 대해서는 밝혀진 바가 없다. 일설에는 이천 년 전의 기인 귀곡자(鬼谷子)란 얘기도 있고, 달리 천외성자(天外聖子)라는 얘기도 거론됐지만 입증된 얘기는 아니다."

북궁휘는 딸을 향해 돌아섰다.

"네가 감히 가문에서 축출되기를 청했으니 더 이상 북궁세가의 혈족으로 인정할 수 없다. 그러나 우리 가문에서 축출은 없다. 가문에 대한 배신이나 항명은 죽음뿐이다."

"아버님……."

"검민아, 넌 그동안 우리 가문을 많은 공을 세웠고 가문의 사명에도 충실했다. 아비는 차마 널 죽일 수 없기에 하늘에 맡기기로 했다. 네가 금천절림으로 들어가는 순간 넌 우리 가문에서 제명된다. 족보에는 사망으로 기재될 것이다. 다시 말해 너의 존재는 세상에 없는 셈이다. 따라서 네가 경이적인 지혜를 발휘해 금천절림을 벗어날 수 있다면 너는 전혀 다른 사람이 되어 살아갈 수 있다. 향후 네가 위지세가의 며느리가 되든 머리를 깎고 비구니가 되든 너의 자유가 보장된다."

북궁검민은 그것이 부질없는 바람임을 잘 알고 있었다.

당대의 현자라는 그의 부친과 선대의 조상들 누구도 파훼하지 못한 금천절림이기에 한 번 들어가면 그녀의 무덤이 되고 말 것이다.

"아버님, 불효 여식을 용서하십시오."

북궁검민은 부친에게 재차 절을 올리고는 금천절림을 향해 걸음을 옮겼다.

그녀로서는 달리 선택의 여지가 없었다. 자신의 행복을 위해 도주한다는 것은 북궁세가의 일족으로 있을 수 없는 일이었다.

그녀는 자신을 금천절림으로 들여보내려는 것을 아직도 자신을 사랑하는 부친의 따뜻한 배려로 생각하였다.

가문에 대한 항명은 곧바로 죽음이기에 부친이 자신에게 자결을 명한다면 그녀는 스스로 가슴에 비수를 꽂을 수밖에 없기 때문이다.

북궁휘는 금천절림 안으로 발을 들여놓는 딸의 행보를 무심하게 지켜보았다. 그의 유일한 혈육이건만 사지로 들여보내면서도 눈빛에 동요의 기운 한 점 드러내지 않았다.

경계를 넘어서는 순간 북궁검민의 모습이 흐려지며 삼나무 숲 사이에 묻혔다. 눈앞에 보이는 정경은 전혀 변한 게 없는데 북궁검민만 사라진 것이다.

북궁휘는 금천절림을 향해 분명하게 말했다.

"검민아, 이제 널 구해줄 유일한 희망은 위지불급뿐이다. 과연 녀석이 널 진심으로 사랑하는지 시험해 볼 것이다. 너희의 결합은 금천절림 내에서만 허용된다. 그곳이 너희 둘만의 세상이자… 무덤이 될 것이다."

귀주는 사흘 갠 날이 없고 세 자 평지가 없다고 할 만큼 궂은 날이 많고 땅이 비탈져 있다.

상대적으로 지형이 낮은 동부는 습한 기온 때문에 안개가 많고 비가 자주 내리지만, 서부 쪽의 고산 지대는 비가 적은 대신 평평한 평지를 찾아보기 힘들 만큼 굴곡이 심하다.

자공(自貢).

귀주 서북부에 위치한 지역으로 세 자 평지가 없다는 말이 실감날 만큼 마을 전체가 비탈져 있다. 마을 중심가는 적수하를 중심으로 형성돼 있는데 대부분의 조각루(弔脚樓)다.

"흐음, 이것은 처음 접하는 독특한 풍물이로군."

자공에 이른 위지불급은 조각루로 형성된 주루를 살피며 아주 흥미로운 표정을 지었다.

본래 위지세가 일족들은 천하 각처의 특이한 풍물과 관습, 민가, 복색 등을 조사해 기록해 두는 사관이 본분이다. 위지불급이 비록 천사관의 신분이라 하여 반드시 세상의 비밀만을 찾아 기록하는 것은 아니다.

위지불급은 막 조각루를 짓고 있는 건축 현장을 찾아내 서둘러 걸음을 옮겼다.

뚝딱뚝딱……!

목수들은 비탈 아래쪽에 가지런히 말뚝이 박고 그 위로 횡목을 깔아 평평한 바닥을 만들었다. 이어 기둥을 세우고 벽을 쌓는 공정은 여느 집과 다를 바 없었다.

위지불급은 목수들이 비탈에 말뚝을 막고 횡목을 까는 과정을 눈여겨보았다.

'흐음, 간단한 공정이지만 비탈진 산간에서 집이나 창고를 세우기에 아주 효과적인 공법이군. 다른 곳에서는 애써 비탈을 깎아내 평지로 만든 후에 집을 짓는 데 이런 공법을 도용하면 보다 쉽게 건물을 세울 수 있겠다.'

조각루의 또 다른 장점은 절반 이상 지표면과 떨어져 있기에 바닥에서 올라오는 습기를 피할 수 있다는 데 있었다.

위지불급은 조각루의 공법을 숙지해 두고는 주루를 찾아 이층에 올랐다.

한여름이라 해도 고산 지대이다 보니 더위를 크게 느낄 수 없었다. 활짝 열린 창문을 통해 보이는 산 능선이 끝도 없이 이어져 있었다.

위지불급은 점소이가 가져온 죽엽청으로 목을 축이고는 잠시 생각에 잠겼다.

'과연 문헌의 예상대로 귀주 서부 산간 지역에 연남건이 숨어 있을까?'

그러했다. 그가 호남북을 비스듬히 가로질러 귀주에 이른 연유는 연남건을 추적하기 위함이었다. 하지만 귀주로 들어선 이래로 그의 심정이 편치 않았다.

과연 동생이 입수한 정보를 믿어야 할까. 혹시 자신을 따돌리기 위해 거짓 정보를 제공한 것은 아닌가. 자신이 광마 동부에 두 달 넘게 머물러 있었던 기간을 감안하면 연남건은 이미 위지문현에게 피살된 것은 아닌가…….

그는 자공으로 이르기 전 가문으로부터 새로운 소식이 있을까 싶어 귀양(貴陽)을 들렀었다.

귀양은 귀주의 성회이기에 비록 중원의 변방이라 해도 규모 있는 표국 몇 개가 영업 중이었다.

위지불급은 남양표국에서 하나의 공예품을 찾아낼 수 있었다. 공예품에는 위지세가 일족들만이 해독할 수 있는 암호문이 새겨져 있었다.

그는 암호문을 통해 원로회의 원로 두 분이 병사했음을 알게 되었다.

위지세가 일족은 비교적 수명이 짧기에 마흔 살을 넘기면 운명을 준비해야 한다. 회갑을 넘긴 사람은 노가주가 위지세가 사상 유일하다.

그 외에는 특별한 전달 사안이 없었다.

만일 위지문현이 연남건을 찾아낸 이후 귀환했다면 필시 자신에게도 귀환하는 지시가 내려졌을 것이기에, 아직 연남건이 체포된 것으로는 생각되지 않았다.

점소이가 내온 안주는 적수하에서 낚은 생선 튀김이었다.

위지불급은 워낙 생각에 몰두하면서 요기 삼아 술을 마시고 안주를 먹느라 맛도 느끼지 못했다.

'연남건이 왜 귀주에 머물러 있을까? 그자가 아내를 살해하는 패륜적인 죄를 저질렀다면 마땅히 멀리 달아났어야 하는 것이 아닐까. 귀주가 비록 청풍공방과 천 리 정도 떨어져 있지만 그리 먼 거리는 아니다. 우리 일족의 추적술이 남다르다는 것을 누구보다 잘 아는 연남건이 은신하기에는 적합한 곳이 아니다.'

워낙 집중하다 보니 머리가 화로처럼 뜨거워졌다.

심한 두통을 느낀 손끝으로 관자놀이를 문지르면서도 생각을 멈추지 않았다.

'귀주 서주 산간 지역을 수색하기에 앞서 진위 여부를 판단해야 한다. 문현이 제공한 정보를 과연 믿을 것인가, 말 것인가…….'

아주 중요한 순간이었다.

이때 표사로 보이는 청년 셋이 요란스럽게 얘기를 나누며 이층으로 올라섰다.

털보표사가 주근깨표사의 소매를 잡아끌며 채근했다.

"정말인가? 권외무림에서도 십야혈루등주를 공적으로 공표했다고?"

주근깨표사는 주변 사람들의 눈초리를 의식하며 공연히 헛기침을 했다.

"허엄, 그렇다고 말하지 않았나? 관외일절인 혈인삼절도마저 패했다고 하였네. 혈인삼절도는 용케 죽지 않았지만 대막에서 관외에서 명성깨나 날린 자들은 모두 황천으로 갔다고 하더군. 일부에서는 십야혈루등주가 예전보다 더 강해졌다는 얘기도 있네."

이번에는 주먹코표사가 물었다.

"다음 지역은 어딜까? 십야혈루등주가 아직 이곳 귀양에는 이르지 않았는데, 혹시……."

주근깨표사가 술을 한 모금 마시고는 실소를 흘렸다.

"크흣, 자네 목이 떨어져 나갈까 봐 그러는 건가? 하지만 영하에서 전개된 살인 행각을 감안하면 우리 같은 하수들은 두다리 뻗고 자고 되네. 영하의 경우를 보면 십야혈루등주의 살인 대상은 모두 절정 급 고수였네. 오히려 고수들이 가슴을 졸여야 하지."

표사들의 목소리에 조심성이 없어 위지불급은 그들의 얘기를 모두 듣게 되었다.

위지불급은 이미 열흘 전에 백리빙을 통해 접한 소식이기에 특별히 새로울 것은 없었다. 하지만 혈인삼절도의 패배는 의외의 소식이었다.

그는 세 자루 칼을 동시에 구사하는 혈인삼절도 야극을 떠올렸다.

'그의 혈인삼절도는 관외일절로 불릴 만큼 독특한 절기였는데 결국 패하고 말았군. 그래도 면식이 있는 사람인데 죽지 않아 다행이다.'

위지불급은 표사들의 얘기를 듣느라 잠시 중단되었던 생각에 다시 몰입하였다. 그러다 문득 광마 동부에서 참혹한 모습으로 죽어 있는 십야혈루등주를 떠올리게 되었다.

'첫 번째 십야혈루등주는 자신의 신분이 탄로 날까 봐 무공도 모르는 선량한 사람들까지 해쳤다. 그 바람에 비열한 악명까지 얻게 되었지만 최대한 조심성을 유지했다. 그런 소극적인 살인 행각만으로 여인의 소행임을 어느 정도 짐작할 수 있었다.'

그의 뇌리 속으로 수백 가지의 생각이 동시에 교차되었다.

'한데 두 번째 십야혈루등주는 오직 무림인만 살해했다. 그것도 절정 급 고수들만 찾아서 죽였다. 똑같은 살인자이지만 적어도 그는 비열한 살인자라는 비난을 받지 않을 수 있다. 확실치는 않아도 살인 행각만으로 판단하면 계집은 아니다.'

그의 의식이 연남건에 대한 추적보다 제이의 십야혈루등주에게로 집중되었다. 그러나 아주 찰나지간이지만 그는 너무도 무서운 추측에 스스로 놀라고 말았다.'

'아, 아니다. 절대 그럴 리가 없다.'

그는 세차게 고개를 흔들어 자신이 터무니없는 추측을 떨쳐냈다.

그러나 한 번 떠올린 의혹은 쉽사리 가라앉지 않았다. 그가 아무리 의식적으로 부인한다 해도 이미 잠재의식에는 의혹이 깊게 아로새겨져 있었다.

벌컥벌컥!

독한 죽엽청을 한 사발 들이켜자 정신이 핑 돌았다. 한데도 취하지 않고 의식은 더욱 맑아졌다.

'말도 안 돼! 어떻게… 내가 어떻게 문현을 의심한단 말인가?

위지불급은 깊이 고심하다가 중대한 결단을 내렸다.

'연남건은 귀주에는 확실히 없다. 문현, 그 녀석이 알려준 정보는 거짓이다. 석산향에서도 그랬고, 광마 동부에서도 그랬던 것처럼 날 농락하기 위해 거짓을 알린 것이다. 그렇다면 더 이상 귀주에 머물러 있을 이유가 없다.'

그는 한 가닥 미련마저 떨쳐 내고는 자리에서 일어섰다. 주루를 나선 그는 절영의 등에 올라탔다.

다각다각……!

절영은 경쾌하게 말발굽을 놀려 번화가를 벗어났다.

위지불급은 입술을 질끈 깨물었다.

'그래, 의혹을 지우는 가장 확실한 방법은 내 스스로 확인하는 거다. 그때까지는 어떤 의혹도 품어서는 안 된다. 그런 생각을 하는 것 자체가… 죄악이니까!'

번화가를 벗어나자 행인이 뜸했다.

위지불급은 말고삐를 거머쥐고는 힘껏 박차를 가했다.

"가자, 절영!"

두두두ㅡ!

절영은 가히 빛살 같은 속도로 내달리기 시작했다. 행선지는 장성 너머의 회족 세상 영하.

무려 칠천 리 여정이었다.

3

영하는 워낙 건조한 지역이라 한여름에도 비를 구경하기가 흔치 않다. 하기에 영하를 다니다 보면 모래바람이 가장 커다란 장애다.

휘이잉……!

은천 외곽은 고비 사막에서 불어 닥친 모래바람으로 세상이 온통 뿌옇게 보였다.

이때 모래바람을 뚫고 한 필의 준마가 천천히 달려오고 있었다. 본래 하얀 갈기와 털을 자랑하는 백마는 누런 모래에 변색돼 황마(黃馬)처럼 보였다.

마상의 인물은 회족의 모자를 썼고 목에 천을 둘러 코와 입으로 모래가 스며드는 것을 막았다. 다행히 모래바람은 오래 계속되지 않아 마상의 인물은 얼굴을 가렸던 천을 내리며 안도의 숨을 내쉴 수 있었다.

유난히 눈썹이 짙은 청년은 다름 아닌 위지불급이었다. 누렇게 변색된 말은 물론 절영이다.

귀주에서 영하까지 꼬박 한 달이 걸린 긴 여정이었다.

때마침 장마철이기에 호남북을 지나칠 때는 습지에 빠져 고생할 때가 한두 번이 아니었다. 그나마 절영이 빼어난 준마이기에 함께 고생을 감수하며 영하까지 이를 수 있었던 것이다.

문득 눈에 익은 주변 정경에 위지불급은 산자락으로 시선을 돌렸다.

상당한 규모의 장원이 산자락에 자리 잡고 있었다. 장원 담장 주변으로 높은 첨탑이 세워져 있고 중앙 건물의 지붕이 반구형으로 돼 있어 회족 특유의 건축 양식임을 한눈에 알 수 있었다.

위지불급은 빙그레 미소를 지었다.

"하아, 그새 저렇게 변했군."

지어진 지 얼마 안돼 보이는 웅장한 장원은 지난해 그가 잠시 묵었던 혁련필 가족의 새로운 집이었다. 혁련필의 누이 혁련옥지가 은천 대부호의 양녀가 되면서 혁련필 가족도 금전적인 혜택을 보게 된 것 같았다.

위지불급은 혁련필의 해맑은 얼굴을 떠올렸다.

"녀석, 어린 양치기가 이제는 어엿한 귀공자로 변모했겠군."

생각 같아서는 장원을 찾아가 그들 가족과 재회를 하고 싶었지만 그는 그대로 장원을 지나쳤다.

그는 지금 유람을 나선 것이 아니기에 한가롭게 회포를 풀 겨를이 없었다. 물론 지금은 은천의 유지가 된 혁련필 가족 때문에 자신의 방문이 널리 알려지는 것도 원치 않았다.

매애애!

은천의 양 시장은 여전히 성황을 이루고 있었다. 그나마 상인들은 옷자락에 손을 가리며 은밀하게 흥정을 하기에 여느 시장처럼 떠들썩하지 않았다.

위지불급은 일전에 의뢰를 부탁했던 직업소개소를 찾아갔다.

소개소 안은 여전히 허름했으며 일거리를 기다리는 낭인이며 아낙들이 순서를 기다리고 있었다.

위지불급은 접수 담당 앞으로 다가섰다.

"날 기억하겠소?"

접수 담당은 고깝다는 눈빛으로 그를 올려보다가 입을 딱 벌렸다.

"고, 공자……?"

"점주를 만나고 싶소."

"어, 어서 드십시오."

접수 담당은 연신 허리를 굽실거리며 점주의 방으로 안내했다.

애꾸눈 점주 사독은 조롱의 새에게 모이를 주고 있었다.

"좀 기다리라고 해."

사독이 돌아보지도 않고 지시를 내리자 접수 담당이 다가가 나직이 말했다.

"점주, 위지 공자가 오셨소이다."

"뭐야?"

사독은 깜짝 놀라 몸을 돌렸다.

위지불급이 먼저 포권을 취하며 호의적인 미소를 띠었다.

"오랜만이오, 사 점주."

"위지 공자!"

사독은 반색을 지으며 위지불급의 손을 쥐었다.

"마침내 다시 찾아오셨구려. 너무 시일이 경과해 아예 포기했는 줄 알았소."

"그동안 일이 조금 많았소."

"자, 일단 앉읍시다."

접수 담당은 탁자 위에 서과포막과 구유주, 땅콩과 대추야
자 등을 준비해 놓고는 물러갔다.

사독이 서과포막을 권하고는 먼저 물었다.

"위지 공자, 중원 상황을 알아보니 색녀 집단 혈환마궁이 와
해되었다고 합디다. 그 사건에 위지 공자가 연관되었다는 소
문을 들었는데… 혹시 마 대야의 따님을 찾지 못했소?"

위지불급은 씁쓸한 입맛을 다셨다.

"혈환마궁 총단에는 마혜교란 소녀가 없었소. 어느 지부에
배속되었는지도 확인할 상황이 아니었소."

사독은 몹시 아쉬운 표정을 지었다.

"것참, 마 대야의 금지옥엽만 찾아냈다면 수천 금을 보상받
았을 텐데……."

"마 대야에게는 이미 귀여운 딸이 있지 않소?"

"아, 양녀로 들인 마옥지 소저 말이오?"

"그렇소. 그 아이와 혁련필은 잘 지내고 있소?"

"물론이오. 혁련필 집안은 확실히 폈소. 혁련필도 훌륭한
선생들에게 제대로 교육을 받고 있소."

"잘됐군."

위지불급은 혁련필 가족의 행복을 진심으로 기뻐했다. 강호
와 무관한 사람들이 그와 연관돼 안정을 찾았다는 것은 그로

서도 뿌듯한 보람이었다.

사독은 접수된 서류를 검토하다가 한 권을 얇은 책자를 끄집어냈다.

"위지 공자, 별다른 성과를 얻지 못해 송구하오. 조사 구역이 너무 광범위하고 찾고자 하는 사람의 신상이 뚜렷하지 않아 보고된 자료가 많지 않소."

위지불급은 사실 크게 기대하지 않았기에 별반 실망하지 않았다. 이번 방문 목적은 제이의 십야혈루등주에 대한 조사였기에 연남건에 대한 정보는 부수적이었다.

"일단 보고서부터 봅시다."

그는 철해둔 보고서를 검토해 보았다.

대부분의 글씨가 조악했고 틀린 글자도 많았다. 조사에 나선 자들은 형식적으로 조사를 했는데 터무니없는 사람 몇을 조사해 놓고 더 많은 돈을 요구했다.

심지어 두 건은 사내가 아니라 여자를 찾아내고 연남건과 유사하다는 보고서였다.

사독도 그런 보고서를 건넨 게 계면쩍었는지 입맛을 쩍 다셨다.

"유감이오. 전문 요원이 아니라 대부분 지역 촌장이나 토박이들에게 의뢰를 하다보니 영 엉망이오."

"아니오. 의심의 대상이 없다는 것도 큰 소득 아니겠소? 내가 찾는 사람이 영하에 없다면 다른 지역에서 발견될 가능성이 높아졌다고 볼 수 있으니 말이오."

"허어, 공자는 참으로 대범하시오. 만일 입장이 바뀌었다면 나는 이따위 보고서는 팽개치고 당장 변상해 달라고 으름장을 놓았을 것이오."

"모든 게 생각하기 나름이오."

위지불급은 마지막 보고서를 펼쳐 들었다.

대막 제칠호가 보고함.

파단사한(巴丹沙漢)에서 양치기를 조사하던 중 도망자 발생. 한족 출신으로 이름은 단복(丹福)이지만 가명으로 추정됨. 추적대를 결성해 도망자를 추격해 사흘 만에 찾아냄.

도망자는 물도 없이 사막을 헤매다 탈진하여 빈사 상태. 사막의 태양에 너무 오래 노출돼 눈이 멀고 입이 타버렸으며, 고막이 상해 듣지도 못함.

한데 도망자를 찾아냈을 때 그자는 혼몽 중에도 글자를 남겨 자신이 연남건이 아님을 주장했음.

남긴 글자는 분명치 않지만 청사(青伺), 청중(青仲), 청파(青巴), 청풍(青風) 등으로 추정됨.

무료하게 보고서를 검토하던 위지불급은 맨 하단에 기재된 글자를 보는 순간 정신이 번쩍 들었다.

"청풍? 분명… 청풍으로 기재했단 말인가?"

사독은 대추야자를 우물거리다 한마디 했다.

"도망자들이 간혹 준비도 없이 사막으로 도주했다가 그런 꼴을 당하지요. 놈이 죽어가는 와중에도 자신의 이름을 밝히지 않았으니 공자가 찾는 자는 아닌 것 같소."

그러나 그의 얘기는 위지불급의 귀에 들어오지도 않았다. 위지불급은 직감적으로 연남건의 존재를 확신했다.

'청풍은 우리 가문이 운영하는 청풍공방을 말함이다. 그가 죽음에 이른 상황에서 그런 글자를 남겨놓았다는 것은 우리 가문을 잊지 않았다는 뜻이며 비밀을 밝히기를 위함이다.'

위지불급은 한껏 가슴이 부풀었지만 사독의 미심쩍어하는 모습을 보고 흥분을 자제했다.

'그래, 너무 내가 너무 작위적으로 해석했군. 도망자가 확실하게 청풍이라는 글자를 남긴 것도 아니라고 했다. 게다가 청풍이 그자의 본명일 수도 있어.'

한순간 그의 기대 심리가 하늘에서 바닥까지 추락했지만 그는 일말의 희망을 품었다.

청풍(青風)!

분명치 않은 그 두 글자가 그에게는 실낱같은 단서일 수 있기 때문이다.

위지불급은 마지막 보고서만 뜯어 품속에 챙겼다.

"사 점주, 파단사한이 어디요?"

"아니, 직접 가보시게?"

"그렇소."

"단복이라는 자는 이미 죽었을 거요. 보지도 듣지도 말하지도 못하는 참담한 몰골로 변했는데 알아보기나 하겠소?"

"내가 찾는 자라면 해골로 변했다 해도 알아볼 수 있소."

위지불급의 단호한 말에 사독은 손을 털고는 자리에서 일어섰다.

"그럼 가봅시다."

"아니오. 지역만 정확히 말씀해 주시면 나 혼자 찾아갈 수 있소."

"공자, 파단사한은 사막 한복판에 있는 부락이오. 사막에서도 길을 잃지 않는 길잡이가 있어야만 제대로 찾아갈 수 있소. 내가 동행하리다."

"고맙기는 하지만… 당장 가진 돈이 변변치 않아……."

"허어!"

사독이 짐짓 인상을 굳혔다.

"위지 공자, 내가 그래도 의리 하나는 확실한 사람이오. 더 이상 날 무시하면 은천에서 공자를 내쫓겠소."

딸랑딸랑……!

낙타의 방울 소리가 요란하게 울려 퍼지고 있었다.

사독은 파단사한까지 동행할 소규모 상단을 결성해 충분한 물자를 갖추었다.

사막은 바다보다 변덕이 심해 언제 모래폭풍이 불어 닥칠지 모른다. 또한 식량과 물을 현지에서 조달할 수 없기에 낙타에 실린 물주머니와 식량은 목숨과도 같다.

위지불급은 마음이 급해 한시라도 빨리 파단사한에 당도하

고 싶었지만 사독은 사막의 위험성을 극구 강조해 그의 조급
함을 달랬다.

막상 사막으로 들어서자 위지불급은 사독의 경고를 피부로
실감하게 되었다. 만일 그가 급한 마음에 절영만 믿고 사막으
로 들어섰다면 반나절도 못 가 좌절했을 것이다.

머리 위에서 쏟아지는 폭염과 사막에서 피어오르는 지열은
가히 살인적이었다. 하기에 대낮에는 모래 언덕의 그늘에서
휴식을 취하고 오후 나절과 새벽에만 행군을 하는 게 사막의
통상적인 통행 방식이었다.

위지불급은 석양에 붉게 물드는 지평선을 직시하며 지그시
입술을 깨물었다.

'연남건! 제발 죽지 마라. 너를 통해 반드시 진실을 알아내
야 하니까!'

『천재가문』6권에 계속

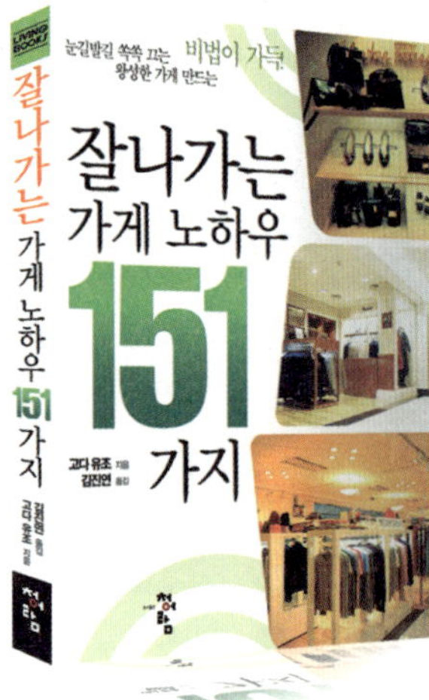

눈길발길 쏙쏙 끄는 **비법이 가득!**
왕성한 가게 만드는

잘나가는 가게 노하우 151 가지

고다 유조 지음
김진연 옮김
가격 9,800원

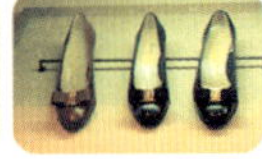

물건이 팔리지 않는 시대!
왕성한 가게 만드는 비법이 가득!

가게 안에 웅덩이를 만들어라
조명만 조금 바꿔도 매출이 팍 늘어난다
보기 쉽고, 집기 쉬운 가게 배치는 '경기장 형' 이 최고 등등
가게에 실제로 적용했을 때 매출이 오른 노하우만 알차게 수록
외관, 입구, 배치, 내장, 조명, 디스플레이에서 사원교육까지

도움이 되는 '발견' 이 가득가득.
당신 가게를 회생시키기 위한 소중한 책!

유행이 아닌 자유추구 –
WWW.chungeoram.com

초등학생이 반드시 읽어야 할 좋은 책 49권

각 학년별로 초등학생이 반드시 읽어야할 좋은 책을
선정하여 통합논술의 기본이 되는 '올바른 독서법'을
일깨워 줍니다.

교과서와 함께하는
초등학교 통합논술

초등1학년 | 값 12,000원 / 초등2학년 | 값 9,500원 / 초등3학년 | 값 11,000원 / 초등4학년 | 값 9,500원 / 초등5학년 | 값 9,500원 / 초등6학년 | 값 11,000원

♣ 혼자 할 수 있어요.

엄마가 책 읽는 방법을 가르쳐 주어도 좋아요.
독서지도하는 선생님이 가르쳐 주어도 좋답니다.
"초등 교과서와 함께하는 **통합논술 시리즈**"는
아이 스스로 독서할 수 있도록 꾸며진 책이에요.
엄마와 선생님은 요령만 가르쳐 주시면 된답니다.

♣ 교과서의 중요한 내용이 총정리되어 있어요.

각 학년별로 중요한 교과 내용이 함께 수록되어 있어요.
초등학생은 교과서 내용을 충실하게 공부해야 합니다.
아울러 그와 병행한 독서가 대단히 중요하지요.
"초등 교과서와 함께하는 **통합논술 시리즈**"는
두 가지 방법 모두 알려준답니다.

♣ 이 책은 훌륭하신 선생님들이 함께 쓰신 책이랍니다.

동화작가 선생님들이 쓰셨어요. 소설가 선생님도 쓰셨답니다.
국어 논술독서지도 선생님들도 함께 쓰셨지요.
"초등 교과서와 함께하는 **통합논술 시리즈**"는
엄마의 마음으로 모든 선생님들이 함께 꾸민 책이랍니다.

입소문을 통해 아는 분은 다 알고 계십니다!
올 한해 공인중개사 최고의 화제작!

수험생 기본 필독서
만화 공인중개사

제목 : 만화공인중개사 쓰신 분에게 감사드립니다.

학원을 두 달 다녔어요. 근데 과연 그 숫자 외우기 그런 게 몇 문제나 나올까 생각을 했어요.
아니라는 생각이 드네요. 학원강의를 뒤로하고 서점을 갔어요. 내 머리에가장이해될수있는
책이 없나 하구요. 거기서 만화를 발견했어요. 무조건 세 번 봤어요. 3개월 걸렸어요. 문제집을 보라고
했는데 그건 시행을 못했어요. 근데 합격을 했네요.
어떻게 감사의 말을 해야 될지…….
도서관에서 만화책 들고 다니니까 사람들이 비웃더라구요. 만화책으로 공인중개사를 공부한다고
미친 사람처럼 보더라구요. 근데 그거 다 감수하고 했던 내가 자랑스럽습니다.
어떻게 감사의 말을 해야 할지… 정말 감사합니다.
부디 행복하세요. 제 나이 41살에 좋은 스승을 만난 것 같습니다.
엎드려 감사드립니다.

—본사 홈페이지에 독자분이 올린 메일 中에서 발췌—